바실라

국립중앙도서관 출판시도서목록(CIP)

바실라 : 쿠쉬나메에서 찾아낸 페르시아 왕자와 신라 공
주의 천 년 사랑 / 지은이: 정명섭. -- 파주 : 청아출판사,
2015　p. ;　cm

ISBN 978-89-368-1069-6 03800 : ₩12000

한국 현대 소설[韓國現代小說]

813.7-KDC6
895.735-DDC23　　　　　CIP2015015139

바실라_ 쿠쉬나메에서 찾아낸 페르시아 왕자와 신라 공주의 천 년 사랑

초판 1쇄 인쇄 · 2015. 6. 15.
초판 1쇄 발행 · 2015. 6. 20.

지은이 · 정명섭
원작 자문 · 이희수
발행인 · 이상용
발행처 · 청아출판사
출판등록 · 1979. 11. 13. 제9－84호
주소 · 경기도 파주시 회동길 363-15
대표전화 · 031-955-6031　팩시밀리 · 031-955-6036
E-mail · chungabook@naver.com

ISBN 978－89－368－1069－6　　03800

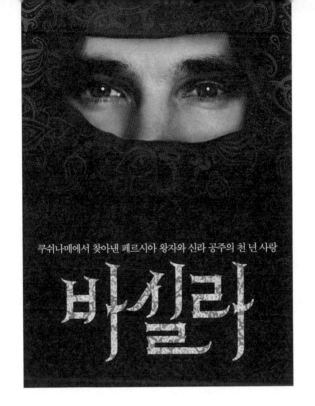

쿠쉬나메에서 찾아낸 페르시아 왕자와 신라 공주의 천 년 사랑

바실라

지은이 정명섭, 원작 자문 이희수

청아출판사

차례

프롤로그

"신비로운 날이군."

아비틴은 하늘을 올려다보면서 중얼거렸다. 며칠째 불던 모래바람이 그쳤고, 하늘은 화창하게 개었다. 모래언덕 너머 옛 페르시아의 도읍인 크테시폰의 첨탑과 성벽이 보였다.

바실라에서 배를 타고 고향인 페르시아로 돌아와 몇 차례의 전투에서 이기면서 드디어 옛 도읍인 크테시폰의 코앞까지 다가온 것이다. 페르시아의 마지막 왕자인 그가 돌아왔다는 소식이 퍼지자 제법 백성들이 모여들어서 위용을 갖췄다. 이번 싸움에서 아랍인들을 물리치면 크테시폰을 되찾을 수 있게 된다.

크테시폰을 등지고 진을 친 아랍인들이 모래언덕 위에 줄지어 서 있는 게 보였다. 바실라인들로 구성된 부대를 이끌고 있던 원술이 그의 옆으로 말을 몰았다. 시련과 고난을 겪으면서 젊은 시절의 쾌활함은 사라졌지만 눈빛은 단단해졌고, 입은 무거워졌다. 이번에도 원술은 짧게 얘기했다.

"우린 준비되었네."

아비틴은 자신을 위해 멀리까지 따라와 준 오랜 친구에게 고개를 끄덕이는 것으로 대답을 대신했다. 노란색 터번을 두르긴 했지만 바실라에서 가져온 갑옷과 한문이 적힌 깃발을 들고 있어서 어디서나 눈에 띄었다. 중요한 전투가 눈앞에 다가왔다는 것을 느꼈는지 병사들 얼굴에는 긴장감이 느껴졌다. 아직 갑옷과 무기가 부족한 탓에 버들고리로 엮은 방패와 창으로 무장하고 투구 대신 가죽 끈과 천을 머리에 둘둘 맨 상태였다.

반면 아랍인들은 쇠사슬 갑옷에 투구까지 완벽하게 갖추고, 말에도 갑옷을 씌운 상태였다. 설상가상으로 아비틴의 병력은 부족한 상태라서 어려운 싸움이 될 것 같았다. 그래도 싸워야만 했다. 그것이 그에게 주어진 운명이었다.

말에서 내린 아비틴은 모래 한줌을 움켜쥐었다. 10여 년 전, 아버지를 잃고 이곳을 떠나 머나먼 바실라에서 다시 이곳으로 돌아온 시간들이 떠올랐다. 지금도 바실라에는 사랑하는 프라랑과 아들 페리둔이 남아 있었다. 손바닥의 모래가 바람을 타고 크테시폰 방향으로 날아갔다. 아비틴을 따라 말에서 내린 원술이 웃으면서 물었다.

"가족들 생각이 나는 건가?"

아비틴 역시 별다른 대답 없이 빙그레 웃기만 했다. 그때 아랍인 진영에서 나팔 소리가 들렸다. 그러자 아비틴은 서둘러 말 위에 올랐다. 아랍인들의 숫자가 더 많았고, 지형도 그들에게 유리했다. 따라서 시작하자마자 먼저 들이쳐서 기세를 빼앗기로 했다. 허리에 차고 있던 검인 샴쉬르를 뽑아 든 아비틴은 목에 차고 있던 곡옥으로 만든 목걸이에 입을 맞췄다. 그 광경을 본 원술이 희미하게 웃었다. 아비틴은 병사들 앞에 서서 외쳤다.

"저 아랍인들 뒤에 있는 곳이 보이는가? 바로 페르시아의 도읍 크테시폰이다. 저곳을 되찾고, 아랍인들을 이 땅에서 몰아내자!"

그의 외침에 병사들은 환호성으로 응답했다. 적보다 수적으로 한참 부족했고, 그나마 모인 병사들은 오합지졸과 다름없었다. 하지만 머나먼 바실라에서 고향으로 돌아오는 동안 오직 이 순간만을 기다렸다. 어느새 투구를 쓴 원술이 그를 바라봤다. 아비틴은 옥으로 만든 목걸이를 살짝 움켜쥔 다음 우렁차게 외쳤다.

"이 땅을 짓밟는 아랍인들을 몰아내자!"

그가 타고 있던 말이 크게 울부짖으면서 앞으로 내달렸다. 그의 옆으로 원술이 따라붙었다. 등 뒤로 따라오는 병사들의 말발굽 소리와 함성 소리가 들려왔다. 모래언덕에 자리 잡은 아랍인들의 진영에서 화살들이 날아왔다. 말고삐를 바짝 움켜쥔 채 쏟아지는 화살 세례를 뚫고 모래언덕을 단숨에 올라간 아비틴은 방패 뒤에 숨어 있던 아랍인들의 얼굴을 똑똑히 봤다. 아비틴은 그들을 향해 샴쉬르를 휘두르며 절규했다.

"프라랑! 페리둔!"

그렇게 두 사람의 이름을 외친 아비틴은 죽음이 난무하는 전장의 한복판에서 멀리 과거를 향해 돌아갔다. 고향인 페르시아를 떠나 머나먼 나라 바실라로 갔고, 그곳에서 다시 이곳으로 돌아오기까지 걸렸던 장대한 이야기로 말이다.

Basilla

1

쿠쉬는 아버지께 고했다.
"전쟁과 복수는 소자 인생의 일부입니다.
소신은 수군을 이끌고, 물고기나 새조차도 통과할 수 없도록
길을 봉쇄할 것이옵니다.
1년 안에 아비틴을 잡아 아버님께 바치겠나이다."

"안타깝지만 곧 성이 함락될 것이다. 적병이 성문을 부수고 들어오든, 아니면 배신자가 성문을 열든 말이다."

깊은 밤, 부름을 받고 달려온 아비틴에게 그의 아버지인 야즈데게르드 3세가 말했다. 이제 스무 살이 된 아비틴은 페르시아인 특유의 곱슬거리는 수염과 차갑고 푸른 눈빛 그리고 부드러운 콧날의 소유자였다. 약간 호리호리한 체격이었지만 어릴 때부터 왕자로 자란 그는 자연스럽게 품위가 배어 있었다. 아랍인의 포위가 석 달 가까이 이어지면서 성안에서는 불온한 움직임이 포착되었다. 설마 했던 아비틴은 말없이 아버지를 바라봤다. 마흔을 갓 넘긴 나이지만 얼굴에는 깊이 패인 주름살과 피곤함이 심어져 있었다.

어린 나이에 왕위에 오른 그는 호스로 2세의 폐위 이후 혼란에 빠진 조국 페르시아를 바로 잡기 위해 안간힘을 썼다. 하지만 그들의 침입은 모든 것을 물거품으로 만들었다.

그들은 사막 너머에서 알라라는 뜻 모를 신의 이름을 들먹거리면서 바람처럼 나타났다. 아랍인들은 폭풍 같은 기세로 페르시아를 휩쓸었다. 야즈데게르드 3세는 어린 아비틴을 데리고 불타는 크테시폰을 탈출했다. 그리고 전국을 전전하면서 나라를 되찾기 위한 싸움을 계속했다. 하지만 귀족들은 수수방관했고, 광신적이고 포악한 아랍인들은 저항하는 페르시아인들을 무자비하게 학살했다.

특히 사악한 아랍인의 왕 자하크의 아들 쿠쉬는 무자비함으로 악명을 떨쳤다. 추악한 외모만큼이나 잔인한 그는 남녀노소를 가리지 않고 페르시아인들을 죽였다. 덕분에 거짓과 죽음, 어둠과 파괴를 상징하는 영혼인 앙그라 마이뉴라고도 불렸다. 노란색 터번에 하얀색 펠트 모자와 카프탄을 입고 마스크를 쓴 쿠쉬의 친위대는 특히 잔혹함으로 이름을 날렸다. 더욱이 아랍인들이 인도에서 가져온 코끼리들은 페르시아인들에게 공포의 대상이었다. 쿠쉬가 부리는 코끼리가 페르시아군을 짓밟아서 혼란한 틈을 타 쿠쉬의 친위대가 공격해 오면 이길 도리가 없었다.

군대를 모으기 위해 전국을 떠돌던 야즈데게르드 3세는 메르브라는 도시에서 결국 자하크와 쿠쉬가 이끄는 아랍인들에게 포위당하고 말았다. 할 말을 찾지 못한 아비틴이 입을 다물면서 찾아온 깊은 침묵 속에서 야즈데게르드 3세는 침통한 표정으로 입을 열었다.

"이곳 메르브의 총독이 아랍인들의 신에게 개종했다는 소문이 돌고 있다. 성문은 이미 그들이 통제하고 있는 중이다. 곧 파멸이 다가올 것이다. 아들아."

성 밖에서는 아랍인들이 불신자를 처단하라고 내지르는 고함과 피에 굶주린 코끼리의 울음소리가 메아리쳐 들려왔다. 아비틴은 아버지의 얼굴에서 피로함을 느꼈다. 메르브에 갇힌 야즈데게르드 3세는 성문을 열고 나가 반격하거나 전령을 보내서 구원군을 요청했다. 하지만 포위한 아랍인들의 숫자가 나날이 늘어나고 외부에서 구원군이 올 기미를 보이지 않자 성안의 식량이 떨어지고 피해가 늘어나면서 민심은 극도로 흉흉해졌다. 아비틴이 아무 대꾸도 못하자 야즈데게르드 3세는 허리에 찬 샴쉬르를 풀어서 건네주었다.

"아랍인들에게 어깨를 꿰뚫는 자라고 불린 위대한 샤푸르 2세께서 남기신 유품이다. 대대로 페르시아의 왕들에게 전해진 것이란다."

아비틴이 뽑아든 샴쉬르의 칼날에는 마치 물방울이 뿌려진 것 같은 흔적이 남아 있었다.

"다마스쿠스 강철로 만든 검이다. 이어져 오는 전설로는 하늘의 별똥별을 가지고 만들었다고 하지. 이것을 가지고 떠나거라."

난데없는 얘기에 놀란 아비틴이 반문했다.

"떠나다니요? 저 혼자 어디로 가란 말씀이십니까?"

야즈데게르드 3세는 대답 대신 삐걱거리는 소리가 들리는 문 쪽을 바라봤다. 육중한 문을 열고 들어선 것은 그의 충성스러운 신하인 마루크였다. 쇠사슬과 철판을 엮어 만든 갑옷인 죠우샨을 입은 그는 옆구리에 철판으로 만든 원추형 투구인 시샤크를 끼고 있었다. 열다섯 살 때부터 전쟁터를 누빈 마루크는 수없이 많은 아랍인들의 목을 베었고, 야즈데게르드 3세를 몇 번이고 위기에서 구해 준 백전노장이었다. 딱 벌어진 어깨에 칼자국이 난 매부리코를 가진 마루크는 한 자루의 칼이나 철퇴처럼 단단해 보였다. 투구를 옆구리에 낀 채 다가온 마루크가 탁한 목소리로 말했다.

"지시하신 대로 말을 대기시켜 놨습니다."

마루크의 얘기를 들은 야즈데게르드 3세가 아비틴에게 말했다.

"마루크를 따라서 이곳을 빠져나가거라."

"어디로 가란 말씀이십니까?"

"바스라 항으로 가서 배를 타고 멀리 떠나거라. 저 사악하

고 흉폭한 자하크의 손아귀에서 벗어날 수 있는 곳으로 말
이다. 그리고 기회를 기다려라."

"무슨 기회를 말입니까?"

아비틴의 물음에 그는 침통한 표정으로 말했다.

"아후라 마즈다(조로아스터교에서 숭배하는 선한 신)께서 인도해 주
실 것이다."

"같이 가요. 아버지."

눈물을 참지 못한 아비틴이 팔을 잡아끌었다. 하지만 그
는 팔을 뿌리쳤다.

"페르시아의 왕중왕 야즈데게르드 3세로서 명하노니, 이
곳을 떠나라. 멀리 떠나서 힘을 기른 후에 돌아와서 아랍인
들의 압제에 시달리는 백성들을 구하여라."

"아버지!"

아비틴이 결국 참았던 눈물을 쏟자 그는 텅 빈 목소리로
말했다.

"네가 우리의 마지막 희망이다. 아후라 마즈다께서 너를
돌봐줄 것이다.

그러고는 마루크에게 눈짓을 했다. 투구를 쓴 마루크는
아비틴의 팔을 잡아끌었다.

"가시지요. 시간이 없습니다."

아비틴이 마루크에게 이끌려 밖으로 나오면서 제단 앞에 무릎을 꿇는 아버지의 뒷모습을 봤다. 마루크를 선두로 한 100여 명의 중장 기병들은 새벽을 틈타 메르브를 빠져나갔다. 간간이 대추 야자나무가 보이는 모래사막을 밤새 달리느라 기진맥진한 그에게 마루크가 말했다.

"놈들이 낌새를 채고 따라붙었습니다."

겁에 질린 아비틴은 고개를 돌려 메르브 쪽을 바라봤다. 아무것도 보이지 않았지만 뿌연 흙먼지가 허공에 피어오르는 게 보였다. 마루크가 부하를 불러서 침통한 표정으로 말했다. 그러자 부하는 고개를 끄덕거리더니 병사 20명을 데리고 말 머리를 돌렸다. 멀어져 가는 그들을 바라보던 마루크가 말했다.

"저들이 시간을 끌 겁니다. 그동안 추격을 뿌리쳐야만 합니다."

아비틴은 자신을 위해 목숨을 버려야 하는 병사들의 뒷모습을 멍하게 바라봤다. 그러다 마루크의 재촉에 서둘러 말을 움직였다. 말을 타고 달리면서도 아비틴의 눈은 메르브를 향하고 있었다. 지금이라도 돌아가서 아버지 곁에 있고 싶었다. 그런 아비틴의 속마음을 눈치 챘는지 마루크가 다가와서 말했다.

“왕자님. 마음을 단단히 먹어야 합니다.”

“우린 어디로 가는데?”

“당나라로 갈 겁니다. 여행가와 상인들 얘기로는 광주라는 도시에 수천 명의 페르시아인들이 살고 있다고 하더군요. 그곳에서 자리를 잡고 그들을 규합하면 다시 돌아올 기회를 잡을 수 있을 겁니다.”

Basilla

2

쿠쉬는 빈 천막 외에 아무것도 발견하지 못했다.
쿠쉬는 병사들에게 말했다.
"지난밤, 그들은 떠났다. 우리는 그 비열한 자들을 추격해야 한다.
그자들에게 숨을 기회를 주어서는 안 된다.
그자들은 우리를 공격할 것이며,
그러면 중국 왕이 분노할 것이다."

바스라에서 구한 아랍의 전통 배인 다우선을 탄 아비틴 일행은 몇 달 동안 항해한 끝에 당나라 광주에 도착했다. 광주에는 페르시아인들과 회회인(回回人, 아랍 혹은 위구르인)들을 포함해 속특(粟特)이라고 불리는 소그드인들이 많이 거주하고 있는 상태라서 어렵지 않게 자리를 잡을 수 있었다. 그리고 시박사(市舶司, 당나라에서 해상 무역을 담당하던 관청)에서 무역 허가를 받고 나서부터는 페르시아에서 들어온 카펫은 물론 다양한 물품을 팔 수 있었다.

광주에 자리 잡은 아비틴은 고향에서 느끼지 못했던 평온함을 만끽했다. 걸음마를 떼기 전부터 아랍인들을 물리치고 나라를 지켜야 한다는 이야기를 들어왔고, 이를 이루기 위해 머나먼 당나라까지 와야만 했다. 아버지를 비롯해서 기대를 걸고 있던 주변 사람들에게 내색을 하지 못했지만 아비틴은 주어진 임무가 너무나 부담스러웠다. 고국에 남아 있는 아버지와 백성들에게는 미안했지만 그는 이런 평화가 영원히 계속되기를 꿈꿨다. 뜰에 우두커니 서서 그런 생각을 하고 있는데 항구에 나갔던 마루크의 아들 쿠샨이 헐레벌떡 들어오는 게 보였다. 마루크를 닮아서 어깨가 넓고 굵은 눈썹을 가진 그는 억세고 강인해 보였다.

안마당으로 들어선 그가 아비틴에게 말했다.

"그, 그자가 나타났습니다."

영문을 알 수 없던 아비틴이 반문했다.

"그자라니?"

"쿠쉬 말입니다. 항구에 막 도착한 배에서 부하들과 함께 내리는 걸 봤습니다."

"그게 사실이냐?"

샴쉬르를 칼집에 집어넣은 아비틴이 재차 묻자 쿠샨은 고개를 끄덕거렸다.

"맞습니다. 혹시나 해서 몸을 숨기고 지켜보다가 시박사의 관리한테 물어봤더니 아랍의 왕이 보낸 사절단이라고 했습니다. 그자가 우릴 쫓아서 여기까지 온 게 틀림없습니다."

쿠쉬라는 이름을 듣는 순간, 바스라 항으로 탈출하는 과정에서 그가 벌인 학살들을 목격했던 아비틴은 저도 모르게 온몸이 굳어졌다. 광주가 아무리 크고 넓다고 한들 들키지 않을 리가 없었다. 아비틴은 쿠샨에게 지시했다.

"마루크랑 다 모이라고 해. 어서."

명령을 받은 쿠샨이 밖으로 나가자 아비틴은 비로소 자신의 손이 사시나무처럼 떨리고 있음을 깨달았다. 소식을 듣고 모인 부하들은 선제공격을 해서 쿠쉬를 죽이자고 했다. 하지만 마루크가 반대했다.

"당나라와 쿠쉬의 아버지 자하크가 동맹 관계를 맺었다는 점을 잊지 마십시오. 최악의 경우에는 당나라 관리들의 손으로 자하크에게 끌려갈 수 있습니다."

"그럼 어쩌자는 말입니까? 땅속으로 숨기라도 할까요?"

성질 급한 쿠샨이 나서자 마루크는 엄한 눈길로 아들을 쏘아봤다.

"우리가 고향 페르시아를 떠나 머나먼 이곳까지 온 이유가 무엇인지 잊지 말거라. 고향에는 지금도 악독한 자하크 밑에서 우리 백성들이 고통을 당하고 있다. 우리까지 사라진다면 이제 더 이상 희망을 찾아볼 수 없을 것이다."

마루크의 일갈에 다들 침묵을 지켰다. 아비틴은 그저 이 상황을 벗어나고 싶을 뿐이었다. 오래전 일처럼 느껴졌지만 따지고 보면 쑥대밭이 된 고향 페르시아를 떠난 것은 불과 1년 전이었다. 당나라 광주에는 먼저 정착한 회회인들이 많아서 쉽게 적응할 수 있었다. 다들 오랜만에 찾아온 평온함에 흡족해했다. 하지만 쿠쉬의 등장은 그런 희망들을 산산조각 냈다. 고민에 잠겨 있던 그에게 마루크가 말했다.

"일단 바실라로 가는 건 어떻겠습니까?"

바실라는 당나라 상인들에게 들었던 이름이었다. 황금이 풍부하고 아름다운 곳으로 바다 한가운데 있는 섬인데 길이가 20파라상(고대 페르시아의 거리 단위로, 1파라상은 약 6킬로미터이다)에 달한다고 했다. 그곳에는 수천 개의 농장과 정원이 있으며, 당나라의 도시보다 크고 아름답다고 얘기했다. 또 용감한 병사들이 수천, 수만 명이 있어서 그 어떤 외적들도 침범하지 못한다는 설명도 덧붙였었다.

"외딴 섬에 병사들이 굳건하게 지키고 있는 곳이라……."

마른침을 꿀꺽 삼킨 마루크가 말을 이어 갔다.

"쿠쉬도 결코 따라오지 못할 겁니다."

"그렇게 세상 끝까지 도망치자는 말인가?"

도망치고 싶다는 속마음 때문에 울컥한 아비틴의 말에 마루크는 담담하게 대답했다.

"아후라 마즈다의 가르침을 지켜야 하지 않겠습니까?"

아비틴은 아무 반박도 할 수 없었다. 그것으로 바실라 행이 결정되었다. 70여 명의 페르시아인들이 당나라 상인에게 빌린 배를 타고 광주를 출발했다. 페르시아에서 몇 달을 걸려 도착해 겨우 자리를 잡은 광주를 또 떠나야 한다는 사실에 반발한 부하들 몇 명이 종적을 감췄다. 페르시아를 떠날 때 가져왔던 패물들을 급히 처분해서 바실라로 떠날 배를 구했다. 다행스럽게도 늙은 선장이 모는 배 한 척이 바실라로 막 출발하려는 중이었다.

　밤중에 몰래 배에 오른 아비틴과 일행은 멀어져 가는 광주를 물끄러미 바라봤다. 이 낯선 곳에서 더 멀리 떠나야 한다는 사실에 기분이 울적해진 아비틴은 뱃머리에 걸터앉아 흘러가는 구름을 말없이 바라봤다. 멀리 도망쳐서 숨어버리고 싶다는 생각과 고향에서 더 멀어진다는 걱정으로 뒤범벅이 된 마음은 더없이 무거웠다. 해가 질 무렵 작은 섬에 도착한 그들은 닻을 내리고 그곳에서 하룻밤을 보냈다.

　아비틴은 꿈에서 그날 밤의 메르브로 돌아갔다. 그리고 떠나라는 아버지의 얘기를 무시했다. 곧 배신자들에 의해 성문이 열리고 아랍인들이 쏟아져 들어왔다. 아비틴은 아버지 옆에서 싸웠다. 그러고는 치명상을 입은 채 아버지의 방

으로 들어갔다. 피보다 더 붉은 카펫 위를 걸어간 그는 피
투성이가 된 채 옥좌에 앉아 있던 아버지를 봤다. 살려 달
라는 외침과 아후라 마즈다를 부르짖는 목소리들이 불길처
럼 타올랐다. 밖에서 몰려온 피들이 방 안으로 스며들어 왔
다. 카펫조차 피들을 뿜어내면서 방 안은 삽시간에 피로 물
들었다. 아비틴은 아버지가 앉아 있는 옥좌 옆의 의자에 앉
았다. 가슴을 찌르는 고통 때문에 숨을 제대로 쉬기 힘들었
지만 이상하게도 마음이 편안했다. 더 이상 무너지는 조국
을 보면서 슬퍼하지 않아도 된다는 마음 때문이었다. 그는
아버지도 같은 생각인지 묻기 위해 고개를 돌렸다가 소스라
치게 놀랐다. 목이 잘린 아버지의 머리가 창끝에 꽂힌 채 텅
빈 눈으로 그를 응시하고 있었기 때문이다. 비명을 지르려
고 했지만 비명 대신 울컥거리며 피가 쏟아져 나왔다. 정신
을 잃어가는 그에게 아버지가 메마른 목소리로 말했다.

"난 이제 행복하다."

그 얘기를 듣는 순간 아비틴은 비명을 지르며 눈을 떴다.

깨질 것 같은 머리를 부여잡고 겨우 몸을 일으킨 아비틴
의 눈에 걱정스러운 눈으로 내려다보는 마루크의 모습이 보
였다.

"괜찮으십니까? 왕자님."

"악몽을 꾼 모양이야. 바실라에는 도착한 거야?"

그의 물음에 마루크가 곤란한 표정을 지었다.

"새벽부터 갑자기 안개가 많이 껴서 길을 잃었다가 지금 막 도착한 것 같습니다. 당나라 상인이 뭍에 닿았다고 얼른 내리라고 합니다."

얘기를 들은 아비틴은 몸을 일으켜서 갑판으로 나갔다. 마루크의 말대로 안개가 자욱하게 긴 가운데 배가 해변가의 모래사장에 닿은 것이 보였다. 뱃머리에 내려진 사다리로 부하들이 짐을 들고 육지로 내려가는 중이었다. 당나라 선원들과 선장들이 손짓으로 얼른 내리라고 재촉하는 모습이 보였다. 아비틴도 재촉에 못 이겨 사다리를 타고 뭍으로 내려갔다. 그가 내리자마자 사다리를 거둔 당나라 선원들은 노를 저어 바다로 향했다. 다들 인적이 드문 낯선 해안에서 어찌할 바를 몰라 우두커니 서 있었다. 정신을 차린 아비틴은 당나라에서 데리고 온 바실라 소년 해동에게 물었다.

"이곳이 네 고향 바실라가 맞느냐?"

아비틴의 물음에 해동은 주변을 두리번거리다가 자신 없는 목소리로 말했다.

"워낙 어릴 때 떠나서 잘 모르겠습니다."

모래사장 건너편에는 야트막한 산과 숲이 펼쳐졌다. 낯선

곳을 바라보던 아비틴의 입에서는 저도 모르게 한숨이 흘러

나왔다. 모래사장에 서서 육지 쪽을 바라보다가 마루크에게

말했다.

"일단 육지 쪽으로 들어가 보는 게 좋겠어."

"그러다 길이라도 잃으면 어쩌시려고요. 해동도 여기가

어디인지도 잘 모른다고 하던데 말입니다."

눈살을 찌푸린 마루크의 말에 아비틴은 고개를 저었다.

"사람들을 만나보면 바실라인지 아닌지 알 수 있을 거야.

어딘지 모른다고 해안가에 마냥 있을 수는 없잖아."

아비틴의 뜻을 전해 들은 마루크가 부하들에게 지시했다.

"부서진 배에 올라서 쓸 만한 물건들을 꺼낸다. 무거운 것

들은 모두 버리고 간단한 옷과 패물 그리고 무기들을 챙겨

라. 서둘러!"

넋을 놓고 있던 부하들은 마루크의 재촉에 정신을 차리고

짐과 무기를 챙겼다. 장창인 님 네자를 한 손에 든 마루크가

아비틴에게 말했다.

"제가 앞장서겠습니다. 일단 저 앞에 보이는 산까지 가서

주변을 살펴보고 움직이는 게 좋겠습니다. 보아하니 주변에

인가나 도시가 분명 있을 듯합니다."

그러고는 아들 쿠산에게 다가갔다.

"왕자님을 잘 모셔라."

그러자 쿠샨이 고개를 끄덕거렸다. 준비를 마친 부하들은 마루크를 선두로 산으로 향했다. 바실라인지 아닌지 모르는 이곳의 산과 들판은 작고 오밀조밀했다. 겉으로 보기에는 그다지 높아 보이지 않는 산은 막상 발을 내딛자 거친 바위와 나무뿌리 때문에 발길을 더디게 만들었다. 더군다나 한여름인 탓에 투구와 갑옷 차림을 한 아비틴과 부하들은 금방 온 몸이 땀으로 젖고 말았다.

"이러다 해라도 지면 큰일인데."

아비틴이 땀으로 범벅이 된 얼굴로 주변을 둘러보면서 중얼거렸다. 앞장선 마루크가 마침내 산꼭대기에 도착했다. 멧돼지 이빨 같은 바위들이 솟아 있는 꼭대기에 서서 주변을 돌아보던 마루크의 시선이 갑자기 한군데에서 멈췄다.

"저기, 뭔가가 있습니다."

옆에 선 아비틴은 마루크가 가리킨 곳을 바라봤다. 올라선 산과 이어진 야트막한 산꼭대기에 돌로 쌓은 성벽이 쭉 둘러져 있는 것이 보였다.

아비틴은 가만히 서서 주변을 둘러봤다. 이런저런 생각에 잠겨 있던 아비틴에게 마루크가 권했다.

"일단 저곳을 살펴보시는 게 좋겠습니다."

해가 언제 저물지 모르는 상황이라 일단 가 보는 수밖에 없었다. 아비틴이 고개를 끄덕거리자 마루크가 선두에 서서 산길을 내려갔다. 나뭇가지에 앉아 있던 산새가 발자국 소리를 듣고 날갯짓을 하면서 사방으로 날아갔다. 어딘지도 모르는 곳을 가고 있다는 긴장감이 잠시 누그러졌다. 이마에 흐르는 땀을 훔친 아비틴은 구불구불한 오솔길 너머의 성벽을 바라봤다. 깃발 비슷한 것이 나부끼는 모습이 보였지만 사람이 있는 흔적은 보이지 않았다.

"버려진 성일까?"

앞장선 마루크의 옆으로 다가간 아비틴이 중얼거렸다. 그러자 마루크가 행렬을 정지시킨 후에 의견을 내놨다.

"사람을 몇 명 보내서 상황을 지켜보는 게 좋겠습니다. 해동과 제가 다녀오겠습니다."

"나도 같이 가겠네."

아비틴이 나서자 마루크가 팔을 잡고 만류했다.

"위험할지도 모릅니다."

"그러니까 내가 가야지."

결국 마루크와 아비틴 그리고 해동이 성으로 다가갔다. 아들 쿠산에게 님 네자를 건넨 마루크가 둥근 방패인 시파르를 움켜쥐고 아비틴의 앞을 막아섰다.

"가시죠."

아비틴은 바짝 긴장한 해동의 손을 잡고 마루크의 뒤를 따랐다. 구불구불하던 오솔길은 성벽에 가까워지면서 점점 커졌다. 이름을 알 수 없는 나무와 풀들이 오솔길 주변에서 그들을 둘러쌌다. 산새와 벌레들이 우는 소리가 간간히 들려오는 가운데 세 사람은 주변을 살피면서 앞으로 나아갔다. 하지만 성문을 찾을 수가 없었다. 어찌할지 몰라 주춤거리던 아비틴이 성벽을 올려다보면서 말했다.

"유령밖에 없는 것 같아."

"일단 성벽을 따라서……."

뒤를 돌아보면서 얘기하던 마루크의 눈이 갑자기 커졌다. 성벽을 바라보느라 신경을 쓰지 못했던 아비틴은 마루크의 입에서 피가 터져 나온 후에야 그의 옆구리에 박힌 화살을 발견했다.

아비틴의 품에 안긴 마루크는 부들부들 떨면서 무릎을 꿇었다. 아랍인들과의 전쟁터를 누비며 수없이 많은 적의 목을 베고, 승리를 거뒀던 백전노장 마루크는 낯선 땅에서 허망한 최후를 맞이했다. 마루크의 피를 뒤집어쓰고 충격에 빠진 아비틴의 귀에 낯선 고함이 들렸다. 아무도 없을 것 같았던 오솔길 오른쪽 숲 속에서 수십 명의 병사들이 갑자기 뛰쳐나왔다. 나무로 만든 사각형 방패에 붉은 술이 달린 투구를 쓴 병사들을 선두로, 뒤에는 갑옷과 무기를 갖추지 않은 자들이 따랐다. 아비틴은 품에서 마지막 숨을 몰아쉬던 마루크를 내려놓고 외쳤다.

"방패 벽!"

그러자 부하들은 시파르로 벽을 쌓았다. 아비틴은 마루크를 내려놓고 허리에 찬 샴쉬르를 뽑아 들고 부하들을 향해 달려갔다. 마루크의 아들 쿠샨이 님 네자로 앞장서서 달려오는 병사의 목덜미를 힘껏 찔렀다. 아비틴은 붉은 술이 달린 투구를 쓴 상대방이 휘두른 칼을 피해 몸을 옆으로 기울이면서 샴쉬르를 비스듬히 그어 올렸다. 갑옷으로 가려지지 않은 허벅지를 깊숙이 파고든 샴쉬르의 예리한 칼날에 상대방은 외마디 비명을 지르며 주저앉았다. 주저앉은 상대방을 발로 걷어찬 아비틴의 앞에 피를 뒤집어 쓴 쿠샨의 모습이 보였다. 쿠샨이 곤봉인 구르즈를 휘두르며 방패 벽을 무너뜨리려는 적병의 머리를 쳤다. 얼굴이 피범벅이 된 아비틴은 몰려드는 적병을 바라보면서 이를 악물었다. 그때 또 다른 함성이 들려왔다. 왼쪽 산기슭에서 또 다른 무리의 병사들이 달려오는 게 보였다.

"젠장."

저들까지 합세한다면 수적으로 크게 밀릴 게 뻔했다. 응원군이 오는 것을 본 군사들이 힘을 냈는지 더욱 거세게 밀어붙였다. 시파르를 들고 방패 벽을 쌓았던 부하 한 명이 넘어졌다가 가슴에 칼이 찔렸다. 구슬픈 비명을 지른 부하는 뭔가를 찾는 것처럼 주변을 두리번거리다가 그대로 고개를 축 늘어뜨리고 말았다.

수십 보 거리로 다가온 응원군들이 화살을 날렸다. 그런데 그 화살들은 공격을 하는 상대 병사들을 향했다. 몇 명이 화살을 맞고 쓰러지자 공격하던 병사들의 기세가 주춤해지면서 뒤로 물러났다. 그러고 보니 새로 다가온 병사들의 무기와 갑옷 차림새가 조금씩 달랐다. 뭐가 어떻게 돌아가는지 영문을 몰라 하던 아비틴에게 응원군을 이끌고 온 젊은 장수가 다가왔다.

갑옷과 투구를 입고 환도를 손에 든 젊은 장수는 아비틴과 일행을 보고는 다소 당황한 듯했다. 또래로 보이는 젊은 장수는 검은 눈에 날카롭지만 낮은 코를 가지고 있었는데 얼굴에는 아비틴과 같이 걷잡을 수 없는 책임감과 부담감이 엿보였다. 아비틴 역시 알 수 없는 말을 중얼거리는 젊은 장수를 보고 어쩔 줄 모르기는 매한가지였다. 다행히 옆에 붙은 해동이 젊은 장수의 말을 옮겨 주었다.

"어디서 왔냐고 묻습니다."

"페르시아에서 왔다고 전해. 그리고 저쪽 정체가 뭐냐고 물어봐."

"말이 통하는 걸 보니까 바실라 쪽 사람인 것 같습니다."

바실라라는 말에 아비틴의 눈이 휘둥그레졌다. 해동을 본 젊은 장수가 뭐라고 빠르게 얘기했다. 해동이 아비틴의 팔을 잡고 그의 말을 옮겼다.

"서라벌에서 보낸 구원군인 줄 알았답니다. 백제의 잔당들도 그런 줄 알고 매복을 했다고 합니다."

"서라벌은 뭐고 백제 잔당은 또 무슨 얘기야?"

답답해진 아비틴이 반문하는 순간 화살이 날아와 투구에 맞고 튕겨 나갔다. 멀찌감치 물러났던 병사들이 화살을 쏘면서 서서히 다가오는 중이었다. 숫자는 아까보다 더 불어난 상태였다. 그걸 본 젊은 장수가 말했다. 해동이 다급한 목소리로 옮겨 줬다.

"따라오라고 합니다."

아비틴의 말을 듣기도 전에 젊은 장수가 부하들을 이끌고 돌아갔다. 어찌할까 잠시 고민하던 아비틴은 다가오는 병사들을 보고는 쿠샨에게 소리쳤다.

"저들을 따라간다."

그러자 쿠샨이 어서 움직이라고 외쳤다. 페르시아인들이 성벽을 향해 달려가는 젊은 장수의 뒤를 따랐다. 뒤쳐져서 달려가던 쿠샨이 길 중간에 누워 있던 마루크를 내려다봤다. 한쪽 무릎을 꿇고 마루크의 눈을 감겨 준 쿠샨은 자신을 바라보는 아비틴의 시선을 외면하고 앞으로 걸어 나갔다. 숫자가 불어난 적병들은 서서히 속도를 올리면서 추격해 오는 중이었다. 아비틴도 서둘러 성벽 쪽으로 뛰어갔다. 성벽은 크고 작은 돌을 차곡차곡 쌓아올린 것으로 대략 7~8큐빗 (고대 페르시아의 길이 단위로, 1큐빗은 대략 50센티미터이다) 정도의 높이였다. 오솔길은 성벽 앞을 따라 이어졌다. 그러다 마치 장벽처럼 앞을 가로막은 옹벽 같은 것이 보였다. 앞장선 젊은 장수와 그 부하들은 옹벽 뒤쪽으로 사라져 보이지 않았다.

뒤늦게 불안감이 치밀어 오른 아비틴은 걸음을 늦추고 조심스럽게 옹벽 뒤로 돌아갔다. 그러자 성벽의 높이가 절반쯤으로 낮아진 공간이 보였고, 그곳엔 사다리 몇 개가 걸쳐져 있었다. 젊은 장수가 그 앞에 서서 부하들이 사다리를 타고 올라가는 모습을 지켜봤다. 쿠샨을 비롯한 페르시아인들은 사다리 앞에서 어찌할 바를 모르고 우두커니 서 있었다. 아비틴과 눈이 마주친 젊은 장수가 사다리를 타고 올라오라는 손짓을 했다. 쿠샨이 아비틴을 절박한 표정으로 쳐다봤다. 사다리가 걸쳐진 성벽과 쫓아오는 정체불명의 적병들을 번갈아 바라보던 아비틴은 마침내 결단을 내렸다.

"사다리를 타고 올라간다."

그러자 페르시아인들이 서둘러 사다리를 타고 올라갔다. 그사이 추격해 오던 적병은 옹벽 근처까지 다가왔다. 사다리에 발을 디딘 젊은 장수가 뭐라고 소리쳤다. 뜻은 알 수 없었지만 어서 올라오라는 뜻이 분명했다. 아비틴은 사다리를 붙잡고 위로 올라갔다. 다행스럽게도 성벽 위에서 돌과 화살을 날려 적병들이 다가오는 걸 막아 주었다. 사다리를 타고 성벽 안으로 들어간 아비틴은 주변을 돌아봤다. 성벽이 둘러쳐진 곳은 움푹 파인 것 같은 산꼭대기의 평지였다. 성은 생각보다 크지 않았고 사방이 200보 정도여서 한눈에 들어왔다.

성안은 온통 난장판에 피바다였다. 병사들이 머무는 막사와 창고로 보이는 건물들은 모두 불에 타서 앙상한 뼈대만 남은 상태였고, 임시로 만들어 놓은 낡은 천막 안에는 부상자들이 가득했다. 아비틴이 사다리를 타고 넘어온 쪽에는 병사들이 집중적으로 배치되어 있었지만 다들 지치고 피곤한 표정이었다. 반대쪽에는 작은 성문이 보였고, 그 옆의 약간 높게 치솟은 언덕에 돌을 쌓아서 장대를 만들어 놓은 것이 보였다. 장대에는 색색의 깃발들이 바람에 펄럭거리는 중이었다.

천천히 성안을 둘러보던 아비틴은 의혹과 의심에 가득 찬 젊은 장수의 눈길과 맞닥뜨렸다. 그가 큰 목소리로 지시를 내리자 사방에서 몰려온 병사들이 창을 겨눴다. 해동이 힘없는 목소리로 말했다.

"무기를 모두 버리랍니다."

Basilla

3

아비틴의 사절단이 해안 요새의 항구에 무사히 도착하자
부둣가의 파수병이 소리쳤다.
"그대들은 누구인가? 그대들은 무엇을 찾고 있는가?
그대들은 왜 우리 나라에 왔는가?"

아비틴과 부하들은 무기를 모두 빼앗기고 천막으로 끌려 들어갔다. 페르시아 말을 할 줄 아는 해동만이 젊은 장수 곁에 남았다. 감금되었다고는 하지만 밧줄로 결박당한 상태는 아니었고, 지키는 병사도 많지 않았기 때문에 몇 명은 힘으로 뚫고 나가자고 했다. 하지만 아비틴은 고개를 저었다.

"밖에 우리랑 싸웠던 자들이 있다. 일단 상황이 명확해질 때까지 기다린다."

마루크도 없는 상황에서 모험을 할 수 없다는 말이 나올 뻔 했지만 가까스로 참았다. 그리고 구석에서 조용히 아버지의 죽음을 슬퍼하는 쿠산에게 다가갔다. 아비틴은 조용한 목소리로 말했다.

"아후라 마즈다께서 자네 아버지를 천국으로 인도하셨을 것이네. 너무 슬퍼말게."

그러자 쿠산이 고개를 끄덕거렸다. 슬픔보다 더 큰 것

은 영문도 모른 채 싸움에 휩쓸렸다는 막막함이었다. 쿠샨
과 얘기를 나눈 아비틴은 바깥 동정을 살피기 위해 천막 입
구 근처로 가서 자리를 잡았다. 반쯤 열린 천막 입구에 창을
든 병사 두 명이 서 있는 게 보였다. 해가 저물 기미를 보이
는 가운데 이쪽으로 향하는 발자국 소리가 들려왔다. 발자
국 소리의 주인공은 해동과 젊은 장수였다. 시무룩한 표정
의 해동이 쭈뼛거리면서 말했다.

"주인님과 얘기하고 싶답니다."

아비틴이 일어나서 나가려고 하자 쿠샨이 어깨를 잡았다.

"함정일지 모릅니다."

미심쩍은 눈빛의 젊은 장수를 한참 동안 지켜보던 아비틴
은 쿠샨에게 말했다.

"만약 돌아오지 못하면 부하들을 부탁하네."

그러고는 허리를 굽혀서 천막 밖으로 나왔다. 건너편 산
으로 넘어가는 태양이 그 어떤 죽음보다 선명한 붉은색을
뿌렸다. 젊은 장수는 앞장서서 장대로 향했고, 문을 지키던
병사 한 명이 창을 겨눈 채 뒤를 따랐다. 그리고 저 멀리 무
장을 갖춘 병사들이 성벽 위로 올라가는 모습이 보였다. 아
마 야습을 대비하기 위해서 그러는 것 같았다.

좁은 돌계단을 올라가서 장대에 다다르자 시원한 바람이 맞이했다. 장대 위에는 네 개의 기둥이 지붕을 받치고 있는 건물 한 채가 있었다. 지붕은 당나라에서 본 것과 같은 기와로 덮여 있었는데 큰 화살 몇 개가 박혀 있는 게 보였다. 장대에는 주변을 감시하는 병사들과 군관들이 몇 명 있었는데 젊은 장수를 보고는 고개를 숙여 인사를 했다. 널빤지로 만든 엉성한 탁자 앞에 앉은 젊은 장수가 그에게 손짓으로 맞은편 자리를 권했다. 그가 앉자 해동이 바로 옆에 섰다. 젊은 장수는 잠깐 동안 침묵을 지켰다가 입을 열었다. 그가 얘기를 끝내자 해동이 조심스럽게 말을 옮겼다.

"이곳에 왜 왔는지 말해 달라고 합니다."

"우리는 사악한 자하크의 손길을 피해 멀리 페르시아에서 왔다고 전해라."

해동이 옮긴 대답을 들은 젊은 장수가 다시 입을 열었다.

"페르시아라는 곳은 어디인지 그리고 이곳까지 어떻게 왔는지 알려 달랍니다."

"페르시아는……."

잃어버린 조국의 이름을 얘기하던 아비틴은 저도 모르게

울컥하고 말았다. 간신히 마음을 잠재운 아비틴은 천천히 입을 열었다.

"페르시아는 위대한 사산의 손자인 아르다시르 1세가 건국한 나라다. 이후 박트리아와 아르메니아, 후제스탄을 정복했다. 그러다가 얼마 전 아랍인들의 거센 침공에 못 이겨 무릎을 꿇고 말았고, 나와 충성스러운 부하들은 빼앗긴 나라를 되찾을 힘을 기르기 위해 멀리 떠나기로 결심했다. 배를 타고 몇 달 동안 동쪽으로 와서 당나라의 광주에 머물렀다. 그러다가 바실라로 가기 위해 배를 타고 나왔다가 길을 잃고 이곳에 오게 되었다."

아비틴은 기세를 잃지 않기 위해 일부러 딱딱한 말투로 얘기했다. 해동에게 전해 들은 젊은 장수는 고개를 옆으로 기울인 채 한참 동안 말이 없었다. 그러다가 다시 해동에게 말을 했다. 마른침을 삼킨 해동이 입을 열었다.

"광주에 계속 머물지 않고 바실라로 온 이유를 묻습니다. 그리고 왜 무장을 하고 왔는지에 대해서 물었습니다."

예상 밖의 날카로운 질문에 잠시 고민하던 아비틴은 솔직하게 말하기로 했다.

"사악한 아랍인의 왕 자하크의 아들 쿠쉬가 우리 뒤를 쫓아서 광주에 왔기 때문이다. 그래서 떠날 곳을 찾던 중에 동쪽 바다 건너편에 바실라라는 풍요롭고 평화로운 땅이 있다는 얘기를 듣고 온 것이다. 이제 내가 묻겠다. 바실라가 이곳이 맞느냐?"

해동을 통해 아비틴에게 질문을 받은 젊은 장수는 손가락으로 탁자를 몇 번 두드리다가 의자에서 일어났다. 그러고는 두 팔을 허리에 댄 채 말했다.

"당신이 얘기한 바실라라는 곳은 우리 신라가 맞는 것 같답니다. 하지만 우리는 풍요롭지도 않고 평화와도 거리가 멀다고 합니다."

해동의 조심스러운 말을 들은 아비틴이 벌떡 일어났다.

"듣기로는 황금이 흘러넘치는 부유하고 풍요로운 곳이라고 했는데 어찌 된 말이냐?"

해동이 우물쭈물 하는 사이 젊은 장수가 그에게 일어나라는 손짓을 했다. 아비틴이 일어나서 그쪽으로 가자 젊은 장수는 손가락으로 어두워져 가는 서쪽을 가리키면서 뭐라고 말을 했다.

"저쪽이 바로 자기가 온 신라의 땅이랍니다."

젊은 장수가 가리킨 땅은 구불구불한 산과 강에 가려져 제대로 보이지 않았다. 그곳을 바라보던 아비틴은 이해가 가지 않았다.

"그럼 여기는 바실라가 아니란 뜻인가?"

해동이 우물쭈물하는 기색을 보이자 아비틴은 성난 눈길로 쏘아봤다. 작년에 광주에 오자마자 사들인 노예였던 해동은 어릴 때 당나라 해적들에게 잡혀 온 신라 소년이었다. 열 살 밖에 안 된 나이였지만 당나라 말을 할 줄 알았던 데다가 영특하여 페르시아 말을 빨리 배워 통역사 노릇을 톡톡히 했다. 아비틴의 무거운 눈빛을 이기지 못한 해동이 더듬거리면서 입을 열었다.

"그, 그러니까 여긴 바실라의 군대가 점령한 백제라는 나라의 땅입니다."

"그럼 아까 우리를 공격한 건?"

"지금 이 성을 포위하고 있던 백제군의 잔당이랍니다. 아까 우리들이 오는 걸 보고 백제 잔당들이 신라의 구원군이 오는 줄 알고 매복했다 공격을 했다고 합니다. 자기도 구원군인 줄 알고 성 밖으로 나왔던 것이고요."

해동의 설명이 끝나자 젊은 장수가 손을 들어 산 아래쪽을 가리켰다. 넓은 계곡 같은 그곳에는 수십 개의 깃발이 휘날리고 있는 목책이 보였다. 목책 안팎에는 천 명은 넘어 보이는 병사들이 자리 잡고 있었다. 아비틴은 고개를 돌려 반대편을 바라봤다. 그러자 푸른 들판 너머에 끝없이 펼쳐진 바다가 눈에 들어왔다. 해안선을 바라보다가 맨 처음 뭍에 내렸던 모래사장을 발견했다.

높은 산과 숲에 가려져 앞의 상황을 보지 못한 채 싸움터 한복판으로 들어왔던 것이다. 마음이 복잡해진 아비틴이 한숨을 쉬자 젊은 장수가 곁으로 다가오면서 뭐라고 말을 했다. 해동이 뜻을 옮겨 주었다.

"구원을 요청한 전령을 보냈으니까 조만간 대군이 당도할 것이라고 합니다. 그러니 그때까지 자기를 도와서 이 성을 지켜주는 데 힘을 보태 달라고 합니다."

얘기를 들은 아비틴은 무심코 고개를 돌렸다가 젊은 장수의 눈빛과 마주쳤다. 스무 살을 갓 넘긴 듯한 또래의 젊은 장수 눈에는 무거운 책임감에 짓눌린 피곤함이 짙게 심어져 있었다. 빼앗긴 나라 페르시아를 되찾아야 한다는 엄청난 부담감에서 한시도 벗어나지 못했던 그는 젊은 장수의 심정을 쉽사리 이해했다. 아비틴의 시선을 슬쩍 피한 젊은 장수가 손짓을 하자 병사 한 명이 아비틴의 샴쉬르를 가지고 왔다. 젊은 장수가 샴쉬르를 한 손으로 잡아서 그의 눈앞에 들이밀었다. 샴쉬르를 내려다본 아비틴이 해동을 향해 말했다.

"우리가 도와주면 무엇을 해줄 수 있느냐고 물어라."

해동이 말을 옮기자마자 젊은 장수는 기다렸다는 듯 대답했다.

"주인님이 바실라라고 부르는 곳으로 직접 데려가 주겠답니다."

잠시 고민하던 아비틴은 젊은 장수가 내민 샴쉬르를 움켜쥐었다. 젊은 장수의 얼굴에 한 줄기 안도감이 깃드는 것이 보였다. 그가 허리에 샴쉬르를 찬 아비틴에게 손을 내밀면서 짧게 말했다.

"자기는 신라의 화랑 원술이라고 합니다."

해동의 얘기에 아비틴은 원술의 손을 잡으면서 대답했다.

"페르시아의 왕자 아비틴이오."

아비틴이 부하들이 갇혀 있는 천막으로 돌아와서 자초지종을 얘기하자 부정적인 반응이 대부분이었다. 특히 쿠샨은 대놓고 반대를 했다.

"우리가 왜 이들 싸움에 끼어들어야 합니까?"

"방법이 없어. 어차피 전쟁터가 되어버린 상황이라 우리 힘만으로는 바실라까지 갈 수 없다. 거기다 아까 우리랑 싸운 자들이 밖에서 버티고 있는데 섣불리 움직일 수도 없고 말이야."

"여기 들어오자마자 무기를 모두 빼앗고 가뒀는데 우리를 바실라로 데려간다고 어찌 믿습니까?"

쿠샨의 반박에 아비틴은 마른침을 삼켰다. 아까 본 바로는 성을 지키는 바실라군의 상황이 좋지 않았다. 오랜 포위 공격에 병사들은 지쳤고, 성 밖의 백제 잔당에 비해 숫자도 크게 적었다. 따라서 아비틴 일행의 도움이 필요한 상황이었다. 하지만 싸움이 끝난 후에 원술이 과연 약속을 지킬지는 미지수였다. 한동안 말이 없던 아비틴은 쿠샨을 향해 얘기했다.

"저들을 믿지 못한다는 자네 말도 이해가 가네. 하지만 지금 우리가 선택할 수 있는 길은 별로 없어. 우리가 제안을 거절한다면 저들은 아예 우리를 없애려고 나설 거야."

아비틴의 얘기에 쿠샨을 비롯한 부하들이 어두운 표정으로 서로를 바라봤다.

천막 밖으로 나온 아비틴은 기다리고 있던 원술에게 고개를 끄덕거렸다. 그러자 원술이 주변에 서 있던 부하들에게 큰 목소리로 지시를 내렸다. 병사들이 아비틴의 부하에게 빼앗은 무기들을 가지고 와서는 천막 앞에 늘어놨다. 낯선 땅에서 목숨을 담보로 하는 기묘한 동맹이 맺어진 셈이었다. 원술이 아비틴을 데리고 성벽을 돌면서 방어 구역에 대해 설명했다. 해가 떨어진 직후라 뒤따르던 병사 몇 명이 횃불을 들고 갑작스럽게 몰려온 어둠을 쫓아냈다.

옹벽이라고 생각했던 것은 사실 툭 튀어나온 사각형의 성벽이라고 불리는 치(雉)라고 원술이 설명했다. 산줄기를 따라 이어진 오솔길은 성벽을 따라 이어졌는데, 치는 그 오솔길을 가로막는 방벽 역할을 했다. 사다리를 타고 올라왔던 낮은 성벽은 현문(懸門)이라고 불리는 일종의 다락문이라고 알려줬다. 아울러 다른 곳보다 높이가 절반 정도밖에 안 됐기 때문에 그동안 적군의 집중 공격이 계속되었다고 털어놨다. 반대편 성문이 있는 쪽은 경사가 가파른 편이라서 상대적으로 공격이 덜했다고 얘기했다. 실제로 성문이 난 쪽은 경사가 급한 편이라서 올라오기가 쉽지 않았다. 그래서인지 그쪽은 백제군의 모습이 별로 보이지 않았다. 원술과 많은 얘기를 나누면서 그가 처한 상황을 알게 되었다. 눈치 빠르게 말을 옮겨 준 해동 덕분에 얘기는 빨리 진행되었다.

"이 성을 지키라는 명령을 받고 애초에 출발한 인원은 500명이었네. 하지만 이곳으로 오던 중에 백제 잔당들의 기습 공격을 받으면서 100여 명 가까이 죽거나 포로로 잡혔고, 보급 물자를 실은 수레도 모두 잃었지. 놈들의 거센 공격에

성을 지키다가 100여 명이 또 죽거나 다쳤네."

"그런데 이 성을 왜 지키려고 하는 거요?"

아비틴의 물음에 원술은 잠시 침묵을 지켰다가 북쪽을 바라봤다.

"산 아래 난 길을 따라가면 큰 강을 만나고, 그 강을 따라 올라가면 백제의 옛 도읍인 사비성이라는 곳에 닿게 되오. 이 성은 그 길을 내려다볼 수 있는 것은 물론 바다까지 살필 수 있는 곳이기 때문에 매우 중요한 곳이오."

"그래서 결사적으로 성을 빼앗으려고 한 거요?"

"서라벌에서 사비성에 있는 반란군을 토벌하기 위해 대군을 보냈소. 그들도 소식을 듣고 중간에 막으려고 하는데 그러기 위해서는 이 성을 반드시 빼앗아야 하고 말이오."

원술의 얘기를 듣던 아비틴이 물었다.

"군대는 언제 오는 거요?"

그러자 눈에 띄게 당황한 기색을 보인 원술이 낮은 목소리로 대답했다.

"서라벌에서 군대가 출발했다는 소식은 전령에게 받았소. 놈들이 성을 포위한 이후에는 별다른 연락을 받지 못했지만 반드시 올 것이오. 그러니 그때까지 버틸 수 있게 도와주시오. 그럼 내 반드시 보답하리다."

성 안팎은 온통 어둠에 잠겼지만 야습이 있을지 모른다
는 걱정 때문에 모든 병사들이 성벽을 지켜야만 했다. 아비
틴 역시 현문에 버티고 서서 어둠에 잠긴 산 아래쪽의 목책
을 내려다봤다. 군세를 자랑하려는 듯 횃불을 넓게 늘여서
피워 놓은 게 보였다. 뭔가를 만드는 지 톱질을 하는 소리도
들렸다. 원술이 다른 곳을 살펴보기 위해 자리를 뜬 사이 아
비틴은 해동을 불렀다. 그리고 낮은 목소리로 말했다.

"어떻게 돌아가고 있는지 하나도 빼놓지 말고 얘기해 봐."

"저도 워낙 어릴 때 떠나서 잘 모릅니다."

해동의 얘기를 들은 아비틴이 잠자코 쏘아봤다. 그러자
해동이 잠시 후 얘기들을 털어놨다.

"주인님이 바실라라고 부르는 신라와 백제는 수백 년 동
안 원수지간이었습니다."

해동의 얘기를 들은 아비틴은 아랫입술을 지그시 깨문 채
산 아래를 내려다봤다. 백제라는 나라가 처한 운명은 몇 년
전 떠나온 조국 페르시아와 너무나 닮아 있었기 때문이다.

야습은 없었다. 다음 날 해가 뜬 후에도 산 아래 목책에서

는 별다른 움직임이 없었다. 오후에 접어들어 해가 질 기미를 보일 무렵 드디어 목책 밖으로 백제군이 나와서 대열을 갖췄다. 설익은 햇살이 먼지 낀 투구와 창끝에 달라붙었다. 질서 정연하게 대열을 갖춘 백제군은 천천히 성이 있는 산으로 올라왔다. 적병이 올라온다는 외침에 원술이 한걸음에 현문이 있는 곳으로 다가왔다. 부하들이 성벽 위에 낮게 쌓은 담장인 여장(女牆)에 쇠뇌인 아파르를 걸쳐 놓고 쏠 준비를 했다.

하지만 백제군 대열의 선두는 전신을 가리는 사각형 방패로 앞을 가리고 있었고, 뒤쪽도 나뭇가지를 엮은 방패를 들고 화살 공격에 대비했다. 성벽에서 100보 정도까지 다가온 백제군 대열은 그대로 멈췄다. 그리고 대열 중간에서 어제 아비틴 일행을 습격했던 붉은 술이 달린 투구를 쓴 무사 두 명이 앞으로 나왔다. 현문 앞까지 다가온 두 무사는 우렁찬 목소리로 외쳤다. 옆에 선 해동이 말을 옮겨 주었다.

"우리 쪽 병사들이 수천 명이고, 앞으로 더 올 것이라고 합니다. 그러니 쓸데없는 저항을 그만두고 항복하면 목숨은 살려주겠답니다."

"백제 말도 할 줄 아는 게냐?"

아비틴의 물음에 해동이 고개를 끄덕거렸다.

"사실 신라 말이나 백제 말이나 큰 차이는 없어서 알아듣는 데는 별 문제없어요."

그러는 사이에도 백제 무사들은 계속 항복을 권유했다. 잠자코 듣고 있던 원술은 갑자기 아비틴을 끌고 앞으로 나섰다. 그리고 성 아래를 굽어보면서 얘기했다. 해동이 조용히 말을 옮겨 주었다.

"이들이 누구인 줄 아느냐? 신라의 명성을 듣고 복속하기 위해 머나먼 바다를 건너온 회회인들이다. 신라의 위엄이 이렇게 사해에 떨치고 있는데 감히 너희 같은 도적들에게 항복할 이유가 없다고 합니다. 그리고 곧 서라벌에서 구원군이 와서 너희들을 모두 도륙할 것이니 살고 싶으면 항복하라고 합니다."

얘기를 마친 원술이 활을 들어서 화살을 쏘았다. 바람을 가르고 날아간 화살은 백제 무사의 발치에 박혔다. 놀란 백제 무사가 펄쩍 뛰면서 뒤로 물러나자 원술이 껄껄 웃으면서 입을 열었다.

"너희들은 신라의 화랑이 항복하는 걸 본 적이 있느냐고 물었습니다."

원술의 말을 들은 백제 무사들은 지체 없이 대열로 돌아갔다. 당장이라도 공격이 시작될 것 같았지만 해가 떨어질 때까지 아무런 움직임이 없었다. 하지만 언제 공격해 올지 몰랐기 때문에 아비틴과 부하들은 성벽에서 내려오지 못했다. 해가 떨어지자 점검을 하기 위해 성벽을 둘러보던 원술이 그에게 다가와서 말을 건넸다. 해동이 잽싸게 통역했다.

"도와줘서 고맙답니다."

아까 낮에 자신을 이용한 것 때문에 화가 나 있던 아비틴은 화를 내기 위해 몸을 돌렸다. 그때 옆에 있던 해동이 뭔가를 봤는지 눈이 휘둥그레졌다. 그 시선을 따라간 아비틴의 눈에 보인 것은 어둠이 막 깔리기 시작한 허공을 가르며 날아오는 불덩어리였다. 성안으로 떨어진 불덩어리는 마치 폭발하는 것처럼 불꽃을 사방으로 날렸다. 근처에 서 있던 바실라군 서너 명이 불을 뒤집어쓰고 비명을 질렀다. 놀란 원술이 재빨리 성문 쪽으로 달려갔다. 그사이에도 불덩어리는 연거푸 날아왔다. 성문이 있는 성벽 바깥에서 우렁찬 함성 소리가 들려왔다.

아비틴도 쿠샨과 함께 소리가 들리는 쪽으로 달려갔다. 앞서 달려간 원술은 성문 위에 서서 바깥쪽을 내려다보고 있는 중이었다. 아비틴이 고개를 내미는 순간 원술이 뒷덜미를 잡고 주저앉혔다. 머리 위를 스쳐 지나간 돌이 바로 뒤에 서 있던 바실라군을 두 동강 냈다. 박살난 바실라군의 피가 성벽에 확 뿌려졌다. 숨을 가다듬은 아비틴은 조심스럽게 바깥을 내다봤다. 가파른 산 중턱에는 언제 세웠는지 모를 투석기 다섯 대가 줄기차게 불붙은 돌들을 쏘아 댔다. 투석기 구조는 간단해서 병사들이 반대쪽에서 밧줄을 잡아당겨 돌을 던지는 방식이었다. 그렇게 날아온 불붙은 돌들은 성안에 큰 혼란을 일으켰다. 투석기를 지나쳐서 백제군 대열이 접근해 왔다.

성안의 바실라군은 돌과 화살을 던져서 막으려고 했지만 백제군은 화살에 맞거나 돌에 머리가 깨진 동료를 놔두고 그대로 전진해 왔다. 아비틴의 눈에 그들이 들고 온 이상한 사다리들이 보였다. 널빤지를 이어붙인 사다리 끝에는 쇠로 만든 갈고리가 붙어 있었다. 화살 세례를 무릅쓰고 접근한 백제군은 구령을 붙이면서 갈고리가 달린 사다리를 성벽에 걸쳤다. 바실라군이 사다리를 밀쳐 내려고 했지만 갈고리가 여장에 꽉 물린 데다 아래쪽에서 백제군이 사다리를 잡고 있어서 꿈쩍도 하지 않았다.

그사이 사다리를 타고 백제군이 물밀듯이 밀려왔다. 널빤지를 댄 사다리라 서서 올라올 수 있었기 때문에 짧은 시간에 수십 명의 백제군이 성벽 위로 올라올 수 있었다. 성벽 위에서는 칼과 도끼, 피와 죽음이 오가는 난투극이 벌어졌다. 원술은 환도를 뽑아 들고 백제군을 베어 넘겼지만 넘어오는 백제군의 수가 워낙 압도적이었다. 성벽 위에서 밀려나면 그대로 성은 함락될 것만 같았다. 지켜보던 쿠샨이 아비틴에게 말했다.

"이대로 놔두면 성이 함락될 것 같습니다."

"그럼 어찌해야 하지?"

"성 밖으로 나가서 저 사다리를 걷어 내야 합니다."

쿠샨의 말에 아비틴은 큰 소리로 외쳤다.

"부하들을 모아서 성문 앞에 대기시켜! 내가 지휘한다."

"위험합니다. 제가 나가겠습니다."

"내가 나간다. 부하들을 불러와."

잠시 눈싸움을 벌이던 쿠샨이 현문 쪽으로 달려갔다. 아비틴은 샴쉬르를 뽑아든 채 성문 앞에 섰다. 수많은 발들이 뒤엉키면서 만들어 낸 진동이 발끝으로 전해졌다. 눈을 감은 채 아후라 마즈다를 향한 기도를 하던 아비틴은 쿠샨과 부하들이 오는 소리를 듣고는 몸을 돌렸다.

샴쉬르를 높이 치켜든 아비틴이 처절하게 외쳤다.

"아후라 마즈다를 위하여!"

그러자 쿠샨과 부하들이 따라서 외쳤다. 아비틴은 시파르를 한 손에 든 채 성문 쪽으로 향했다. 쿠샨과 부하들이 어깨를 나란히 하고 걸었다. 그러자 성문을 지키던 바실라군들이 어리둥절해하면서 창을 겨눴다. 아비틴은 성문을 열라고 외쳤지만 말이 통할 리 없던 바실라군들은 어찌할 바를 몰랐다. 말을 옮길 수 있는 해동을 찾았지만 어디 갔는지 보이지 않았다. 그때 성문 위에 서 있던 원술이 그 광경을 내려다보고는 뭐라고 외쳤다. 그러자 창을 거둔 바실라군들이 받침대를 떼어 내고 빗장을 들어 올려서 성문을 열었다. 삐거덕거리는 소리와 함께 성문이 열리면서 뜨거운 바람이 밀려들어왔다.

아비틴은 고함을 지르며 반쯤 열린 성문으로 뛰쳐나갔다. 그의 뒤를 따라 부하들이 함성을 지르면서 뛰쳐나왔다. 그를 뒤따른 쿠샨이 외쳤다.

"사다리를 성벽에서 떨어뜨려!"

시파르로 백제군의 도끼를 막은 아비틴은 샴쉬르로 상대방의 무릎을 베었다. 예리함을 자랑하는 그의 샴쉬르는 무릎을 단숨에 동강 냈다. 한쪽 발을 잃은 백제군은 처절한 비명을 지르면서 바닥을 뒹굴었다. 쿠샨이 구르즈로 널빤지를 붙인 사다리를 내리쳐서 부수자 위에 올라가 있던 백제군들이 아래로 떨어졌다. 그런 다음 쿠샨은 사다리를 두 손으로 잡아 들어 올린 다음 옆으로 밀어버렸다. 요란한 소리를 내며 넘어진 사다리 너머로 자욱한 먼지가 일어났다. 성벽에 걸쳐진 사다리들을 모두 부수거나 떼어 내는 데 성공한 쿠샨이 외쳤다.

"철수! 철수 한다."

그러자 부하들이 성문 안으로 들어갔다. 제일 마지막으로 물러난 아비틴이 들어오고 성문이 닫혔다. 성문 앞에서 기다리고 있던 원술이 아비틴의 어깨를 꽉 잡은 채 활짝 웃었다. 말을 하지는 않았지만 그의 얼굴에는 고마움과 대견함이 드러났다. 물러났던 백제군은 다음 날 새벽이 되면서 종적을 감추어 버렸다. 성 밖에는 죽은 백제군의 시신들과 무기들이 어지럽게 흩어져 있었다. 아비틴이 갑작스러운 백제군의 퇴각에 의아해하는 가운데 장대에 올라가 있던 원술이 큰 소리로 외치는 게 들렸다. 성벽에 올라간 아비틴은 원술이 바라본 방향을 바라봤다.

산 아래 구불구불한 길을 따라 깃발을 앞세운 군대가 행군해 오는 게 보였다. 원술이 눈물을 글썽거리면서 떠들었다. 병사들의 환호성을 들은 쿠샨이 한마디 했다.

"구원군이 온 모양입니다."

아비틴이 저도 모르게 안도의 한숨을 쉬었다.

먼지를 일으키며 진격한 바실라 기병대가 산 주변을 달리면서 적이 있는지 살폈다. 멀리서 먼지 구름을 일으키며 본대가 오는 게 보였다. 그때 원술의 얘기를 들은 해동이 다가와서 말했다.

"대각간께서 오시니 예를 갖춰 맞이해 달랍니다."

"대각간이 누구인데 그러느냐?"

그러자 해동이 원술에게 달려가서 얘기를 전했다. 그러자 원술이 직접 다가와서 해동을 통해 설명했다.

"대각간은 신라왕 다음 가는 높은 인물이랍니다. 미리 전령을 보내서 얘기를 해 놨으니 자기가 소개하면 가볍게 고개를 끄덕여 주면 고맙겠답니다."

그 정도는 할 수 있노라 생각한 아비틴은 승낙하고는 부하들을 모두 집결시켰다. 원술의 지시를 받은 병사가 성문을 활짝 열었다.

잠시 후, 말발굽 소리와 함께 말을 탄 기병들이 성안으로 들어왔다. 선두에 선 기병을 따라 늙은 장수가 말을 타고 성안으로 들어왔다. 황금처럼 번쩍거리는 갑옷과 챙이 달린 투구를 쓴 늙은 장수는 호랑이 가죽이 깔린 안장 위에 올라앉았다. 그를 본 병사들이 일제히 창을 들어 환호했다. 원술이 따로 알려주진 않았지만 그가 바로 대각간이라는 것을 알 수 있었다. 천천히 말을 몰면서 병사들을 사열하듯 살펴

본 대각간은 원술 앞에 멈춰 서고는 말에서 내렸다. 그러고는 원술을 슬쩍 쳐다본 뒤 병사들에게 뭐라고 말을 했다. 해동이 옆에 서서 통역을 해 주었다.

"맡은 바 임무를 수행해 주어서 고맙다고 치하합니다. 너희들 덕분에 어려운 고비를 넘겼고, 사비성을 백제군의 잔당으로부터 지켜낼 수 있었답니다."

"저 대각간이라는 사람은 대체 누굴까?"

아비틴이 무심코 중얼거리자 해동이 아비틴을 쳐다보면서 대답했다.

"김유신입니다."

"너도 알고 있었느냐?"

"신라에서는 세 살짜리 어린아이도 압니다. 젊은 시절부터 백제와 고구려를 상대로 큰 공을 세운 장수에요."

해동의 설명 대로 대각간 김유신의 얼굴에는 전쟁터에서 묻은 연륜이 보였다. 원술과 짧게 얘기를 마친 김유신이 다가오자 아비틴은 저도 모르게 마른침을 삼켰다. 가까이서 본 김유신의 얼굴에는 그물 같은 잔주름과 군데군데 핀 검버섯이 자리 잡았다. 하지만 깊게 파인 두 눈에는 측정할 수 없는 세월이 담겨 있었다. 원술과 낮은 목소리로 얘기를 주고받던 김유신이 그의 앞에 다가왔다. 아비틴은 가볍게 고개를 숙이면서 말했다.

"페르시아에서 온 아비틴 왕자입니다."

해동이 잽싸게 말을 옮기자 김유신은 마치 그를 꿰뚫어 버릴 것 같은 강렬한 눈빛으로 쏘아봤다. 그러고는 머리를 크게 끄덕거리고 돌아섰다. 그사이 성 한구석에는 커다란 천막이 세워졌다. 김유신과 원술이 그 천막 안으로 들어갔다. 부하들을 해산 시킨 아비틴은 성벽으로 올라갔다. 새로 도착한 바실라군이 죽은 백제군의 무기와 갑옷을 모두 수거한 다음 시신들이 산 아래로 던져 버렸다. 데굴데굴 굴러간 시신들을 한데 뒤엉켰다. 그 모습을 지켜보고 있는데 원술이 다가왔다. 흥분한 그는 동쪽을 가리키면서 뭐라고 말했다. 해동이 옆에 없어서 알아들을 수 없었지만 '서라벌'이라는 말은 알아들을 수 있었다.

"서라벌."

아비틴이 말하자 원술이 크게 고개를 끄덕거렸다. 그러고는 손바닥으로 자신의 가슴을 쳤다가 아비틴을 가리켰다. 그리고 천천히 말을 했다.

"나와 함께 서라벌로 가자."

무슨 뜻인지 짐작한 아비틴이 고개를 끄덕거렸다.

다음 날, 원술이 이끄는 바실라군은 산 아래로 내려와서 서라벌로 향했다. 아비틴도 부하들을 이끌고 뒤를 따랐다. 동쪽으로 향하면서 비로소 집과 사람들이 보였다. 흙과 벽돌을 쓰는 페르시아 백성들의 집과는 달리 바실라 백성들의 집은 땅을 파서 기둥을 세우고 풀로 지붕을 올린 형태였다. 벽은 거의 없고 지붕이 커서 멀리서 보면 꼭 지붕만 있는 것처럼 보였다. 그리고 그런 집 주변에는 맨발에 허름한 옷차림의 아이들과 아낙네들이 보였다.

하지만 서라벌 주변의 풍경은 전혀 딴판이었다. 서라벌에 도착한 그를 맞이한 것은 끝없이 펼쳐진 기와지붕의 바다였다. 이곳으로 오는 동안 마주쳤던 움막 같은 바실라 백성들의 집과는 전혀 딴판이었다. 고대 바빌론인들이 세운 탑 지구라트처럼 하늘 높이 치솟은 목탑들 아래 펼쳐진 화려한 풍경을 본 아비틴은 입을 다물지 못했다.

Basilla

4

바실라는 평범한 도시가 아니었다.
선녀로 가득 찬 낙원과 같은 곳이었다.
깨끗한 물이 사방에서 흐르고 있었으며, 개천 가까이에는 향나무들이 있었다.
돌로 만들어진 성벽은 정교하게 쌓여 있어 아무것도 지나갈 수 없었다.
도시의 냄새가 너무나 향기로워서 사람의 넋을 잃게 하였다.

아비틴과 말 머리를 나란히 한 원술이 서라벌 시내에 대해서 이것저것 설명했다. 페르시아의 도읍 크테시폰이 돌로 만든 회랑과 돔의 도시였다면 서라벌은 나무와 기와 그리고 탑들의 도시였다. 아비틴은 군데군데 세워진 사찰들의 큰 탑들을 보고 눈을 떼지 못했는데 그중 압권은 첨성대와 황룡사의 9층 목탑이었다.

거리를 오가는 서라벌 사람들은 대부분 실크로 된 옷과 관모를 쓰고 있었고, 호화로운 마구로 장식된 말을 타거나 수레를 타는 경우도 많았다. 지나가는 서라벌 사람들 역시 튜닉 차림에 터번을 두른 페르시아인들을 신기한 눈으로 쳐다봤다. 9층 목탑이 우뚝 서 있는 황룡사를 끼고 좌측으로 돌자 숲에 둘러싸인 거대한 연못과 전각들이 보였다.

"태자마마께서 머무는 동궁과 월지일세. 보름달이 뜨면 저곳에 가서 연못에 뜬 달구경을 했는데 참으로 일품이지.

그 뒤에 있는 성은 월성으로 저 안의 궁궐이 대왕께서 계신 곳이지."

같은 또래인 데다 생사를 함께 넘나든 탓인지 원술은 친근하게 대했다. 동궁과 월지를 지나 월성 앞에 흐르는 하천을 따라 가는데 특이한 다리가 눈에 띄었다. 기와를 올린 지붕이 있었고, 입구에는 문루가 놓여 있었다. 기둥과 처마에는 색색의 단청이 칠해져 있어서 굉장히 화려해 보였다. 아비틴이 다리를 뚫어지게 바라보자 원술이 설명을 시작했다.

"저건 문천교라는 다리일세. 서라벌의 젊은 남녀가 저곳에서 자주 만나곤 하지."

문천교를 지나서 조금 더 가자 길가에 거대한 저택이 나왔다. 끝없이 이어진 것 같은 담장 너머에는 기와를 올린 전각들이 보였다. 대문 앞에는 수십 명의 사람들이 나왔는데 원술을 보자 나이와 성별에 관계없이 모두 고개를 조아렸다. 집 안에서 부리는 노예들 같았다. 원술이 아비틴을 돌아보면서 말했다.

"다 왔네. 자네들이 서라벌에 있는 동안 머물 곳이야."

말 옆에 서서 걸어오던 해동이 통역을 해 주었지만 며칠 동안 함께 지냈던 탓에 무슨 뜻인지 대략 짐작이 갔다. 말에서 내린 원술은 마중을 나온 노비들의 인사를 받으며 안으로 들어갔다. 아비틴도 말에서 내려 뒤를 따랐고, 쿠샨을 비롯한 페르시아인들도 함께 들어섰다. 저택 안은 작은 궁궐 같았다. 여기저기 서 있는 전각들의 기둥과 처마 모서리는 모두 금으로 장식되어 있었다. 처마에는 금으로 만든 물고기와 작은 종이 매달려서 바람에 살랑거리는 게 보였다. 그걸 본 아비틴은 왜 바실라를 황금의 나라라고 했는지 이해했다. 먼지 하나 없이 깨끗하게 쓸어 놓은 마당에는 벽돌처럼 잘 다듬은 돌이 길게 깔려 있었다.

저택 안으로 성큼성큼 걸어 들어간 원술은 제일 큰 전각을 향해 걸어갔다. 기단이 높게 만들어진 전각 양쪽에는 크테시폰의 궁궐 회랑처럼 긴 행랑이 이어져 있었다. 전각 앞에는 붉은 실크로 된 긴 저고리와 치마를 입은 중년의 여인이 반가운 얼굴로 서 있었다. 그녀 앞에 선 원술이 고개를 숙였다. 옆에 서 있던 해동이 낮은 목소리로 원술이 어머니에게 돌아왔다는 인사를 하는 것이라고 얘기해 주었다. 잠깐 동안 얘기를 나누고 돌아온 원술이 그와 부하들을 후원 쪽으로 안내했다.

"자네와 부하들이 머물 곳으로 안내하겠네."

후원에는 긴 전각 두 채가 나란히 붙어 있었다. 60명에 달하는 페르시아인들이 기거하기에는 부족함이 없어 보였다.

전각 주변에는 노비들이 그들이 쓸 물건들을 나르고 있는 중이었다. 원술이 두 전각과 제법 떨어져 있는 작은 별채를 가리켰다.

"저긴 자네가 따로 머물 곳이야."

문이 활짝 열린 별채의 벽에는 풀과 나무 그리고 새들이 그려져 있었다. 별채 안은 병풍과 휘장으로 나뉘어 있었는데 제일 안쪽이 침실이었다. 무늬가 있는 카펫 같은 것이 바닥에 깔려 있었고, 벽에는 침상이, 가운데에는 야트막한 평상이 놓였다. 침상 위에는 두툼하고 푹신해 보이는 방석이 깔려 있었다. 방을 안내해 준 원술이 말했다.

"이곳에서 쉬게."

해동을 통해 얘기를 전달받은 아비틴이 물었다.

"여긴 누구 집인데?"

"내 집이기도 하고, 내 아버지의 집이기도 해. 후원에 있는 우물의 이름을 따서 재매정댁이라고 부르지. 아버지가 전선에서 돌아오시면 자넬 만난 다음에 뭘 할지 결정을 하신다고 하셨어."

"자네 아버지가 누군데?"

아비틴이 연거푸 묻자 원술이 짧게 대답했다.

"대각간 김유신이야."

해동을 통해 얘기를 들은 아비틴이 놀라서 바라보자 원술은 어깨를 으쓱거렸다. 아비틴은 원술의 눈빛 속에 잠겨 있던 깊은 부담감의 실체를 비로소 이해했다.

"더 필요한 게 있는지 물으십니다."

해동의 물음에 아비틴이 입을 열었다.

"당나라 광주에 있는 쿠쉬라는 자의 행방에 대해서 알아봐 줄 수 있는지 물어보아라."

해동의 얘기를 들은 원술이 고개를 갸웃거리더니 입을 열었다.

"쿠쉬라는 자가 누구냐고 묻습니다."

"그자는 사악하고 잔인한 아랍인의 왕 자하크의 아들이라고 전하여라. 어머니가 페르시아인이라 자신의 능력을 인정받기 위해서 더욱 더 잔인하게 굴었지. 너무 잔인하고 흉폭해서 아버지인 자하크조차 꺼려한다는 얘기가 있다."

해동을 통해 얘기를 들은 원술이 아비틴을 바라보면서 물었다.

"왕자라면 왕이 곁에 두고서 왕위를 물려주는 것이 정상인데 어째서 이 머나먼 땅까지 오게 되었느냐고 궁금해 합니다."

주저하던 아비틴은 쿠쉬에 대해서 들었던 얘기를 모두 들려주었다.

"아버지인 자하크가 영생을 꿈꾸고 있는데 쿠쉬가 주변에 있으면 자신을 해칠 것 같으니 멀리 보내려고 한다는 소문이 있었지. 그래서 전장에서는 우리 병사들이 때때로 그를 향해 버림받은 자라고 부른다네."

잔혹하다고만 알려진 쿠쉬는 아버지에게 미움과 버림을 받고 페르시아에서 멀리 떨어진 당나라까지 왔다. 쫓고 쫓기는 것이 아니라 운명에 떠밀려 함께 이곳으로 밀려온 것이 아닌가 하는 생각도 들었다. 얘기를 들은 원술이 대답을 했고, 해동이 말을 옮겨 주었다.

"광주에서 머물다 돌아온 자들을 수소문해서 물어보겠다고 합니다."

"고맙네."

아비틴은 해동을 바라보지 않고 원술에게 직접 말했다. 그러자 원술은 고개를 끄덕거리면서 살짝 웃었다.

낯선 사람들을 보려고 찾아온 구경꾼들이 귀찮게 하는 것을 제외하고는 한동안 평온했다. 그러는 사이 아비틴은 바실라의 상황을 이해하기 위해 해동과 많은 이야기를 나눴다. 비교적 바깥출입이 자유로웠던 해동은 친척들을 찾는다는 핑계로 나갔다가 돌아와서는 세상 돌아가는 얘기를 들려주었다.

바실라는 북쪽으로 고구려가, 서쪽으로 백제와 국경을 접했고, 바다 건너에는 왜라는 나라가 있었다. 바실라는 고구려와 백제에게 공격을 받곤 했는데 그러다 바다 건너 당나라와 손잡고 백제를 협공해서 항복을 받았다고 한다. 항복한 백제의 왕과 귀족들은 모두 당나라로 끌려갔지만 백제인 중 일부는 항복하지 않고 봉기해서 저항을 계속 이어 갔었다. 그러다가 왜에 있던 백제의 왕자 풍이 귀국하면서 한때 강성한 기세를 자랑했지만 내부 분열과 함께 왜의 구원군이 백강에서 크게 참패하면서 기세가 꺾이고 말았다.

이후 바실라는 당나라와 손을 잡고 고구려까지 멸망시켰다. 하지만 당나라가 백제 땅에 웅진도독부를 설치하고 바실라까지 집어 삼키려고 야심을 드러내면서 이제 당나라와 싸워야 할 처지가 되고 말았다고 한다. 바실라는 군대를 총집결시키고 백제의 도성인 사비성을 공격했다. 그곳에 있는 웅진도독부를 없애야만 백제가 바실라의 땅이 될 수 있기 때문이라고 해동이 전했다.

"그럼 우리가 싸웠던 건?"

"당나라가 설치한 웅진도독부에 속한 백제군이었답니다."

해동은 김유신이 이끄는 바실라의 대군이 백제의 도읍인 사비성으로 진격해서 포위한 상태라고 말했다. 원술이 지키던 성은 그 길을 지나가기 위해서 반드시 지켜야 할 성이었다. 그리고 며칠 후, 누군가 그를 찾아왔다.

폭풍우가 치는 밤이었다. 재매정댁의 노비들은 서둘러 전각의 문을 닫고 비에 젖거나 바람에 날릴만한 물건들을 모두 치웠다. 그리고 전각의 처마에 등불을 걸어 놨다. 원술은 어둠이 일찍 찾아오면 이렇게 등불을 걸어 놓는 것이 집안의 풍습이라고 전했다.

저녁을 먹고 차를 한잔 마시려는 찰나, 대문 바깥이 소란스러웠다. 말 울음소리가 길게 들리더니 사람들의 발자국 소리가 울려 퍼졌다. 재매정 안으로 들어온 발자국 소리는 그가 머물고 있는 후원 쪽으로 다가왔다. 알 수 없는 긴장감에 아비틴은 문을 열었다. 흐릿한 등불 너머로 한 무리의 사람들이 후원으로 들어서는 게 보였다. 그 가운데에는 김유신이 보였다. 아비틴이 머무는 별채 앞에 멈춰 선 김유신이 투구를 벗자 옆에 있던 원술이 재빨리 받아들었다. 선 채로 일행과 얘기를 잠깐 나눈 김유신은 아비틴을 바라봤다. 원술이 아비틴 곁에 있던 해동을 손짓으로 불렀다. 메마른 번개가 잠깐 모습을 드러냈다가 사라지고 비단을 찢는 것 같은 천둥소리가 들려왔다. 원술의 얘기를 들은 해동이 잽싸게 달려왔다.

"김유신 장군이 별채에서 따로 얘기를 나누고 싶다고 하십니다."

아비틴이 고개를 끄덕거리자 갑옷 차림의 김유신이 별채로 들어갔다. 아비틴이 뒤따라 들어가자 김유신이 평상에 앉은 채 그를 기다렸다. 앞에 앉으라는 손짓에 아비틴은 앞에 가서 앉았다. 말을 옮겨 줄 해동은 문밖 툇마루에 앉았다. 흰 수염을 가볍게 쓰다듬은 김유신이 입을 열었다. 바짝 긴장한 해동이 또박또박 말했다.

"지내기가 어떤지 묻습니다."

"덕분에 잘 지내고 있다고 전하여라."

해동이 아비틴의 말을 옮기자 김유신은 무표정한 얼굴로 고개를 끄덕거렸다. 그러고는 해동을 바라보면서 나지막한 목소리로 입을 열었다.

"페르시아에서 왔다고 들었답니다. 그리고 왕자라고 하는데 어찌하여 나라를 떠나서 이 먼 곳까지 오게 되었는지 얘기해 달라고 합니다."

그러는 사이 비바람이 더 거세지면서 등불이 심하게 흔들렸다. 원술을 비롯한 무사들은 정원에서 비를 맞으며 대기했다. 아비틴은 페르시아가 아랍인의 침략으로 무너지게 된 사연과 아버지의 뜻에 따라 소수의 부하들을 이끌고 배를 타고 탈출하게 된 과정을 얘기했다. 잠자코 얘기를 듣던 김유신이 물었다.

"왕자님이 떠나고 왕은 어찌되었냐고 하십니다."

"내가 떠난 다음 날 배신자가 성문을 열어서 아랍인들이 침입했습니다. 아버지는 마지막까지 저들과 싸우다가 돌아가셨다고 들었고요."

해동을 통해 아비틴의 설명을 들은 김유신은 말없이 일어나 문밖을 바라봤다. 그러고는 아비틴을 등진 채 말했다.

"그렇다면 고향 페르시아로 돌아가서 나라를 되찾는 게 꿈이냐고 묻습니다."

아비틴이 고개를 끄덕거리자 해동이 그 뜻을 전했다. 그러자 뒷짐을 진 김유신이 처마를 타고 흘러내리는 빗방울을 물끄러미 바라보면서 말을 건넸다.

"자네 얘기를 들으니 우리 집안 생각이 나는군. 내 증조할 아버지는 금관가야라는 나라의 왕이셨지. 신라의 군대가 쳐들어오자 동생을 남겨 놓고 세 아들과 함께 항복하였다지. 그 셋째 아들이 바로 내 할아버지인 신주도독을 지낸 김무력 장군이었다네. 삼대에 걸쳐 신라를 위해 목숨을 걸고 싸웠건만 여전히 우린 이방인이었고, 못 믿을 가야 놈이었지. 그럴수록 우리는 기를 쓰고 신라 사람이 되려고 했네. 그러다 보니 결국 여기까지 왔고 말이야."

몸을 돌린 김유신이 아비틴 앞으로 다가왔다.

"자네가 우릴 도와준다면 우리도 자네를 돕겠네. 어떤가?"

갑작스러운 물음에 아비틴은 해동을 쳐다보면서 말했다.

"도와주는 건 고맙지만 우리한테 원하는 게 무언지 궁금하다고 물어라."

해동의 얘기를 들은 김유신은 희미한 미소를 지었다.

"자네도 봤다시피 우리는 지금 당나라와 전쟁 중이네. 당나라는 우리가 감당할 수 있는 적이 아닐세. 이기든 지든 기나긴 싸움이 될 건 분명하고 말이야. 그래서 백제와 고구려의 유민들을 받아들이고 있지. 고구려의 왕자 안승과 유민들은 금마저(金馬渚, 현재의 전라북도 익산시 일대)에 이미 자리를 잡았지. 그래서 말인데 원술에게 들으니 자네와 자네 부하들의 무술 실력이 뛰어나다고 들었네. 특히 자네가 가지고 있는 검은 투구나 방패를 가리지 않고 꿰뚫는다고 칭찬이 자자했다네."

"당신들을 위해 싸우라 이 말입니까?"

"만약 자네들이 우릴 도와줘서 이 싸움을 이길 수 있게 된다면 고향으로 돌아갈 배와 식량 그리고 병사들을 주겠네. 어떤가?"

얘기를 마친 김유신이 손을 내밀었다. 해동을 통해 얘기를 들은 아비틴은 마른침을 삼켰다. 생각지도 못한 제안이었지만 분명 뿌리칠 수 없는 제안이었다. 아비틴이 아무 말도 하지 않자 김유신이 덧붙였다.

"꿈을 위해서라면 기꺼이 목숨을 바쳐야만 하는 법이지. 나는 40여 년 전, 신라인이라는 걸 증명하기 위해 혼자서 칼을 뽑아 들고 고구려군의 참호에 세 번이나 뛰어들어야 했네. 그 안에서 내가 뭘 봤는지 아는가? 희망이었네. 자네도 위기 속에서 나라를 구할 방도를 찾게나."

아비틴은 김유신이 내민 손을 물끄러미 바라보다가 손을 맞잡았다. 늙은 노인답지 않은 완력을 자랑한 김유신이 흡족한 표정으로 물었다.

"듣자하니 불을 섬긴다고 들었네. 당나라에 배화교(拜火敎)

라는 종교가 있다고 하던데 그것과 같은 것인가?"

광주에는 조로아스터교의 사원들이 있었고, 그들을 관리하는 관료도 배치되어 있었다. 고향과는 다소 다르기는 했지만 불을 섬기는 것은 똑같았다. 아비틴이 고개를 끄덕거리자 김유신이 평상에서 일어나면서 무언가 말을 남겨 놓고 떠났다. 아비틴이 해동을 바라보자 해동이 김유신의 말을 옮겨 주었다.

"난세에는 오직 칼을 믿어야만 한다고 하셨습니다."

재매정을 나온 김유신은 곧장 월성으로 향했다. 어느새 비는 그쳤지만 어둠과 안개가 만만치 않았다. 등불을 가진 호위병들이 앞장선 가운데 김유신은 직접 말고삐를 잡고 성문을 통과했다. 복두(幞頭, 당나라에서 도입된 관모)와 단령(團領, 옷깃을 둥글게 만든 관복) 차림으로 성문 앞에서 기다리고 있던 내관이 김유신을 보고는 고개를 조아렸다. 김유신은 말에서 내려 물었다.

"대왕마마께서는 어디 계시느냐?"

"별궁에서 기다리고 계십니다. 따르시지요."

호위병들을 남겨 놓은 김유신은 내관을 따라 남별궁으로 향했다. 월성의 궁궐 중에서도 가장 안쪽에 지어진 남별궁은 드나들 수 있는 사람이 손에 꼽을 정도로 은밀한 공간이었다. 완만한 경사로에 자리 잡은 문루를 지나자 전돌이 깔린 복도각(複道閣)이 나왔다. 복도각을 따라 걷자 이층 누각이 보였다. 누각 앞에서 발걸음을 멈춘 내관이 조용한 목소리로 말했다.

"2층에 계십니다."

안으로 들어간 김유신은 나무 계단을 타고 2층으로 올라갔다. 사방이 탁 트인 2층에는 차를 마실 수 있는 탁자와 의자가 있었다. 옥색의 도포 차림으로 서 있던 문무왕은 남별궁 뒤편의 담장 아래 만들어진 연못을 바라보는 중이었다. 담장에 뚫어 놓은 수채 구멍으로 빗물이 쏟아져 들어오면서 연못은 작은 폭포로 변했다. 문무왕은 계단을 올라온 김유신을 보고는 가볍게 고개를 끄덕거렸다.

"사비성이 함락되었다지요?"

"당나라군과 그들에게 붙은 백제 장수 흑치상지가 배를 타고 당나라로 떠났습니다. 이제 백제는 우리 땅입니다."

김유신의 얘기를 들은 문무왕이 한숨을 쉬었다.

"문제는 이제부터겠지요. 당나라가 분명 그냥 넘어가지

않을 텐데 말이요."

"당은 우리말고도 토번이나 돌궐과도 싸워야만 합니다. 우리가 땅을 굳게 지키되 당나라를 거스르지 않는다는 뜻을 보여 준다면 우리에게 유리하게 싸움을 마무리 지을 수 있을 겁니다."

"쉽지 않겠구려."

문무왕의 말에 김유신은 고개를 조아렸다.

"선왕이신 태종무열왕께서 당나라는 물론이고 고구려와 왜국까지 넘나들면서 각고의 노력 끝에 숙적인 백제와 고구려를 멸망시켰습니다. 마땅히 그 땅은 우리의 것이니 아무리 당나라가 군대를 보낸다고 해도 결단코 물러날 수는 없사옵니다."

김유신의 절절한 얘기를 들은 문무왕이 화제를 돌렸다.

"그대의 집에 낯선 이들이 머물고 있다고 들었네."

"방금 얘기를 나누고 왔사옵니다. 이곳에서 수만리 떨어진 파사(波斯, 페르시아)에서 온 자들입니다."

김유신의 얘기를 들은 문무왕이 말했다.

"그 먼 나라에서 예까지는 무슨 일로 왔다고 했소?"

"나라를 빼앗은 외적을 피해 도망쳐 왔다고 하옵니다. 우두머리는 아비틴이라고 하는 왕자이고 장정이 대략 60명쯤

되옵니다. 그들을 군대로 편성해서 전쟁터에 내보내는 게 어떻겠습니까?"

김유신의 제안에 문무왕이 의아한 표정으로 물었다.

"그들을 말이오?"

고개를 끄덕거린 김유신이 대답했다.

"오면서 봤는데 옷차림이 괴이하고 병장기도 우리와 달랐습니다. 제 아들 녀석이 성을 포위한 백제군에게 그들을 보여 주었더니 크게 놀랐다고 합니다."

"아무리 용맹하다고는 하나 불과 수십에 불과하지 않소?"

"이번 싸움을 위해 백제와 고구려의 유민들까지 받아들였음을 잊지 마시옵소서. 싸움이 길어지고 깊어질 것이니 수십의 병사라도 가벼이 여길 수 없습니다. 아울러, 저들이 우리 신라에 귀순한 번병이라고 크게 선전하는 것도 나쁘지 않을 것입니다."

"허나 그들이 우리를 도와서 전쟁에 참가할 이유가 없지 않겠소?"

"신이 그들에게 우리를 도와주면 훗날 고향으로 돌아가서 나라를 찾도록 물심양면으로 도와주겠다고 약속했습니다. 저들은 먼 타향에 와서 기댈 곳이 없으니 분명 그 약속을 믿고 칼을 들 것입니다."

김유신의 얘기를 들은 문무왕은 담장 쪽의 연못을 바라보면서 입을 열었다.

"그렇다면 나중에 그들의 부탁을 들어줘야 하지 않겠소?"

그러자 허리를 깊게 숙인 김유신이 굵직한 목소리로 대답했다.

"저들이 공을 세우지 못하면 그걸 핑계로 약속을 지키지 않아도 될 것입니다."

"만약 그들이 공을 세운다면요?"

"많은 포상과 벼슬을 내려 주소서. 그리하면 대의를 잊어버릴 것입니다."

한동안 고민하던 문무왕이 마침내 고개를 끄덕거렸다.

"그 문제는 대각간의 뜻대로 하시구려."

"성은이 망극하옵니다."

두 사람이 얘기를 나누는 사이 비바람이 더욱 거세졌다. 별궁 밖에서 횃불을 들고 순찰을 도는 병사들의 발자국 소리가 어둠을 타고 흘러들어 왔다.

별채로 부하들을 불러 모은 아비틴이 김유신에게 들었던

제안을 얘기하자 다들 침묵을 지키는 가운데 쿠샨이 굵직한 목소리로 물었다.

"지난번은 어쩔 수 없이 휩쓸렸지만 우리가 왜 이들의 싸움에 끼어들어야만 합니까?"

"그래야만 희망이 보이니까."

아비틴의 말에 쿠샨이 굵은 눈썹을 꿈틀거렸다. 자리에서 일어난 아비틴은 밖을 내다보았다.

"두려우시군요."

정곡을 찔린 아비틴은 움찔했다가 표정을 들키지 않기 위해 돌아서서 바깥 풍경을 응시했다. 너무나도 낯선 날씨 그리고 낯선 땅이었다. 하지만 페르시아를 떠난 이후 처음으로 평온함을 느낄 수 있었다. 그 알 수 없는 이끌림에 빠져든 아비틴이 대답했다.

"맞아. 베지 않으면 그 두려움에 베이고 말거야."

마른침을 삼킨 아비틴이 돌아서자 쿠샨이 차가운 눈으로 바라봤다.

"아후라 마즈다에게 맹세하건데 저는 왕자님을 따르겠습니다."

쿠샨이 한쪽 무릎을 꿇고 머리를 조아리자 부하들도 모두 무릎을 꿇었다. 아비틴도 한쪽 무릎을 꿇고 쿠샨의 손을 잡왔다. 두려움과 평온함이 마음속에서 소용돌이쳤다.

"반드시 고향으로 돌아가서 빼앗긴 나라를 찾겠다. 목숨을 걸고 나를 도와다오."

Basilla

5

다음 날, 태후르 왕은 연회를 베풀었다.
그는 아비틴을 초청하여 존경의 표시로 황금 옥좌에 앉게 하였다.
궁중 나인들은 연회를 준비하고, 풍악을 울렸다.
하프와 여러 악기들의 연주 소리는 너무 높아서 별에 닿을 정도였고,
여기저기에 금으로 만든 물건과 골동품들이 장식되어 있었다.

　　며칠 후, 아비틴은 쿠샨과 부하들을 이끌고 월성으로 향
했다. 길가에는 낯선 그들을 구경하러 나온 바실라인들로
가득했다. 서라벌을 굽어볼 수 있는 산 위에 지어진 월성의
성문 앞에는 원술이 기다리고 있었다. 아비틴은 에메랄드
색의 카프탄을 걸치고 새의 깃이 양쪽에 꽂힌 작은 모자를
쓰고 있었다. 그의 곁에는 같은 차림의 젊은이 수십 명이 늘
어서 있었다. 아비틴을 본 원술이 한걸음에 달려왔다.

　　"어서 오게. 자네를 안내하라는 임무를 맡고 기다리고 있
었지. 따르게."

　　원술이 아비틴을 데리고 성안으로 들어갔다. 대리석처럼
잘 다듬은 돌이 길처럼 곧게 뻗어 있었다. 길의 끝에는 크테
시폰의 왕궁만큼 커다란 전각들이 자리 잡고 있었다. 붉은
코트를 입은 사내들과 긴 창을 들고 황금색 갑옷을 입은 병
사들이 보였다. 앞장선 원술은 그와 페르시아인들을 성안에

서 제일 큰 전각으로 데리고 갔다. 2층으로 만들어진 전각은 기둥과 처마가 황금으로 화려하게 장식되어 있었다. 활짝 열린 문 앞에는 큰 칼을 든 장군들이 서 있었다. 위압적인 눈으로 내려다보던 장군들은 아비틴을 보고는 옆으로 물러났다. 붉은 비단이 깔린 계단을 밟고 안으로 들어서자 넓은 공간이 모습을 드러냈다. 전각 안은 코끝을 찌르는 향냄새로 가득했다.

붉은 비단의 끝에는 옥좌에 앉은 바실라의 대왕이 보였다. 그리고 그 옆에는 김유신이 서 있었다. 삼십대로 보이는 대왕은 두툼한 자주색 실크로 된 겉옷에 금과 옥으로 장식된 커다란 목걸이와 금으로 된 관을 쓰고 있었다. 아비틴은 대왕이 앉아 있는 옥좌 앞에 한쪽 무릎을 꿇었다. 대왕이 일어나라는 손짓을 하자 아비틴이 무릎을 펴고 일어났다. 그러자 김유신이 죽간(竹簡)을 펼쳤다.

"망한 나라를 일으키고 끊어진 대를 잇게 해 주는 것은 천하의 도리이다. 나라를 잃고 떠돌던 파사의 왕자와 그 무리들이 우리 신라에 귀의하였으니 그 수가 무려 수백에 달했도다. 이들이 신라에 귀의하여 충성을 맹세하면서 살 길을 도모하니 마땅히 군주의 도리로서 이들을 과인의 백성들로 받아들이겠도다. 이는 우리 신라의 명망이 사해를 떨쳤음을 알려 주는 경사스러운 일이니 감옥에 갇힌 죄수들 중에 반역과 살인죄를 지은 자를 뺀 죄수들을 석방하라. 아울러 흉년이 들어서 빌린 곡식을 갚지 못한 백성들에게는 이자를 뺀 나머지만을 징수하도록 하라. 그리고 파사의 왕자와 그 무리들은 기골이 장대하고 무예가 뛰어나니 공을 세울 기회를 주겠노라. 그 이름을 파사당(波斯幢)이라 하고 왕자 아비틴을 총관으로 삼는다."

김유신이 목책에 적힌 내용들을 다 읽자 신하들이 두 손을 치켜들고 천세를 외쳤다. 아비틴은 약속한 대로 뒷걸음질로 전각을 나왔다. 그러자 상기된 표정의 원술이 그의 팔을 움켜잡았다.

"함께 하게 되어서 기쁘네. 임금께서 자네를 위해 연회를 준비했으니 오늘 하루는 마음껏 즐기게나."

궁궐이 있는 월성을 나온 원술이 아비틴과 그 부하들을 이끌고 간 곳은 큰 호수가 있는 또 다른 궁궐이었다. 수백 큐빗은 될 법한 호수에는 사람이 만든 것이 분명한 인공 섬들이 자리 잡고 있었는데 온갖 종류의 꽃과 나무들이 심어져 있었다. 그리고 그 사이로 사슴과 토끼들이 오가는 게 보였다. 세 채가 나란히 지어진 거대한 2층 전각들은 회랑으로 이어졌다. 원술은 회랑을 따라서 호수 쪽으로 튀어나온 형태로 지어진 전각으로 그들을 데리고 갔다. 그곳에서는 호수의 전경이 너무나 잘 보였다. 전각에는 푸짐한 술과 음식이 차려져 있었고, 시중을 드는 이들이 기다리고 있었다. 잔뜩 긴장한 표정으로 들어선 부하들은 술과 음식들을 보고는 긴장을 풀었다. 원술은 아비틴을 데리고 전각의 제일 끝에 마련한 자리로 향했다. 잽싸게 따라온 해동이 원술의 말을 옮겼다.

"이곳은 태자마마가 머무는 동궐이라는 곳이고 여기는 임해전이라는 전각이랍니다. 한문으로 바다를 바라본다는 뜻인데 앞에 있는 넓은 호수가 꼭 바다 같아서 그런 이름을 붙였답니다. 왕자님의 고향 파사에도 이런 곳이 있느냐고 물으십니다."

"크테시폰에 있는 왕궁 타크 이 키스라에 거대한 연못이 있다고 전하여라."

해동이 말을 건네는 동안 아비틴은 눈을 감고 크테시폰의 왕궁을 떠올렸다. 엄청난 크기를 자랑하는 왕궁의 거대한 덕치와 무성한 야자수들이 있는 정원과 연못을 기억해 내려고 애썼다. 하지만 서글프게도 잘 기억이 나지 않았다. 그가 열 살 무렵, 아랍인들의 침략을 받아 아버지와 함께 그곳을 떠나야만 했기 때문이다. 아버지는 몇 번이고 왕궁을 돌아 보면서 반드시 돌아올 것이라고 아후라 마즈다에게 맹세했 다. 하지만 아버지는 물론 그 역시 다시는 크테시폰으로 돌 아가지 못했다.

고향 생각에 잠시 울적해 있던 아비틴은 갑자기 터져 나 오는 환성에 고개를 들었다. 하늘거리는 옷을 입은 무희들 과 악공들이 나와 연회의 흥을 돋우고 있었다. 바실라에 온 이후 전투를 치르고 감금 아닌 감금 생활을 하던 부하들은 오랜만에 즐거운 모습을 보였다. 아비틴의 얼굴에 미소가 피어오르는 걸 본 원술이 손짓을 하자 시종들이 주안상을 가지고 왔다. 그런데 술상 위에는 낯선 것이 하나 보였다. 원 술이 그걸 집어 들고는 설명을 해 줬다.

"이건 주령구(酒令具)라는 주사위랍니다. 술을 한 잔 마시 고 이걸 던지라고 합니다."

원술에게 술을 한 잔 받아서 마신 아비틴은 주령구를 받 아서 힘껏 던졌다. 상위를 굴러가던 주사위가 멈추자 해동 이 거기 쓰인 글씨를 읽어 주었다.

"음진대소(飮盡大笑), 술 한 잔을 마시고 크게 웃기입니다."

아비틴은 술잔을 단숨에 비우고 있는 힘껏 껄껄거렸다. 그러자 원술이 씩 웃으면서 주령구를 던졌다. 그리고 한번에 술 석 잔을 마셔야 한다는 벌칙이 나왔다. 술 석 잔을 단숨에 비운 원술이 주령구를 건넸다. 그렇게 술을 주거니 받거니 하던 아비틴은 누군가 지켜보고 있다는 느낌에 고개를 돌렸다.

임해전 너머의 전각 기둥 뒤로 누군가 숨는 기척이 보였다. 궁금함에 뚫어지게 바라보는데 기둥 뒤에서 얼굴 하나가 살짝 모습을 드러냈다. 얼음처럼 하얀 살결에 검은 눈동자를 가진 그 또래의 여인이었다. 가채를 한 머리에 금비녀와 옥으로 만든 장식을 달고 있었지만 그런 것들은 전혀 눈에 들어오지 않았다. 순식간에 가슴이 얼어붙었다. 여인은 아비틴이 자신을 응시하고 있다는 사실을 깨닫자 기둥 뒤로 숨는 대신 호기심과 청초함이 섞인 눈빛으로 그를 똑바로 바라봤다.

빨려 들어갈 것 같은 그녀의 검은 눈동자를 본 아비틴은 모든 것을 잊어버리고 말았다. 어머니도 일찍 돌아가셨고 철이 들기 전부터 아버지를 따라 전쟁터를 누비던 그에게 여인은 낯선 존재였다. 하지만 눈을 마주친 여인에게서는 낯설다는 느낌이 들지 않았다. 마치 오랜 옛날부터 이곳에서 서로 만나기로 약속을 했던 것처럼 자연스럽고 편안하게 느껴졌다. 길고 매혹적인 속눈썹과 갸름한 턱선 모두 아름다워 보였다.

그녀와의 짧고도 오랜 눈맞춤은 원술이 세 번째 술잔을 비우면서 끝이 났다. 술을 마신 탓에 얼굴이 붉게 달아오른 원술은 아비틴의 시선이 엉뚱한 곳에 가 있는 걸 눈치 채고는 그쪽으로 고개를 돌렸다. 시선들이 더해지자 여인은 부담스러운지 궁녀들과 함께 자리를 떴다. 멀어져 가는 그녀의 뒷모습을 본 아비틴이 해동에게 말했다.

"저 여인이 누구인지 물어보아라."

해동의 물음에 원술은 멀어져 가는 여인의 뒷모습을 뚫어지게 바라보다가 말했다.

"대왕마마의 막내딸인 은석 공주 같네."

"은석 공주라……."

아비틴은 처음으로 바실라 말을 흉내 내서 중얼거렸다. 이런저런 얘기를 나누는데 하얀색 두건을 쓴 사내가 기둥 쪽에서 모습을 드러냈다. 그가 머물던 재매정의 노비들은 모두 하얀색 두건을 두르고 있었기 때문에 한눈에 신분을 알 수 있었다. 사내는 원술에게 다가와 뭔가를 속삭이고는 소매에서 얇고 긴 나무 조각인 목간(木簡) 하나를 꺼내서 건넸다. 목간을 읽어 내려간 원술이 아비틴에게 말했다.

"좋은 소식이 왔네. 자네를 쫓던 쿠쉬라는 자 말이야. 광주에서 죽었다는군."

"그게 사실인가?"

해동을 통해 얘기를 들은 아비틴이 술잔을 내려놓은 채 물었다.

"자네가 떠나고 그자도 이곳으로 오려고 했던 것 같아. 그러자 고향에서 멀어지는 것을 두려워한 부하들이 반발했고, 그중 주동한 자를 참살했다더군. 그런데 죽은 자를 사모했던 기녀가 쿠쉬를 유인해서 독을 탄 술을 먹였다는 거야."

앙그라 마이뉴같던 쿠쉬의 허무한 죽음에 아비틴은 안도감이 들었다. 표정이 풀어진 그에게 원술이 술을 권했다.

"마시게. 전쟁터에 나가면 술 생각이 간절할 거야."

아비틴은 아무 말 없이 술잔을 비웠다.

"봤니? 진짜 눈이 바다처럼 파랗던데. 키도 엄청 크고 어깨도 넓었어."

은석 공주는 뒤따라오던 궁녀 아람에게 말했다. 그러자

아람이 고개를 끄덕거렸다.

"그러게 말입니다. 사람 눈이 어찌 그렇게 파랄 수 있는지 참으로 신기합니다."

파사국의 왕자가 왔다는 얘기를 듣고 호기심에 이끌린 그녀는 아람을 대동하고 연회가 베풀어지는 동궐로 왔다. 그리고 먼발치에서 조심스럽게 그를 지켜봤다. 곱슬머리에 피부색이 진한 회회인이나 속특인은 궁궐에서도 종종 봤지만 파란 눈을 가진 회회인은 처음이었다. 거기다 왕자라서 그런지 위엄 있는 모습까지 갖추었다. 무엇보다 신기했던 것은 처음 보는 순간 낯설거나 두렵다는 거리감 대신 알 수 없는 친근함이 느껴진다는 것이었다. 어릴 때부터 봤던 화랑들이나 진골의 아들들과는 사뭇 다른 느낌이었다.

"품위 있어 보이지만 거만해 보이지 않았어. 낯설긴 한데 어쩐지 말을 붙이면 대답할 것 같았고 말이야."

그녀의 중얼거림에 궁녀 아람이 대답했다.

"전 그냥 신기하고 무섭고 그랬습니다."

"나만 그렇게 느낀 건가?"

은석 공주는 아비틴이라는 파사국의 왕자가 뿜어 내는 매력에 빠져 정신없이 바라보다가 그가 돌아보는 바람에 하마터면 들킬 뻔 했다. 황급히 빠져나와서 궁궐로 돌아가던 그녀는 아쉬움을 감추지 못했다.

"좀 더 보고 싶었는데."

그러자 뒤따라오던 아람이 입을 열었다.

"조만간 출정식이 열리고 주작대로를 따라 북쪽으로 가지 않겠습니까? 그때 황룡사 탑에서 내려다보면 보실 수 있으실 겁니다."

"그럴까?"

짧게 대답한 은석 공주는 낯설지만 친근한 파사국의 왕자를 다시 볼 수 있다는 희망에 부풀었다.

출정식은 월성 아래 벌판에서 이뤄졌다. 깊은 바람이 불어서 하늘을 향해 세운 깃발들이 찢어질 것처럼 펄럭거렸다. 벌판에는 수천 명의 병사들이 끝도 없이 늘어서 있었다. 각자 들고 있는 깃발의 색깔과 무기로 구분되었다. 그중에서도 아비틴이 선두에 선 파사당은 모두의 눈길을 끌었다. 큰 코에 곱슬머리 그리고 파란색 눈동자까지 가지고 있으니 신기해할 만도 했다.

김유신은 일부러 앞자리에 파사당을 배치했다. 아비틴에

게는 지휘관인 총관이라는 직책이 주어졌다. 그렇게 구성된 파사당 옆에는 원술이 속한 낭당(郎幢)이라는 부대가 도열했다. 낭당의 벌판 앞에는 나무로 만든 높은 단이 만들어져 있었다.

해가 중천에 뜰 무렵, 월성의 문루에서 북소리가 들려왔다. 아침 해가 뜰 때부터 서 있느라 지칠 대로 지쳐 있던 병사들의 눈에 힘이 들어갔다. 메마른 북소리가 울려 퍼지는 가운데 성문이 열리고 백마를 탄 바실라의 대왕과 김유신이 보였다. 뒤로는 긴 창을 들고 황금색 갑옷을 입은 병사들이 따랐다. 벌판에 도착한 대왕은 말에서 내려 곧장 단으로 올라갔다. 그리고 김유신은 단 아래 서서 위쪽을 올려다봤다. 벌판을 울리던 북소리는 대왕이 단에 올라가면서 그쳤다. 말없이 단 아래에 도열한 병사들을 바라보던 대왕이 큰 소리로 입을 열었다. 해동이 옆에 없어서 알아들을 수는 없었지만 대략 어떤 얘기인 줄은 짐작할 수 있었다.

옛 백제 땅에서 당나라군을 몰아낸 바실라는 이제 북쪽의 고구려 땅을 놓고 싸우는 중이었다. 항복하지 않은 고구려의 유민들이 당나라에게 저항하고 있고, 신라는 그들을 지원하는 형태로 싸우는 중이었다. 원술은 한때 바실라군과 고구려군이 북쪽의 압록강을 건너서 당나라 본토까지 쳐들어가서 싸웠다가 돌아온 적이 있었다고 얘기했다. 이번에는 칠중하(七重河, 임진강의 옛 이름)를 넘어서 고구려 유민들이 지키는 성을 공격하는 당나라군과 결전을 벌일 것이라고 일러줬다. 그 얘기를 들은 아비틴은 쓴웃음을 지었다.

"백제의 유민들은 적이고, 고구려의 유민들은 동지인 셈인가? 처지는 똑같은데 대접이 다르군."

그러자 원술은 백제가 바실라에게 창끝을 겨눴지만 고구려는 그러지 않았다는 말로 얼버무렸다. 이런저런 생각에 잠겨 있던 그는 갑자기 울려 퍼지는 환호성 소리에 정신을 차렸다. 연설을 마친 대왕이 도끼를 든 손을 높이 치켜들자 병사들이 일제히 소리를 지른 것이다. 잠잠했던 북소리가 다시 울려 퍼졌다. 대왕이 계단을 내려와서 김유신에게 도끼를 건넸다. 그 모습을 지켜보던 원술이 말했다.

"출정하는 지휘관에게 생사여탈권을 준다는 뜻일세."

도끼를 넘겨 준 대왕은 왕궁으로 돌아가고 병사들은 주작대로라고 부르는 큰길을 따라 북쪽으로 향했다. 길옆에는 병사들의 가족들과 구경꾼들로 가득했다. 아비틴이 이끄는 파사당 역시 많은 눈길을 끌었다. 쏟아지는 시선을 애써 무시한 채 말을 몰던 그는 황룡사 앞을 지나게 되었다. 하늘을 찌를 것 같이 솟아오른 9층 목탑 위로 새들이 무리지어 한

가롭게 나는 게 보였다. 날아가는 새를 물끄러미 바라보던 아비틴은 9층 목탑의 중간 즈음에 서 있는 누군가를 봤다. 깃털로 만든 부채로 얼굴을 가리고 있었지만 누군지는 쉽게 알아볼 수 있었다. 지난번 임해전에서의 연회 때 기둥 뒤에 숨어서 자신을 훔쳐봤던 바로 그 여인, 은석 공주였다. 아비틴은 자신을 바라보는 그녀를 향해 한쪽 손을 번쩍 치켜들었다. 그러자 은석 공주는 얼굴을 가렸던 부채를 치우고 그를 내려다봤다. 아비틴은 그녀를 바라보면서 마음속으로 물었다.

'당신은 누구십니까?'

그러자 그녀의 대답이 마음속에서 들려왔다.

'오랫동안 당신을 기다린 사람이지요. 제 기다림이 느껴지시나요?'

'충분히 느낄 수 있어요.'

'그렇다면 무사히 돌아오세요.'

아비틴은 자신을 내려다보던 그녀가 난간을 잡고 있던 손을 들어서 자신을 향해 흔드는 것을 보았다. 아비틴도 고삐를 잡고 있던 손을 들어서 그녀를 향해 흔들었다. 그러자 가슴을 억누르고 있던 긴장감이 말끔하게 사라져 버렸다.

서라벌을 빠져나온 행렬은 북쪽으로 향했다. 원술은 아비 틴에게 칠중하 남쪽에도 합류할 병사들이 대기 중이라고 일 러줬다. 바실라의 북쪽 국경을 지키는 칠중성에서 합류한 군대와 함께 북상한 바실라군이 도달한 곳은 한성(漢城 황해도 재령 지방에 있던 고구려의 주요 도시)이었다. 긴 띠처럼 이어진 산 중턱 에 자리 잡은 한성은 놀랍도록 평온해 보였다.

"고구려가 멸망할 때 최고 권력자인 연개소문의 동생 연 정토가 이 성을 가지고 항복했거든, 그래서 이곳은 전쟁을 겪지 않았지."

한성을 올려다보던 그에게 원술이 말해줬다.

"적은 어디에 있는 건가?"

"고구려 장군 검모잠이 패강 근처에 있는 궁모성을 거점 삼아서 버티고 있네. 그곳은 당나라군과 거란족에게 포위되 어 있지. 우린 내일 출발해서 그곳으로 갈 걸세."

"본격적인 전투가 시작되는군."

아비틴의 물음에 원술이 어깨를 으쓱거렸다.

다음 날, 바실라군과 고구려 부흥군은 나란히 한성을 떠 나 북쪽으로 향했다. 페르시아에서처럼 갑옷을 입힌 말을 탄 중장 기병들이 선두에 섰고, 활을 어깨에 걸고 방패를 든 궁수들과 갈고리가 달린 창을 든 창병들이 뒤를 따랐다. 낯선 땅에서 남의 전쟁에 끼어든 것이 과연 옳은 결정이었는지에 대한 고민이 완전히 사라지지는 않았다. 하지만 이 머나먼 바실라에서 살아남기 위해서는 김유신의 말대로 힘을 보여 줄 필요가 있었다.

닷새 동안의 강행군 끝에 멀리 궁모성이 보이는 곳까지 도달했다. 궁모성은 고구려의 도읍이었던 평양성 남쪽에 있는 궁모산에 위치해 있었다. 올봄, 검모잠이 이끄는 고구려군이 잠시 동안 평양성을 손에 넣었다가 퇴각해서 머무는 곳이었다고 원술이 설명했다. 동쪽에서 서쪽으로 길게 뻗은 야트막한 산 위에 자리 잡은 궁모성은 적군의 깃발 속에 갇혀 있었다. 산 아래 당나라군 진영에 설치된 투석기에서 날아간 불붙은 돌과 화살들이 쉴 새 없이 날아드는 궁모성은 당장이라도 함락될 것처럼 위태로워 보였다.

대장기를 앞세운 김유신은 총관들에게 둘러싸인 채 궁모성을 보면서 이런저런 얘기들을 나누는 중이었다. 바실라군과 고구려군이 도착하자 당나라군은 공격을 멈추고 진영 주변에 목책을 세우고 호를 팠다. 목책 주변에는 말을 탄 기병들이 기세를 올리면서 뛰어다녔는데 복식이 낯설었다. 짐승

의 털가죽으로 만든 외투와 모자 차림에 머리를 모두 밀어
버린 자도 있었다. 아비틴이 그들을 뚫어지게 바라보자 원
술이 설명했다.

"당나라군에 합류한 말갈과 거란족들일세. 걸음마를 떼기
전부터 말을 타던 자들이라서 정면으로 맞붙으면 아주 위험
해. 당나라군은 보통 성을 포위하면 자신들이 공격을 하고,
저들을 주변에 보내서 약탈을 하거나 구원군의 접근을 차단
시키는 방법을 쓴다네. 병력의 수도 얼추 비슷하고 기병들
이 많이 있으니 어려운 싸움이 될 거야. 각오 단단히 하게."

행군을 멈춘 바실라군과 고구려군이 벌판을 사이에 두
고 진영을 펼쳤다. 아비틴이 지휘하는 파사당은 낭당과 함
께 주둔했다. 끝을 뾰족하게 깎은 말뚝을 땅에 박아서 목책
을 세우고 그 뒤에 천막을 세우는 모습은 페르시아에서 봤
던 전쟁터의 풍경과 다를 바가 없었다. 말갈족과 거란족들
이 가끔 괴성을 지르며 목책 근처로 다가와서 욕설을 퍼붓
거나 화살을 쏘고 달아났다. 워낙 재빠른 탓에 잡기도 어려
웠고, 그들이 쏜 화살에 맞아서 상하는 병사들이 생겼다. 하
지만 대각간 김유신은 추격하거나 대응하지 말라는 지시를
내렸다.

핏빛 석양이 드리워지면서 양쪽 모두 목책에 횃불을 내걸

었다. 수만 명이 모인 들판은 믿을 수 없을 만큼 고요했다. 다들 언제 찾아올지 모르는 죽음 앞에서 입을 다문 것이다. 아비틴은 그런 침묵을 이해하면서도 두려워서 견딜 수가 없었다. 천막 앞에 놓인 접이식 의자에 앉은 그는 숫돌을 꺼내서 샴쉬르를 갈았다. 뭐라도 하지 않으면 미칠 것 같은 분위기 탓이었다. 그런 아비틴에게 쿠샨이 다가왔다. 시샤크를 벗은 쿠샨이 아비틴에게 말했다.

"병사들이 모두 식사를 마치고 천막으로 들어갔습니다. 왕자님도 이제 쉬시지요."

쿠샨의 얘기에 아비틴이 잠시 침묵하다가 입을 열었다.

"과연 잘한 결정일까? 이들의 전쟁에 끼어들기로 한 것 말이야."

이번에는 쿠샨이 침묵을 지켰다. 그러다가 적진을 바라보면서 대답했다.

"만약 이곳에 오지 않고 서라벌에 남아서 장사 같은 걸 했다면 우린 뿔뿔이 흩어졌을 겁니다. 왕자님의 결정을 이해합니다."

쿠샨의 진솔한 말에 아비틴은 자신도 모르게 한숨을 내쉬었다.

"솔직히 내가 아버지와 마루크의 꿈을 이룰 수 있을지 자신이 없어."

"저도 아버지에게 그 얘기를 한 적이 있었습니다. 왕자님이 너무 나약하고 미덥지 않다고 말이죠. 그랬더니 아버지가 무슨 말씀을 하신 줄 아십니까?"

아비틴은 고개를 돌려서 쿠산을 쳐다봤다. 아버지를 얘기하는 그의 눈가에도 눈물이 맺혀 있었다.

"사람도 쇠처럼 수많은 담금질을 해야만 한다고 하셨습니다. 그 과정 속에서 페르시아를 구할 영웅이 태어날 것이라고 했지요. 왕자님께서는 내일 죽을지도 모릅니다. 하지만 살아남는다면 영웅이 되실 겁니다. 사람들이 노래를 만들어서 백 년, 천 년 후에도 기억하게 될 그런 영웅 말입니다."

"살아남는다면⋯⋯."

짧게 중얼거린 아비틴은 곁에서 타오르는 모닥불을 말없이 바라봤다. 여름이 거의 끝나가고 있다는 게 느껴졌다.

다음 날, 대각간 김유신은 진영을 거두고 300보쯤 전진했다. 거란족과 말갈족들이 괴성을 지르고 화살을 쏘아 대면서 방해를 하려고 했지만 이번에는 먹히지 않았다. 김유신이 전진 배치시킨 쇠뇌들이 위력을 발휘한 것이다. 피해를 입은 거란족과 말갈족들은 허둥지둥 쇠뇌의 사정거리 밖으로 피했다. 목책에 바짝 붙여서 망루가 하나 세워졌고, 김유신이 부하 장수들과 함께 그곳에 올라 당군 진영을 살폈다. 바실라군이 진영을 이동한 후에 꼼짝도 하지 않자 당나라군은 궁모성 공격을 재개했다. 투석기에서 날아간 돌이 포물선을 그리며 야트막한 산에 자리 잡은 궁모성으로 날아갔다. 그러다 제대로 때렸는지 쾅음과 함께 성벽이 허물어졌다. 지켜보던 당나라군이 환호성을 질렀다.

아비틴은 여전히 망루 위에서 꼼짝도 하지 않는 김유신을 바라봤다. 오후가 되면서 젊은 장수들이 김유신을 찾아가서 즉시 공격하자고 건의를 했다가 꾸지람만 듣고 돌아왔다는 소문이 돌았다. 그리고 그 소문을 확인이라도 시켜주듯 원술이 붉으락푸르락한 얼굴로 그를 찾아왔다.

"아버지가 도대체 내 말을 듣지 않아. 이렇게 눈싸움만 하다가 궁모성이 넘어가면 어쩌려고."

"생각이 있으시겠지."

그동안 제법 바실라 말을 익힌 아비틴은 더듬거리면서 말했다. 해동이 눈치 빠르게 대나무로 만든 술통을 바쳤다. 이빨로 나무 마개를 뽑은 원술이 술을 벌컥벌컥 들이키고는

아비틴에게 건넸다. 한 모금 살짝 마신 아비틴이 손등으로
입가를 닦은 채 당나라군 진영을 바라봤다.

"숫자는 비슷하고, 기병은 훨씬 더 많아. 거기다 목책까지
있으니 먼저 움직이면 불리해서 그럴 거야."

"시간을 끈다고 상황이 변하지 않잖아. 그럴 거면 차라리
먼저 밀어붙이는 게 좋을 수도 있다고."

원술의 말에 아비틴은 고개를 저었다.

"페르시아에 있을 때 그렇게 성급하게 공격했다가 역습으
로 패배한 경우가 많았어. 그러니까 지켜보자고."

원술을 다독거린 아비틴이 여전히 망루 위에 서 있는 대
각간 김유신을 바라봤다. 야트막한 비가 내린 다음 날 다시
진영을 100보 앞으로 전진시키라는 명령이 떨어졌다. 밤새
비를 피하느라 고생했던 병사들은 투덜거리면서 진영을 옮
겼다. 이제 당나라군 진영과의 거리는 500보 정도로 좁혀졌
다. 그러자 당나라군 목책 너머의 병사들이 속속들이 보였
다. 당나라군은 바실라군 쪽에 병력을 배치했지만 여전히
궁모성을 공격하고 있었다. 그걸 보면서 아비틴은 김유신이
이런 상황을 일부러 만들어 가고 있는 게 아닌지 의심이 들
었다.

한낮이 되고 햇볕이 비출 때까지 별다른 명령이 없자 병

사들은 밤새 젖은 군복들을 목책이나 천막에 걸어서 말렸고, 삼삼오오 모여서 해를 쬐었다. 하지만 아비틴은 뭔가 이상하다는 낌새를 채고 쿠샨에게 파사당 병사들의 무장을 풀지 않고 대기하라고 지시했다.

Basilla

6

쿠쉬는 중국 왕에게 고했다.
"소자는 아비틴을 척결할때까지 편히 쉴 수 없나이다.
소자는 그자를 죽을때까지 평온해질 수도,
행복해질 수도 없을 것입니다.
그러니 소자가 어찌 술을 마실 수 있겠습니까?
소자는 그들과 싸울 방책만을 생각하나이다."

집결을 알리는 북소리는 해가 저물기 직전에 울렸다. 북소리를 듣고 벌떡 일어난 아비틴은 바로 옆에 걸어 두었던 갑옷을 걸쳐 입었다. 곁에 쪼그리고 앉아 있던 해동이 도와준 덕분에 금방 갑옷을 입을 수 있었다. 투구를 옆구리에 낀 아비틴은 막사 앞에 정렬한 파사당 병사들을 향해 크게 소리쳤다.

"대각간 앞으로 간다."

아비틴은 뒤늦게 막사 밖으로 나온 바실라군이 허둥지둥 갑옷을 입는 것을 곁눈질로 보면서 스쳐 지나갔다. 뒤에서 파사당에게 뒤처지지 말라는 욕설과 고함이 들려왔다. 목책 앞의 망루에 도착한 아비틴은 무릎에 손을 짚은 채 숨을 헐떡거렸다. 그다음으로 달려온 것은 원술이 이끄는 낭당이었다. 망루에 서서 무심한 눈으로 헐레벌떡 모여든 장수들과 병사들을 바라보던 김유신이 한마디 했다.

"제일 먼저 도착한 파사당과 낭당은 지금 즉시 말을 타고 적진을 공격한다."

병사들 사이에서 선봉이라는 말이 오고 갔다. 숨을 헐떡거리던 아비틴은 자신의 예측이 맞았다는 사실에 속으로 기뻐했다. 원술 역시 자신의 예측이 적중했다는 사실에 감격했다. 망루에서 내려온 김유신이 칼자루를 잡고 바닥에 그림을 그리면서 공격할 방향과 목표를 알려 주었다.

"붉은 기가 세워진 방향으로 비스듬하게 달려 나가서 공격하는 척 하다가 말 머리를 바꿔 큰 바위가 있는 오른쪽 방향을 친다. 무리하게 목책을 공격할 생각은 하지 말고 뒤따르는 병사들이 목책을 부수는 것을 엄호하라."

지시를 받은 아비틴은 부하들에게 돌아왔다. 쿠샨이 머리에 점이 박힌 말을 끌고 왔다. 마구가 모두 갖춰져 있었고, 바실라인들이 쓰는 안장이 얹혀 있었다. 말에 올라탄 아비틴이 돌아보자 벌써 말에 올라타 명령을 기다리는 페르시아 부하들이 보였다. 한 손을 높이 치켜든 그가 외쳤다.

"우리가 왜 이 낯선 땅에서 싸워야 하는지 잊지 마라! 빼앗긴 고향을 되찾기 위한 첫걸음이다."

말에 탄 페르시아 부하들의 얼굴에 피어난 긴장감을 읽은 그가 외쳤다.

"아후라 마즈다를 위하여!"

아비틴의 외침에 병사들이 절규로 화답했다. 목책 옆에 밧줄과 도끼, 망치를 든 보병들이 줄지어 서 있는 게 보였다. 기병을 이용해 상대방의 눈을 가린 다음, 보병들을 보내서 목책을 허물 계획이었던 것이다. 날카로운 나팔 소리가 후끈거리는 대지 위로 울려 퍼졌다.

원술이 이끄는 낭당의 기병들도 목책 앞에 정렬했다. 쿠샨이 칼을 뽑아서 어깨에 걸쳤다. 공격을 준비를 하는 동안 진영 안은 고요했다. 다가올지 모르는 죽음 앞에서 다들 침묵을 지키는 와중에 아비틴은 은석 공주를 떠올렸다. 마치 빨려 들어갈 것 같던 그녀의 검은색 눈동자를 떠올리자 극에 달하던 긴장감이 한결 누그러졌다.

망루 앞에서 지켜보던 김유신이 크게 고개를 끄덕거리자 기병들이 한 손에 활을 든 채 천천히 앞으로 나아갔다. 아비틴은 서서히 말의 속도를 높였다. 며칠 동안 간간이 내린 비로 땅이 질퍽거렸지만 달리는 데는 큰 무리가 없었다. 당나라군 진영이 가까워오자 방패와 창을 든 병사들이 목책 뒤에 모이는 것이 보였다. 점차 속도를 높인 기병대가 화살이 닿을 거리까지 접근했다.

그대로 목책을 타 넘을 것처럼 달리던 바실라군 기병들은 말 머리를 돌리면서 화살을 쐈다. 갑작스러운 화살 세례에 놀란 당나라 보병들이 우왕좌왕하는 사이 바실라군 보병들이 목책에 달라붙었다. 그들은 커다란 도끼와 망치로 목책을 부수고, 올가미를 걸어서 목책을 뽑아 냈다. 아비틴이 이끄는 파사당과 낭당의 기병들이 활로 보병들을 엄호했다. 보병들이 순식간에 목책을 걷어 내자 뒤늦게 사태를 파악한 당나라군 보병들이 몰려왔지만 기병들이 쏘아 대는 화살 때문에 쉽게 접근하지 못했다.

돌파구가 열린 것을 확인한 바실라군 본대가 마침내 움직였다. 기병들이 빠른 속도로 목책이 사라진 부분을 통과해서 당나라군 진영 안으로 파고들었다. 진영 한복판에서 맞붙은 양쪽 병사들이 내지르는 고함과 비명, 말 울음소리와 흐느껴 우는 소리가 온 세상을 진동시켰다. 칼이 방패를 긁어 대며 불똥을 만들어 냈다. 칼이나 도끼에 맞아서 쩍 갈라진 살 틈으로 붉은 피와 내장이 쏟아졌다. 잠깐 동안 팽팽했던 전세는 바실라군에게 기울어졌다. 당나라 병사들은 아우성을 치며 도망쳤다.

바실라군 기병들이 당나라군의 천막을 짓뭉개 버렸다. 천막을 뭉개 버린 말의 네 다리에는 피와 살점이 묻었다. 아비틴은 칼을 휘두르며 목이 터져라 고함을 질러 댔다. 독전하던 아비틴의 눈에 궁모성의 성문이 열리고 고구려군 병사들이 나오는 모습이 보였다. 그들까지 가세하자 승부는 완전히 바실라로 기울어졌다.

앞뒤에서 공격을 당한 당나라 병사들은 무기를 버리고 두 손을 들었다. 대각간 김유신의 기습이 성공한 덕분에 바실라군이 승리한 것이다. 다행히 선두에 섰던 파사당도 큰 피해가 없었다. 허물어진 천막과 여기저기 쓰러져 있는 시체들이 보였다. 저녁 식사를 만들기 위해 불을 피운 모닥불에는 아직도 연기가 올라왔다.

쿠샨이 말을 몰고 그에게 다가와서 보고했다.

"한 명이 팔에 화살을 맞은 것 말고는 죽거나 다친 병사는 없습니다."

마른침을 꿀꺽 삼킨 그가 지시했다.

"추격하라는 명령이 떨어질지 모르니까 모두 한자리에 집결시키게."

"알겠습니다."

고개를 숙이고 물러나는 쿠샨의 눈빛에는 존경심이 담겨

있었다. 아비틴은 이겼다는 기쁨보다는 큰 고비를 넘겼다는
것에 안도감을 느꼈다. 머나먼 바실라에서 자신이 중심을
잡지 못하면 부하들의 운명은 나락으로 떨어질 수밖에 없었
기 때문이다. 그리고 그는 검정색 말을 탄 김유신이 연기가
자욱한 전장을 조용히 도는 모습을 보았다.

그렇게 그들은 전쟁에서 승리했지만 퇴각해야만 했다. 바
실라군은 궁모성에 불을 놓은 후 남쪽으로 퇴각했다. 원술
은 기껏 승리해 놓고 퇴각한다고 투덜거렸지만 아비틴은 부
하들이 한 명도 죽지 않았다는 사실에 안도감을 느꼈다.

서라벌로의 귀환 행렬은 화려했다. 색색의 옷을 입은 광
대들이 행군하는 병사들 앞에 서서 분위기를 돋웠고, 길가
의 백성들은 환한 미소로 맞이했다. 그러나 전투에서 승리
했을 뿐 전쟁에서 이긴 것은 아니었다. 궁모성을 포위한 당
나라군을 몰아낸 바실라군은 말 머리를 돌려 안승이 있는
한성을 들르지 않고 곧장 서라벌로 돌아왔다. 원술을 비롯
한 젊은 장수들은 승리를 거두고도 북쪽으로 진격하지 않는
다며 투덜거렸지만 대각간 김유신은 일언반구 말이 없었다.

아비틴은 황룡사를 지나면서 저도 모르게 9층 목탑 쪽을 바라봤다가 아무도 없는 것을 보고는 쓴웃음을 지었다. 거창한 환영식이 월성 안의 왕궁에서 열렸다. 바실라의 대왕은 승리를 거둔 늙은 대각간 김유신에게 많은 포상을 내렸다. 김유신은 그렇게 받은 포상을 부하 장수들에게 골고루 나누어 주었다.

아비틴에게는 화려한 안장이 얹힌 말 한 필과 무늬가 새겨진 비단 수십 필 그리고 10여 명의 백제인 노비들과 저택이 주어졌다. 그가 머물던 재매정에서 얼마 떨어지지 않은 곳에 있는 저택이었다. 재매정에 비할 바는 아니지만 제법 넓었다. 안내를 맡은 원술이 지나가는 말처럼 얘기했다.

"이번 승전을 기념해서 격구(擊毬) 경기가 열린다고 하네. 자네와 파사당도 출전할 텐가?"

"격구?"

아비틴의 반문에 원술이 두 손을 모아서 휘두르는 흉내를 냈다.

"당나라에서 건너온 것일세. 말을 타고 나무로 만든 채로 공을 몰고 가다가 구문에 공을 넣는 방식이지. 대왕께서 각 당별로 출전하라 명하셨고, 승리한 당에게는 큰 상을 내리신다고 하셨다네."

"자네도 출전하나?"

아비틴이 흥미를 보이자 원술이 고개를 끄덕거렸다.

"당연하지. 대왕은 물론 왕족들이 전부 참석하는 자리인데 꼭 나가야지."

아비틴은 욕심이 났지만 곧 포기했다. 이 머나먼 땅에서 필요 이상으로 주목을 받으면 좋을 게 없다는 생각 때문이었다. 아비틴이 별 반응을 보이지 않자 원술은 잘 있으라는 말을 남기고 돌아섰다. 아비틴이 잘 가라는 말을 하자 원술이 눈을 동그랗게 떴다.

"말이 제법 늘었군."

그러자 아비틴이 가볍게 고개를 끄덕거렸다. 몇 달 동안 전쟁터에서 지내면서 바실라 말을 빨리 배울 수 있었다. 원술은 대견스럽다는 표정을 지었다. 그를 배웅하려던 아비틴은 방금 전 그가 한 말을 떠올렸다.

"자, 잠깐만, 아까 왕족들이 모두 참석한다고 했나?"

그러자 원술이 고개를 끄덕거렸다.

"그렇게 들었어."

"그러면 파사당도 참가하겠네."

갑작스러운 그의 말에 원술이 놀란 눈치를 보이자 아비틴은 두 손을 모아 내젓는 시늉을 하면서 활짝 웃었다.

"어떻게 하는지는 알아. 우리 페르시아에서는 격구를 폴로라고 부르거든."

Basilla

7

아비틴은 말에 올라 위용을 과시했다. 너무나 빨라서
눈으로 그를 쫓아가지 못할 정도의 속력으로 공을 쳤다.
아비틴이 공을 치자 공은 너무 높아 날아가
좀처럼 땅으로 떨어지지 않았다.
아비틴은 이와 같은 실력을 일곱 번이나 뽐냈으며,
공을 들판 밖으로 쳐 버렸다.

격구 경기는 왕궁이 있는 월성 앞 벌판에서 벌어졌다. 구정(毬庭)이라고 불리는 격구 경기장은 앞뒤로 약 100큐빗에 좌우로는 60큐빗 정도 되었다. 색색의 비단을 쳐서 만든 구정 한쪽에는 통나무와 천막으로 만든 누대가 있었다. 아침 일찍부터 구경꾼들이 몰려들어서 주변을 메웠고, 심지어 월성의 성벽과 근처 집의 기와지붕까지 올라갔다.

격구 경기에 출전할 각 부대의 병사들은 제각각 특색 있는 옷을 차려입고 말에도 치장을 했다. 파사당은 녹색으로 된 터번을 두르는 것으로 표식을 대신했다. 격구 경기에 출전할 부대의 병사들이 모두 모이자 월성에서 대왕과 왕족들이 모습을 드러냈다. 그 뒤로 귀족들이 따라왔지만 대각간 김유신은 와병중이라 그런지 모습을 드러내지 않았다. 창을 든 병사들이 좌우를 지키는 가운데 금관을 쓴 대왕과 왕비를 선두로 왕족들이 차례로 누대에 올랐다.

아비틴은 고개를 길게 빼서 그녀를 찾아봤지만 거리가 제법 떨어진 탓에 알아볼 수 없었다. 그러는 사이 주령구를 던져서 격구 경기를 할 상대방을 결정했다. 가장 먼저 나선 건 원술이 이끄는 낭당과 삼천당의 경기였다. 구정 양쪽 끝에 공을 넣는 구문이 설치되고 그 앞에 양쪽 무사들이 말을 탄 채 나란히 섰다.

격구 경기가 시작되자 구경을 하던 백성들이 주먹을 불끈 쥐고 환호성을 질렀다. 페르시아에서처럼 이곳 바실라에서도 백성들이 격구 경기에 열광하는 것 같았다. 경기는 격렬했지만 원술이 침착하게 경기를 이끌면서 승리를 가져갔다. 경기가 한참 펼쳐지는 와중에도 아비틴은 그녀를 찾기 위해 대왕과 왕족들이 있는 관람석을 살폈다. 그러는 사이 파사당의 순서가 돌아왔다. 상대는 대당이었다. 상대편이 구정에 들어서자 파사당 중 한 명이자 활을 잘 쏘는 캄다드가 가볍게 감탄사를 날렸다.

"우와! 온통 붉은색입니다."

그의 말대로 대당의 무사들은 마구부터 옷, 장시까지 모두 붉은색이었다. 먼지가 가시지 않은 구정에 그들이 모습을 드러내자 관중들은 열렬한 환호를 보냈다. 반면 녹색 머리띠를 두른 파사당이 구정에 나타나자 싸늘한 침묵이 깔렸다. 예상하고 있긴 했지만 막상 그런 반응을 느끼자 아비틴은 쓴웃음을 지을 수밖에 없었다. 그때 차가운 침묵을 깨고 가녀린 환호성이 들렸다. 소리가 난 곳은 대왕을 비롯한 왕족들이 있는 누대였다. 고개를 돌리자 쏟아지는 햇살을 등진 그녀가 보였다. 아주 잠깐 스쳐 지나가면서 본 것이 전부였지만 아주 오래전부터 알던 사이처럼 느껴졌다. 햇살이 잠깐 가시고 하얀색 저고리와 주름치마 차림의 은석 공주가 보였다. 그녀를 본 아비틴은 저도 모르게 중얼거렸다.

"프라랑."

프라랑이라는 말은 페르시아어로 보석이라는 뜻이었다. 경기가 시작되자 아비틴은 말의 배를 힘껏 걸어찼다. 양쪽 무사들이 구정 한복판에서 뒤엉키자 잠잠했던 환호성이 다시 터져 나왔다. 비단에 싸인 공은 말발굽에 차여서 구석으로 굴러갔다. 몸이 날랜 파라가 말 머리를 돌려서 재빨리 공을 낚아챘다. 그러자 파사당 무사들은 일제히 상대방 구문 쪽으로 달렸다. 장시로 공을 몇 번 치면서 빈 공간을 찾은 파라가 멀리 앞쪽으로 공을 던졌다. 말의 다리 사이로 굴러온 공은 상대방의 구문 앞에 와 있던 아비틴 앞에서 멈췄다.

아비틴은 가볍게 장시를 휘둘러서 구문 안으로 공을 밀어넣었다. 순식간에 일어난 일이라 그런지 상대방은 물론 구경꾼들 모두 입을 벌린 채 아무 말도 하지 못했다. 오직 프라랑만이 환호를 보낼 뿐이었다. 경기가 재개되고 이번에도 치고 나갔던 아비틴은 상대방의 장시에 오른쪽 팔꿈치를 강타당했다. 말에서 넘어질 뻔 했던 그는 겨우 고삐를 잡고 버텼다. 돌아보니 상대방이 작정이라도 한 듯 부하들을 공격했다. 사방에서 비명이 들려오자 분개한 아비틴은 눈앞의 상대방에게 장시를 휘두르려고 하다가 손을 멈췄다. 그러는 사이 대당의 무사들이 파사당의 구문에 공을 집어넣었다. 출발선으로 돌아온 쿠샨이 씩씩거리면서 말했다.

"이번에 시작하면 바로 해치워 버립시다."

다들 동의하는 표정이었지만 아비틴은 고개를 저었다.

"상대방이 공격해도 무시하고 공을 구문에 넣는 일에만 열중해."

"이대로 당하라는 말씀이십니까?"

쿠샨이 성난 표정으로 대꾸하자 아비틴은 마음을 진정시켰다. 생각 같아서는 장시가 아니라 칼을 휘두르고 싶었지만 이럴수록 흔들리지 말아야 한다는 마음이 먼저 들었다.

"어차피 폴로를 해 왔던 우리가 유리하다. 그런데 저쪽 농간에 말려들어서 경기를 망치면 우리 손해다. 저들도 그걸 노리고 시비를 거는 거야. 그러니 참고 견뎌야 한다."

다시 공이 구정 한가운데 떨어지면서 경기가 시작되었다. 이번에도 대당의 무사들은 거칠게 나왔다. 하지만 아비틴은 머리와 등에 쏟아지는 장시 세례를 무시하고 공을 구문 앞으로 보냈다. 머리를 얻어맞아서 피를 흘리고 있던 쿠샨이 가볍게 공을 집어넣고는 상대방에게 이빨을 드러내며 웃었다. 격구가 계속될수록 대당의 도발은 심해졌다. 장시로 공격하거나 말로 들이받는 위험한 행동도 서슴지 않았다. 하지만 아비틴은 꿋꿋하게 견뎌 나갔다.

그러자 일방적으로 대당을 응원하던 구경꾼들이 차츰 파사당과 아비틴을 응원하기 시작했다. 결국 아비틴이 이끄는 파사당은 열 번이나 넘게 공을 구문 안에 집어넣었다. 기나긴 경기가 끝나고 나서야 아비틴은 장시를 쥔 오른쪽 팔이 축 처진 채 움직이지 않는다는 사실을 깨달았다. 장시로 얻어맞은 곳이었다. 격구가 끝나자마자 원술이 찾아왔다.

"괜찮아?"

아비틴은 대답 대신 고개를 끄덕거렸지만 아픔을 숨길 수는 없었다. 그러자 원술이 안타까운 표정으로 말했다.

"대당 놈들이 자존심이 센 편이라 그런 것 같아. 대신 사과하겠네."

"자네가 미안해할 건 없네. 어차피 경쟁이잖나."

아비틴은 왼손으로 원술의 어깨를 토닥거리면서 위로했다. 그러는 사이에도 격구 경기는 계속되었다. 공이 구문 사이를 통과할 때마다 터져 나갈 것 같은 환호성이 울려 퍼졌다. 처음에는 점잖게 지켜보던 대왕과 왕족들도 하나둘씩 주먹을 불끈 쥐거나 소리를 질렀다. 프라랑은 그중에서도 눈에 띄었다. 쿠샨이 급하게 상처를 싸매는 동안에도 그는 프라랑에게서 눈을 떼지 못했다.

그리고 어느 순간 눈이 마주쳤다. 곁눈질로 바라보던 그녀는 눈을 맞추자 시선을 떼지 않았다. 도망치듯 사라져 버린 첫 번째 만남이나, 말을 타고 스쳐야만 했던 두 번째 만남보다는 좀 더 길고 가까웠다. 흥분한 관중들과 선수들 사이에서 두 사람의 시간만 멈춘 것 같았다. 뿌연 먼지 구름 사이에서 이제 프라랑이라고 부르기 시작한 그녀를 응시했다. 그러면서 문득 그녀와 말을 나누고 살결의 감촉을 느껴 보고 싶다는 생각이 들었다. 난생 처음 여자를 갈망하게 된 것이다. 아비틴은 그녀를 향해 고개를 끄덕거렸다.

'우리는 곧 만날 것입니다.'

그러자 그녀가 마치 알아들었다는 듯 눈을 한 번 깜빡거린 후에 가볍게 고개를 끄덕였다. 대답을 들은 아비틴은 순서를 기다렸다가 곧장 말에 올라타고 구정으로 나갔다. 다음 상대는 장창당이었다. 그들의 부대 깃발은 황색을 테두리에 두른 적색이었다. 자못 용맹한 기세를 자랑했지만 아비틴과 파사당의 상대가 되지는 못했다. 여유롭게 이긴 아비틴은 두 손을 들고 승리의 기쁨을 만끽했다.

신기한 일이었다. 파사국의 왕자이자 자신을 프라랑이라고 부른 그 남자가 마치 말을 건 것 같은 기분이 든 것이다. 흥분한 은석 공주는 옆에 서 있던 아람에게 말했다.

"봤어? 저 왕자가 나한테 말을 거는 것 같았단 말이야."

백성들이 지르는 환호성 소리에 귀를 막고 있던 아람이 물었다.

"뭐라고 했습니까? 공주님."

"꼭 만나자고, 그래서 알았다고 했지."

말이 오간 건 아니지만 그녀는 확신할 수 있었다. 곡옥 목걸이에 가려진 가슴에 손을 얹자 가슴이 두근거리는 게 느껴졌다. 지금까지 단 한 번도 느껴 보지 못한 기분이었다. 두근거리는 가슴 위에 손을 얹고 구정을 내려다봤다. 장창당의 집요한 방해를 물리치고 이긴 아비틴은 주먹을 불끈 쥔 채 구정을 한 바퀴 돌았다. 백성들은 박수를 치면서 환호성을 보냈다. 그 모습을 가만히 지켜보던 은석 공주가 아람에게 말했다.

"내일은 눈에 잘 띄는 분홍색 저고리를 입고 와야겠어."

몇 차례 격구가 더 열리고 해가 저물었다. 승리한 당은 내일 다시 경기를 치르기로 했다. 구경꾼들은 아쉬움을 남긴 채 뿔뿔이 흩어졌고, 아비틴도 부하들을 이끌고 집으로 돌아왔다. 간단히 배를 채우고 다음 날 경기를 위해 곧장 잠자리에 들었다. 아침에 눈을 뜬 아비틴은 무심코 팔을 움직이다가 생각지도 못한 통증에 비명을 질렀다. 쿠샨이 한걸음에 달려와서 팔을 살펴봤다.

"뼈가 상한 거 같습니다. 일단 약초를 바르고 부목을 대겠습니다."

"격구에 나설 수 있을까?"

아비틴의 얘기를 들은 쿠샨이 고개를 절레절레 저었다.

"이 정도면 어깨 위로 들지도 못할 겁니다. 포기하시는 게 좋겠습니다."

아비틴은 어느덧 주변에 모인 부하들을 바라봤다. 그들의 얼굴을 하나씩 살펴본 아비틴은 옆에 서 있던 해동에게 말했다.

"내 카프탄을 가져오너라."

지시를 받고 우물쭈물하던 해동은 아비틴이 소리치자 황급히 옷을 가지러 밖으로 나갔다. 아비틴이 밖으로 나오자 뜰에서 말을 손질하고 있던 쿠샨과 부하들이 놀란 눈으로 바라봤다. 해동이 가져온 카프탄을 몸에 걸치고 벨트를 찬 아비틴은 터번을 머리에 둘렀다. 그걸 본 쿠샨이 다가와 조심스럽게 말했다.

"이만하면 충분합니다. 들어가서 쉬십시오."

아비틴은 잠자코 자신의 말에 올라탔다. 그리고 한 명 한 명의 눈을 보면서 말했다. 아니 애원했다.

"여기서 포기하고 싶지 않아. 나를 좀 도와줘."

아비틴의 고집을 꺾을 수 없다는 것을 잘 아는 쿠샨이 말했다.

"그러다 팔을 못 쓰면 외팔이 아비틴으로 불릴 겁니다."

그러자 말고삐를 와락 움켜잡은 아비틴이 웃으면서 대답했다.

"그것도 나쁘지 않군."

유쾌하게 웃은 아비틴이 부하들에게 모두 말에 타라는 지시를 내렸다.

아비틴을 선두로 파사당의 무사들이 대문 밖으로 나오자 지나가던 행인들이 걸음을 멈추고 그들을 바라봤다. 예전과 같은 거부감이나 낯선 눈길이 아닌 호기심 어린 눈길이었다. 행렬의 뒤를 따른 파라가 페르시아의 전통 악기 케멘체를 연주하자 모두 어깨를 들썩거렸다. 아비틴은 한 손으로 고삐를 잡은 채 격구가 열리는 월성 앞 구정으로 향했다.

이미 경기가 벌어지고 있는지 떠들썩한 외침들이 들렸다. 그런 가운데 아비틴을 선두로 한 파사당의 무사들이 모습을 드러내자 사람들의 시선이 쏠렸다. 누대에 있던 대왕도 그걸 봤는지 옆에 있던 내관에게 뭔가를 속삭였다. 잠시 후, 내관이 아비틴에게 다가왔다.

"대왕마마께서 팔을 다쳤는데 출전하실 수 있느냐고 하문하셨습니다."

아비틴은 대답 대신 부목을 댄 오른팔을 번쩍 들었다. 그러자 누대에 앉아 있던 대왕이 고개를 끄덕거렸다. 그리고 그 옆에 프라랑이 보였다. 어제와는 달리 눈에 띄는 분홍색 저고리에 여러 줄로 엮은 곡옥으로 치장한 모습이었다. 분명 아비틴이 잘 볼 수 있도록 그렇게 입은 것 같았다. 내관이 물러나고 아비틴은 격구 경기를 지켜봤다. 한두 번씩 승리한 당이었기에 다들 몸이 날래고 장시로 정확하게 공을 쳤다. 옆에서 지켜보던 캄다드가 중얼거렸다.

"쉽지 않겠는데요."

앞선 경기들이 끝나고 파사당 차례가 되었다. 상대는 녹금서당이었다. 녹색과 적색이 섞인 깃발을 들고 나온 그들은 붉은색 두건에 녹색 저고리 차림이었다. 장시는 온통 검은 천으로 감싸서 위압적으로 보였다. 각자의 구문 앞에 서서 공이 떨어지길 기다리던 파사당과 녹금서당은 질세라 말을 달렸다. 먼저 치고 나간 캄다드가 장시로 공을 잡아채고 앞으로 나가려는 찰나 상대방의 장시가 막아섰다.

그러자 캄다드의 장시가 힘없이 꺾어지면서 공을 빼앗겼다. 놀란 캄다드가 뒤를 돌아보는 사이 녹금서당의 무사들이 공을 가진 동료를 에워쌌다. 그리고 공을 빼앗으려는 파사당의 무사들을 장시로 밀어내거나 후려쳤다. 제일 뒤에 있던 아비틴은 왼팔에 쥔 장시로 공을 막으려고 시도했다. 하지만 턱수염이 덥수룩한 녹금서당의 무사가 장시로 그의 장시를 후려쳤다. 그러자 거짓말 같이 장시가 두동강이 나고 말았다. 그러면서 순식간에 구문 안으로 공을 집어넣었다. 환호성을 지르며 돌아가는 녹금서당 무사들의 뒷모습을 보던 아비틴은 어리둥절한 얼굴로 부러진 장시를 쳐다봤다.

"어찌 된 거야?"

그러자 그들과 맞섰던 캄다드가 대답했다.

"저놈들 장시가 쇠로 만든 것 같습니다."

그때서야 왜 장시를 천으로 감쌌는지 알 것 같았다. 부러진 장시들을 바꾸느라 잠시 시간이 지체되었다. 그사이 아비틴은 급하게 지시를 내렸다.

"쇠로 된 장시를 들고 있으면 금방 지칠 거다. 최대한 부딪치지 말고 공을 이리저리 끌다 지치게 만든 후 공격한다."

부하들이 흩어지고 격구가 재개되었다. 이번에도 녹금서당은 쇠로 된 장시를 이용해서 공격을 감행했다. 결국 구문을 지키지 못하고 공이 들어갔지만 시간을 꽤 끌 수 있었다. 예상대로 녹금서당의 무사들은 눈에 띄게 지치기 시작했다. 그들이 지치는 것을 본 아비틴이 외쳤다.

"넓게 퍼져서 공격한다."

그러자 쿠산과 파라, 캄다드가 주축이 되어 장시로 공을 주고받으며 밀어붙였다. 엎치락뒤치락하던 중 파라가 친 공이 녹금서당의 구문 안으로 들어갔다. 아비틴은 지친 녹금서당의 무사들이 정신을 차릴 틈을 주지 않기 위해 일부러 거칠게 말을 몰면서 짓쳐들어갔다. 상대방보다 한발 빠르게 공을 앞으로 걷어 낸 아비틴은 쇄도하는 녹금서당 무사들을 뿌리치면서 구문으로 나갔다.

바실라인들도 말을 잘 타긴 했지만 아비틴은 걸음마를 떼기 전부터 말을 탔던 페르시아인이었다. 아비틴을 놓치자 녹금서당의 무사들이 장시로 그를 공격했다. 등과 어깨에 무수하게 쏟아지는 장시 세례를 꾹 참은 아비틴은 구문 안으로 공을 쳐 넣었다. 바닥에 튕긴 공은 녹금서당의 무사들 사이를 스쳐 지나 구문 안으로 사라졌다. 숨 막히던 긴장감이 사라지고 우레와 같은 환호성이 쏟아졌다. 분이 풀리지 않은 녹금서당의 무사 한 명이 왼손을 번쩍 든 채 자기 진영으로 돌아가던 아비틴에게 장시를 휘둘렀다. 팔뚝을 강타당한 아비틴은 저도 모르게 비명을 지르며 장시를 떨어뜨렸다. 그걸 본 부하들이 욕지거리를 내뱉으면서 달려들었다. 아비틴은 달려오는 부하들을 향해 손을 들어 만류했다.

이를 악물고 고삐를 움켜쥐는데 프라랑이 울고 있는 게 보였다. 아비틴은 의연하게 왼손으로 새로운 장시를 움켜쥐었다. 잃어버린 나라를 되찾아야 한다는 부담감 대신 사랑하는 여인 앞에서 최선을 다하겠다는 생각만 들었다. 그는 왼팔을 힘겹게 머리 위로 들어 올리며 절규했다.

"프라랑!"

그러자 기운을 낸 아비틴이 부하들을 향해 말했다.

"아까와 같은 방식으로 공격한다."

경기가 재개되자 서로 공을 잡기 위한 다툼이 이어졌다. 녹금서당의 무사들은 아예 한 명씩 따라붙어서 쇠로 된 장시로 때리거나 걸어서 공을 빼앗았다. 그러면 파사당의 무사들은 이를 악물고 또다시 공을 낚아챘다. 이렇게 정신없이 공이 오가는 가운데 녹금서당의 무사가 파사당의 구문 앞으로 공을 끌고 갔다. 그리고 캄다드의 방해를 뿌리치고 장시로 공을 후려쳤다. 아비틴은 저도 모르게 소리쳤다.

"안 돼!"

다행히 구문에 맞은 공은 안으로 들어가지 않고 튕겨 나왔다. 캄다드가 말의 다리 사이로 공을 쳐서 녹금서당의 구문 앞으로 보냈다. 아비틴은 말에 박차를 가해서 전속력으로 달려갔다. 바로 옆에 있던 녹금서당의 무사가 바짝 따라붙어서 장시를 휘둘렀다.

하지만 아비틴은 몸을 바짝 숙여서 장시를 피하고는 곧장 공을 구문 안으로 넣었다. 공이 구문 안으로 들어가는 것과 동시에 물시계의 물이 바닥났다는 신호기가 올랐다. 극적인 승리를 거둔 아비틴과 부하들은 아픔을 잊고 얼싸안았다. 쿠샨은 장시로 머리를 맞았는지 왼쪽 머리에서 피가 계속 흘러나왔다. 구정을 벗어난 아비틴과 파사당의 무사들 옆으로 다음 경기를 위해 구정으로 들어서는 원술이 보였다. 걱정스러운 얼굴로 바라보던 원술에게 아비틴은 힘내라는 눈빛을 보냈다.

경기가 벌어지는 동안 상처를 살피던 아비틴은 부하들의 상태가 심상치 않은 것을 깨달았다. 쇠로 된 장시에 맞아서 머리가 깨진 쿠샨부터 허벅지에 피멍이 든 캄다드까지 하나같이 크고 작은 상처를 가지고 있었다. 자신을 위해 부하들이 아픔을 꾹 참았다는 생각에 아비틴은 눈물이 핑 돌았다. 한쪽 무릎을 꿇고 쿠샨의 머리에 난 상처를 본 아비틴이 말했다.

"이제 경기를 포기하자. 우린 할 만큼 했어."

"어찌하여 포기하자는 말입니까? 우린 끝까지 할 겁니다."

쿠샨이 만류했지만 아비틴은 고개를 저었다.

"이러다가는 큰일 나겠어."

돌아서려는 아비틴의 어깨를 캄다드가 움켜잡았다. 피멍이 든 어깨를 드러낸 캄다드가 낮은 목소리로 얘기했다.

"마지막까지 뛸 수 있게 해 주십시오."

다른 부하들까지 모두 캄다드의 얘기에 동조하는 눈빛을 보냈다. 그들의 눈에서 자신이 가지고 있던 숨이 막힐 것 같은 외로움을 읽은 아비틴은 대답 대신 장시를 어깨에 걸쳤다. 부하들이 상처 입은 얼굴로 웃는 게 보였다. 그러는 사이 원술의 낭당이 격구 경기를 끝냈다. 부하들을 이끌고 구정 밖으로 나오는 원술의 표정이 미묘했다.

이유는 잠시 후 밝혀졌다. 마지막 경기를 벌일 상대가 바로 낭당과 파사당이었기 때문이다. 분위기가 달아오르자 누대에 있던 대왕이 일어나서 뭔가를 말했다. 부하들의 상처를 돌보던 해동이 얘기를 전달해 주었다.

"이번 격구에서 승리한 당에게 큰 상을 내려 주겠답니다."

그 얘기를 들은 부하들이 미소를 짓는 것을 본 아비틴의 심정은 복잡해졌다. 잠깐의 휴식이 주어진 동안 구정이 정리되었다. 구경꾼들도 숨을 돌리면서 파사당과 낭당이 벌일 마지막 격구 경기에 대해 이런저런 얘기를 나눴다. 구정을 가로질러 온 원술이 아비틴에게 말했다.

"부하들에게 정정당당하게 하라고 일러 놓았네."

"우리들도 그리하겠네."

짧은 얘기를 건넨 원술은 부하들에게 돌아갔다. 마침내 마지막 격구 경기가 시작되었다. 말에 올라탄 아비틴은 원술에게 눈인사를 건넨 후 떨어지는 공을 받기 위해 말에 박차를 가했다. 공은 양쪽을 어지럽게 오가다가 파사당의 손에 넘어갔다. 파라가 공을 가지고 앞으로 나가다가 뒤따라 오던 캄다드에게 건넸다. 장시로 공을 받는 척하던 캄다드는 그대로 뒤로 흘려서 상대방을 속였다. 뒤따라가던 쿠샨이 어리둥절해하는 낭당의 무사들을 지나쳐 곧장 구문 안으로 공을 집어넣었다. 격구는 팽팽하게 진행되었고 시간이 지체되었다. 의욕이 꺾인 아비틴은 유난히 몸이 무거워지면서 몇 번 헛손질을 했다.

그러다 경기 시간이 거의 끝나갈 즈음 원술이 치고 나가면서 파사당의 구문에 공을 집어넣는 데 성공했다. 경기 시간이 거의 끝나가는 가운데 아비틴에게 공이 굴러 왔다. 그는 공을 몰고 낭당의 구문을 향해 달렸다. 마침 구문 앞은 비어 있어서 공을 장시로 밀어 넣기만 하면 끝날 것 같았다. 격구를 지켜보던 모든 사람들의 시선이 느껴졌다. 하지만 아비틴은 구문 앞에서 멈춘 다음 공을 옆으로 쳐서 흘러가게 두었다.

그 순간, 경기가 끝났음을 알리는 깃발이 펄럭거렸다. 아비틴은 장시를 내려 놓고 말 위에서 원술을 끌어안았다. 다른 부하들도 방금 전까지 치열하게 다퉜던 낭당의 무사들과 인사를 나눴다. 그렇게 이틀 동안의 격구 경기가 모두 끝났다. 구경꾼들은 처음의 냉담함을 잊어버릴 만큼 열렬한 환호를 보냈다. 환호는 누대에서 지켜보던 대왕이 일어날 때까지 계속되었다. 대왕이 우렁찬 목소리로 말하는 소리가 들렸다. 거리가 제법 떨어져 있고, 말이 서툴러서 제대로 들리지 않았지만 연회라는 말은 알아들을 수 있었다. 옆에 서 있던 해동이 말을 옮겨 주었다.

"파사당과 낭당은 물론 격구에 출전한 무사들을 모두 불러서 큰 연회를 열 것이라고 합니다."

그 얘기를 들은 무사들은 크나큰 환호성을 질렀다.

구정이 떠나갈 것 같은 무사들의 환호성 소리에 은석 공주는 얼굴을 찡그렸다. 하지만 아람을 통해 왜 환호성을 질렀는지 알게 되자 그녀의 눈빛이 반짝거렸다.

"아버님이 연회를 어디서 베푸시는지 알아 봐."

"공주마마."

아람이 만류하는 표정을 지었지만 은석 공주는 못 본 척하고 구정을 바라봤다. 부하들에게 둘러싸인 아비틴의 모습이 보였다. 그런 그의 모습을 보면서 그녀가 말했다.

"우리가 나눈 얘기들이 사실인지 알고 싶어."

"그게 무슨 말씀이십니까? 공주님."

아람이 영문을 모르겠다는 표정으로 물었지만 은석 공주는 미소로 대답을 대신했다. 눈이 마주칠 때마다 자신의 심장을 두근거리게 만드는 그 남자를 어서 만나고 싶었다. 그리고 자신을 향해 프라랑이라고 부른 이유도 알고 싶었다. 은석 공주는 여전히 영문을 몰라하는 아람에게 얘기했다.

"저 무사들을 데리고 연회를 베풀 수 있는 곳은 포석정밖에 없을 것이야. 근처의 전각 하나를 비워 두어라."

"그렇게 하더라도 어찌 저 파사국의 왕자와 만나실 겁니까? 대왕마마는 물론 주변에 무사들이 한둘이 아닐 텐데요."

아람이 품은 의문은 사실이었다. 잠시 고민하던 그녀는 아비틴을 바라봤다. 그리고 확신을 가졌다.

"저 남자가……."

두근거리는 가슴 때문에 잠시 숨을 고른 은석 공주가 말을 이어 갔다.

"나를 찾아올 거야."

Basilla

8

아비틴은 프라랑을 보자 사랑에 빠졌다.
프라랑의 겁고 아름다운 점은 아비틴의 넋을 잃게 하였다.
아비틴은 문을 지나 프라랑에게 황금 유자를 건넸다.
프라랑은 황금 유자를 받아 입 맞추고, 그녀의 옆에 놓았다.
유자는 그들의 마음이 닿았음을 의미했다.

　연회는 이틀 후 월성 뒤쪽에 자리 잡은 남산 기슭의 포석
정에서 열렸다. 포석정 주변에는 금으로 지붕과 난간을 장
식한 화려한 정자들과 벽에 그림을 그려 넣은 전각들이 줄
지어 서 있었다. 금실로 수놓은 옥색 저고리와 바지, 새 깃을
양쪽에 꽂은 푸른색 두건을 쓰고 나타난 원술은 이곳이 왕
실의 혼례나 제사가 열리는 장소라고 일러 주었다.

　"선대왕께서도 이곳에서 혼례를 올리셨지."

　포석정은 돌로 만든 구불구불한 타원형의 도랑으로 커다
란 은행나무 두 그루 아래 자리 잡았다. 물은 은행나무 뒤쪽
으로 이어진 도랑의 끝에서 흘러나왔는데 거북의 입 모양으
로 조각된 돌에서 흘러나왔다. 구불구불한 타원형의 도랑에
서는 물이 계속 흘렀다. 포석정 주변은 색색의 비단 장막으
로 둘러져 있었고, 앞에는 널빤지로 만든 작은 무대가 있었
다. 격구 경기에 참여했던 젊은 무사들은 포석정 주변에 세

워진 천막에 자리를 잡았다. 비단 방석을 깔고 앉은 그들은 호기심어린 눈으로 주변을 돌아봤다. 하늘거리는 옷차림의 기녀들이 소뿔 모양으로 만든 술잔과 김이 모락모락 피어나는 생선을 비롯한 각종 요리들을 가져왔다.

대왕이 자리 잡은 포석정에는 아비틴과 원술을 비롯해서 각 당의 무사들이 한 명씩 자리 잡았다. 음식들이 차례대로 그들 앞에 놓였다. 그중에 아비틴의 눈길을 끈 것은 굽이 달린 항아리에 든 낯선 과일이었다. 페르시아에서 봤던 오렌지와 닮았지만 좀 더 크고 껍질이 울퉁불퉁했다. 그리고 은은한 향이 풍겨 나왔다. 아비틴이 눈을 떼지 못하자 원술이 그 과일을 손으로 집어 보여 주면서 말했다.

"당나라에서 들어온 유자라는 과일일세. 맛은 시지만 향이 좋아서 이렇게 가져다 놓곤 하지."

신기한 생각에 아비틴은 유자를 하나 집어서 킁킁대며 냄새를 맡았다. 그러자 다른 무사들이 재미있다는 표정으로 웃었다. 그러는 사이 물이 나오는 거북 머리 쪽에 자리 잡은 대왕이 옥으로 만든 술잔을 들어서 술을 한 모금 마셨다. 그러고는 다시 술을 채운 다음 물이 흐르는 포석정의 도랑에 슬쩍 올려놨다. 술잔이 바로 가라앉을 것이라는 아비틴의 예상과는 달리 마치 시냇물에 흐르는 꽃잎처럼 두둥실 떠서

도랑을 타고 흘러갔다. 무게 때문에 가라앉으려고 하면 구불구불한 도랑에 부딪쳐서 생긴 작은 파도에 떠밀려 간 것이다.

포석정의 도랑을 따라 흘러 다니는 술잔을 집어든 것은 아비틴의 옆자리에 앉은 원술이었다. 잔을 든 원술은 가벼운 목소리로 시 한수를 읊고는 술을 비웠다. 그리고 술을 채운 술잔을 다시 포석정의 도랑에 올려 놨다. 두둥실 떠간 술잔을 본 아비틴이 물었다.

"대체 어찌 된 영문인가?"

그러자 어깨를 으쓱거린 원술이 대답했다.

"물이 굽이치게 만들어서 술잔이 가라앉지 않게 만들었다는군. 자세한 건 나도 잘 모르겠네."

"아까 술잔을 들고 뭐라고 얘기한 건가?"

"자기 차례가 되면 향가(鄕歌)를 부르거나 시를 한 수 읊는 걸세."

원술의 말대로 차례가 돌아오면 떠내려 온 술잔을 받아들고 시나 노래를 한 수 부른 다음 술을 마셨다. 그러다 마지막으로 아비틴의 차례가 되었다. 물속에 반쯤 잠겨 있던 술잔을 집어든 아비틴은 낭랑한 목소리로 페르시아어로 시를 한 수 읊었다.

아무도 내일을 기약할 수 없는 법.

우울한 마음에 기쁨을 담아 두어야 한다.

달빛에 술을 마셔라.

달은 이제 우리를 돌아보지 않고 비추리니

시를 다 읊은 아비틴은 단숨에 술잔을 비웠다. 그러자 대왕이 뭔가를 물었다. 옆에서 들은 내관이 몇 발자국 떨어져 있던 해동에게 말을 전달했다.

"지금 읊은 것이 어떤 내용인지 아뢰라고 하십니다."

그러자 아비틴이 시의 유래와 내용을 설명했다.

"페르시아의 유명한 시인 오마르 하이얌이 쓴 시입니다."

시의 유래를 들은 대왕은 알겠다는 듯 고개를 끄덕거리면서 몇 마디 말을 했다. 얘기를 들은 해동이 전해 주었다.

"좋은 시라고 하셨습니다. 상으로 유자를 내릴 것이니 가져가도 좋다고 하셨습니다."

아까 유자를 보고 신기해하던 것을 기억한 것 같았다. 고개를 숙여 감사함을 표한 아비틴은 유자 하나를 집어서 카프탄의 소매에 넣었다. 그렇게 몇 번 술잔이 오가고 시와 노래를 부르면서 딱딱하고 어색했던 분위기가 누그러졌다. 잠시 후, 한 무리의 광대들이 포석정 앞에 모습을 드러냈다. 그 중에는 소그드인으로 보이는 이들도 있었다. 일부러 느슨하게 맨 허리띠가 땅바닥에 질질 끌리는 광경을 본 무사들이 왁자지껄하게 웃었다. 널빤지로 만든 단 위에 올라선 이들은 제각각 춤을 추고 재주를 넘으면서 시선을 끌었다.

그러면서 본격적인 연회가 시작되었다. 한쪽 구석에 자리 잡은 악공들이 피리를 불고 비파를 뜯으면서 시끌벅적하게 공연을 벌이기 시작했다. 가장 먼저 앞에 나선 것은 체구가 작은 바실라 광대였다. 얼굴을 붉게 칠한 그는 손에 든 금방울을 이리저리 돌리면서 손으로 땅을 짚고 물구나무를 서는 재주를 부렸다. 여기저기서 감탄사가 터져 나왔다.

금방울을 돌리는 묘기가 끝나고 다음으로 나선 광대는 등에 뭔가를 넣어서 곱사등이 흉내를 냈다. 당장이라도 울 것 같은 애처로운 표정으로 터벅터벅 걷던 광대는 손으로 불룩 솟은 등을 긁으려고 안간힘을 썼다. 하지만 손이 올라가면 몸이 돌아가는 바람에 번번이 실패했다. 그 모습을 보고 다들 웃음을 터뜨렸고, 포석정에 앉아 있던 아비틴과 원술도 한참을 웃었다. 결국 등을 긁는 것을 포기한 곱사등이 광대는 신명나게 춤을 추는 것으로 마무리했다.

그다음으로 앞에 나선 것은 방울이 달린 지팡이를 들고

얼굴에 검은색 가면을 쓴 광대였다. 그렇게 세 번째 무대가 끝나고 다음으로 한 쌍의 남녀가 등장했다. 곱슬머리에 매부리코를 한 소그드인 남녀는 마치 연인처럼 다정하게 춤을 추었다. 수줍게 돌아서는 여인에게 한사코 다가가는 남자를 보면서 아비틴은 자신과 프라랑을 떠올렸다. 막상 그녀를 만나면 무슨 말을 나눠야 할지 도무지 자신할 수 없었다. 그가 생각에 잠겨 있는 사이 소그드인 남녀의 춤이 끝났다. 시간이 제법 지났는지 해가 저물었다. 그러자 내관들이 발 빠르게 여러 개의 등잔이 붙어 있는 접시 모양의 등잔대를 가져다 놓았다. 허탈해진 그가 원술에게 물었다.

"이제 끝난 건가?"

"아니, 마지막이 남았어."

원술의 얘기가 끝나기가 무섭게 북소리가 들려왔다. 그리고 누런 털이 달린 사자가 포석정 앞에 불쑥 모습을 드러냈다. 깜짝 놀란 아비틴이 일어나려고 하자 원술이 껄껄 웃으면서 어깨를 잡았다.

"진짜 사자가 아니라 사자춤일세."

자세히 보니 사자 모양의 탈을 쓴 사람들이었다. 두 사람이 함께 들어가서 마치 사자처럼 펄쩍 뛰어올랐다가 바닥을 굴렀다. 역동적이고 박진감 넘치는 모습에 참석자들은 다들 입을 벌린 채 말없이 지켜봤다. 머리를 흔들어서 갈기털을 흩날리는 모습부터 바닥을 구르는 장면까지 한순간도 빼놓을 수 없었다.

정신없이 지켜보던 아비틴은 누군가 자신을 지켜보고 있다는 사실을 느꼈다. 고개를 돌려 주변을 살펴보자 포석정 주변의 별채 중에 한 군데의 문이 황급히 닫히는 것이 보였다. 아비틴은 원술에게 잠깐 측간에 갔다 오겠다고 말하고는 일어났다. 다들 흥겹게 술과 음식을 마시면서 사자춤을 구경하느라 정신이 없었다.

문이 닫힌 별채 쪽으로 걸어가던 아비틴은 문이 살짝 열리는 걸 봤다. 연회가 열리고 있는 포석정 주변을 힐끔 돌아본 아비틴은 별채 안으로 들어갔다. 별채 안은 창문이 하나도 없었지만 아까 연회장에서 봤던 등잔대 여러 개가 불을 밝히고 있어서 마치 대낮처럼 환했다. 별채 안은 등잔대가 놓인 탁자와 의자가 전부였다. 그리고 의자에는 그녀가 앉아 있었다. 등잔대 옆을 지키던 궁녀가 고개를 숙여 인사를 하고는 조용히 밖으로 나갔다. 그러자 별채 안에는 아비틴과 그녀, 프라랑만이 남았다.

자주색 저고리에 흰색 주름치마 차림의 프라랑은 곡옥으로 된 귀걸이와 목걸이를 하고 있었다. 탐스러운 검은색 머리카락은 어깨에 드리워졌다. 진한 눈썹 아래 반짝거리는 그녀의 눈빛을 본 아비틴은 저도 모르게 딸꾹질을 하고 말았다. 놀란 아비틴이 손으로 입을 막았지만 딸꾹질을 막을 수는 없었다. 이런 결정적인 순간에 딸꾹질이 나온 자신이 한심해진 아비틴은 숨고 싶은 심정이었다.

　그런 아비틴을 보던 프라랑은 손으로 입을 가리고 조용히 웃었다. 아비틴이 계속 딸꾹질을 멈추지 못하자 의자에서 일어난 그녀가 다가왔다. 그리고 하얗고 부드러운 손으로 아비틴의 어깻죽지를 누르면서 얘기했다.

　"돌아가신 할머님 말씀이 어깨를 이렇게 누르면 딸꾹질이 멈춘다고 했습니다."

　그러자 놀랍게도 딸꾹질이 가라앉았다. 아비틴은 긴장감이 잔뜩 묻어난 목소리로 말했다.

　"고맙습니다."

　그러자 프라랑은 얼굴을 붉히며 뒷걸음질로 물러났다. 그러고는 살짝 미소를 지으면서 입을 열었다.

"눈이 바다처럼 파랗군요. 먼발치서 보고 신기하다는 생각이 들었어요."

"당신의 눈은 마치 밤하늘 같았습니다."

그러자 프라랑이 한손으로 입을 가린 채 웃었다.

"거짓말. 제 눈동자를 볼 만큼 가까이 있지 않았잖아요."

아비틴은 한 손으로 가슴을 툭툭 치면서 대답했다.

"난 당신과 대화도 나눈 걸요."

그 얘기를 들은 그녀의 눈이 촉촉하게 젖었다.

"말도 안돼요. 난 당신에게 말을 건 적이 없는 걸요."

아비틴은 그녀의 손을 가볍게 잡았다.

아비틴이 손을 내밀어 자신의 손을 잡자 프라랑은 심장이 터질 것 같았다. 그가 자신과 얘기를 나눴다는 말을 하는 순간, 이미 걷잡을 수 없는 감정에 휩싸인 상태였기 때문이다. 머나먼 땅, 이름조차 낯선 땅에서 이곳까지 온 푸른 눈의 왕자에게 이런 감정을 느낄 줄은 몰랐다. 프라랑은 손을 잡은 채 말없이 자신을 바라보는 아비틴에게 말했다.

"당신 얘기를 들려주세요. 왜 이곳에 왔는지 알고 싶어요."

그러자 한숨을 깊게 내쉰 아비틴이 말했다.

"내 고향 페르시아는 아랍인들의 침략에 고통받고 있습니다. 그래서 아버지의 명령으로 부하들과 함께 이곳으로 오

게 되었습니다. 힘을 길러 고향으로 돌아가 아랍인들에게
고통받는 백성들을 구하는 것이 신이 주신 내 임무입니다."

"파사라는 나라는 어떻습니까? 속특처럼 끝없이 모래사
막이 펼쳐져 있습니까?"

"그런 곳도 있지만 물이 많고 이곳 서라벌처럼 큰 도시도
있지요. 몰이꾼이 이끄는 낙타 행렬이 대추야자가 바람에
산들거리는 곳을 지나갑니다. 지구라트에서 바라본 석양은
더할 나위 없이 아름답지요."

고향을 얘기하면서 아비틴의 표정이 점점 벅차오르는 게
보였다. 그녀는 자신도 모르게 다른 손으로 그의 얼굴을 쓰
다듬었다. 수염으로 덮인 무성한 턱과 부드러운 뺨의 살결
이 만져졌다. 환상 속의 인물처럼 느껴졌던 아비틴이 손에
잡히자 그녀는 잠잠해졌던 가슴이 다시 두근거리는 것을 느
꼈다.

아비틴이 자신의 얼굴을 만지고 있는 프라랑에게 말을 걸
려는 찰나, 밖에서 궁녀의 기침 소리가 들려왔다. 그리고 문
이 살짝 열렸다. 자세히 들리지는 않았지만 자리를 피해야
하는 상황인 것 같았다. 아비틴은 문을 열고 나가려다가 문
득 뭔가를 선물로 주고 싶다는 생각이 들었다. 그래서 소매
안에 넣어 둔 유자를 꺼내서 건넸다. 그녀가 살포시 웃으면

서 유자를 받아들었다. 그러더니 자신의 목에 걸고 있던 곡옥으로 장식된 목걸이를 벗어서 건네주었다.

"머나먼 서역 땅에서 온 목걸이랍니다. 아마 왕자님의 고향에서 왔을지도 몰라요. 고향 생각이 나실 때 이걸 보세요."

그녀가 건넨 목걸이는 주황색 곡옥이 가운데 달려 있고, 새끼손톱만 한 푸른 옥이 금실에 꿰어져 있었다. 옥도 그렇고 다듬는 방식 모두 고국인 페르시아의 어느 장인이 만든 것이 틀림없었다. 그녀의 마음 씀씀이에 감동한 아비틴은 유자를 쥔 그녀의 손을 움켜잡았다.

"다시 만납시다. 프라랑."

그러자 그녀는 프라랑이라는 말을 되뇌었다. 얼른 나오라는 듯 궁녀의 다급한 기침소리가 다시 들리자 아비틴은 문을 박차고 밖으로 나왔다. 멀리서 횃불을 든 궁녀들에게 둘러싸인 여인이 다가오는 게 보였다. 대왕의 부인, 왕비가 틀림없었다. 아비틴은 서둘러 처마의 그늘 아래로 몸을 숨겼다가 포석정 쪽으로 발걸음을 돌렸다. 그녀에게 받은 곡옥 목걸이는 소매 깊숙이 넣었다. 애써 태연함을 유지하려고 했지만 드디어 프라랑을 만나고 얘기를 나눴다는 사실에 가슴이 터질 것만 같았다.

밤이 깊어질 무렵에야 연회가 끝났다. 횃불을 든 내관들의 부축을 받은 대왕이 자리를 뜨고 무사들도 하나둘씩 포석정을 나와 집으로 향했다. 아비틴도 부하들과 함께 집으로 돌아갔다. 얼마 후, 시장에 나갔던 해동이 재미있는 소문을 들었다면서 그에게 일러 주었다.

"은석 공주가 곁에 늘 유자를 두고 산답니다."

얘기를 들은 아비틴은 저도 모르게 눈가에 웃음을 짓고 말았다. 여름이 지나가고, 가을이 찾아오면서 점점 전쟁의 기운이 높아져 갔다. 원술이 가끔 찾아와 장시를 가지고 격방(擊棒)을 했다. 넓은 뜰에 구멍을 파고 말을 타지 않고 장시로 공을 쳐서 넣는 방식으로, 격구를 하느라 몸이 상했던 아비틴과 부하들에게는 심심풀이로 제격이었다. 특히 원술은 궁궐과 서라벌 시내의 이런저런 얘기들을 들려주는 귀 역할을 해 줬다. 가을이 거의 끝나가던 날, 여느 때처럼 격방을 즐기던 원술이 불쑥 한마디를 했다.

"겨울에 전쟁이 있을 것 같네."

"당나라와?"

장시를 움켜쥔 아비틴의 물음에 원술이 고개를 끄덕였다.

"지난 7월에 대당의 장수 고간이 1만, 말갈 출신의 장수 이근행이 3만을 이끌고 평양에 도착했네. 병력들을 여덟 군데로 나눠서 진을 쳤다고 하는군."

"당이 본격적으로 나설 모양이군."

아비틴의 얘기에 원술이 공을 넣어야 할 구멍을 바라보면서 대답했다.

"그런가봐. 궁모성 전투 이후 지금까지는 고구려의 안승왕을 지원하면서 직접 대결을 피했네. 하지만 안승왕이 있던 한성이 함락되고 한시성과 마읍성까지 빼앗겼네. 당군이 백수성을 포위하고 있다는데 백수성에서 칠중하까지는 하룻길일세."

"고구려군은?"

"계속 후퇴중이고, 아마 우리에게 내투할 것 같네. 안승왕이 보낸 태대형 고연무라는 자가 지금 서라벌에 와서 그 문제를 논의 중일세. 금마저에 안치시킬 거라고 하는군."

그러자 공을 넣는 구멍을 힐끔 쳐다본 아비틴이 물었다.

"대왕께서는 출병을 결정하신 건가?"

"이틀 후에 화백회의(和白會議)가 열리는데 그때 논의할 예정이라는군. 귀족들은 지금까지 당과 직접 충돌할 수 있는 출병을 반대하는 입장이었지만 저들이 칠중하를 넘어온다면 얘기가 달라진다네."

"그럼 전쟁이 벌어지겠군."

아비틴은 무료해하는 부하들을 떠올리면서 대답했다. 그러자 원술이 장시로 공을 툭 치면서 얘기했다.

"젊은 무사들은 전쟁이 벌어지기만을 학수고대하고 있지. 그래야 공을 세울 수 있지 않느냐면서 말이야."

아비틴은 아무 대답 없이 고개를 끄덕거렸다. 공이 구멍에 들어간 것을 본 원술이 주먹을 불끈 쥐면서 얘기했다.

"파사당이 이번에도 공을 세운다면 서라벌에 자리를 잡을 수 있을 걸세. 지난번 격구 경기 이후에 보는 눈들이 많이 달라지지 않았나."

"그렇긴 하지."

10월이 되자 출정 명령이 떨어졌다. 출정 전날, 아비틴은 왕궁에서 은밀히 찾아온 늙은 궁녀를 만났다. 그녀는 잠자코 유자 하나를 건네줬다. 아비틴은 늙은 궁녀에게 그날 이후 늘 목에 차고 다니는 곡옥 목걸이를 보여 주었다. 지난번처럼 월성 앞에 사열을 한 바실라의 군대는 북쪽으로 향했다. 첫눈이 그들이 가는 길 앞에 뿌려졌다. 페르시아는 물론 당나라 광주에서도 보지 못했던 눈을 본 페르시아인들은 모두 신기해했다. 대각간 김유신은 병이 깊어져 출정하지 못했다. 대신 대당의 대총관인 대아찬(大阿飡, 신라의 17관등 중 다섯 번째 관등) 효천이 지휘를 맡았는데 풍채가 당당하고 위엄이 있었지만 김유신에 비해 군대의 지휘관으로는 여러모로 부족해 보였다.

지방의 부대들이 속속 합류하면서 바실라군은 2만 명이 훌쩍 넘는 대군이 되었다. 정탐병들이 돌아오면서 맞서 싸워야 할 당나라군의 규모와 정보도 들어왔다. 열흘 정도의 행군 끝에 마침내 칠중하에 도달한 바실라군에 고구려군이 합류했다. 고구려군까지 합류하면서 한층 군세가 불어난 바실라군은 굽이쳐 흐르는 칠중하 앞까지 진군해서 군영을 세웠다. 대아찬 효천이 각 당의 지휘관들을 자신의 군막으로 불렀다.

"안승왕이 알려온 바에 의하면 고간과 이근행이 이끄는 당군이 백수성을 포위하고 있다고 하오. 저들이 방심하고 있는 틈을 타 빠른 기병을 보내서 친 연후에 본군이 들이치면 반드시 승리할 것이오."

괜찮은 의견이었기에 다들 찬성의 뜻을 밝혔다.

다음 날 새벽, 대당의 기병을 주축으로 한 3천의 기병들이 얼어붙은 칠중하를 건넜다. 그 뒤를 장창당이 따라갔다. 해가 뜬 후에는 나머지 병력들이 칠중하를 건넜다. 짚과 모래를 뿌리긴 했지만 얼어붙은 강은 몹시 미끄러워서 조심스럽게 건너야만 했다. 얼어붙은 칠중하를 건너자 추위가 한층 심해졌다. 길은 빙판이 되었고, 곳곳에 쌓인 눈 때문에 군영을 세우는 데 시간이 많이 걸렸다. 바실라군의 본대는 2파라상 정도 행군한 후에 군영을 세웠다. 서둘러 불을 피우고 온기를 쬐고 있던 아비틴의 귀에 환호성 소리가 들려왔다. 눈치 빠른 해동이 그들에게 달려가서 얘기를 듣고 돌아왔다.

"승리했다는 소식입니다. 선봉으로 나선 기병들이 당군을 크게 격파하고 수천 명의 목을 베었답니다."

선봉대가 승리했다는 소식은 진영 안에 빠르게 퍼져 나갔다. 그러면서 곧 다가올 전투에 대한 흥분감이 깊어졌다. 다음 날, 드디어 본군이 움직였다.

"패배한 당군이 백수성의 포위를 풀고 석문(石門, 현재의 황해도 서흥으로 추정)의 벌판으로 물러났다고 하오. 장창당이 그들을 추격하고 있으니 우리도 서둘러 저들이 도망치기 전에 따라잡아 결전을 벌일 것이오."

곧 큰 싸움이 벌어진다는 얘기에 원술을 비롯한 젊은 무사들은 흥분을 감추지 못했다. 행군 순서를 지정하면서 효천은 아비틴이 이끄는 파사당을 본군의 제일 후위에 배치했다. 공을 세울 기회와 멀어졌다는 생각에 쿠샨을 비롯한 부하들은 반발했지만 아비틴은 잠자코 따랐다. 역시 본군에 속한 원술이 미안한 표정으로 말했다.

"지난번에 선봉이었으니 이번에는 참게나."

아비틴은 웃으면서 대꾸했다.

"그러겠네."

다음 날부터 당군이 진을 치고 있는 석문으로의 행군이 이어졌다. 무이령 고개를 넘어서 하루 종일 행군하던 본군의 앞에 일단의 당군이 나타났다. 깜짝 놀라 허둥지둥하면서 포진을 하려 했지만 상대는 전부 빈손이었다. 그들의 뒤에서 장창당이 나타나면서 소동이 가라앉았다. 장창당이 석문으로 진군하던 중 우연찮게 만난 당군 3천을 모조리 포로로 잡아서 끌고 온 것이다. 연이은 승리에 취한 바실라군은 행군 속도를 높이기 위해 각 부대별로 진군하기로 결정했다. 그러면서 본군의 진영에는 대당과 낭당 그리고 후위로 결정된 파사당만이 남았다.

주변의 조급증에 일말의 불안감을 느낀 아비틴은 쿠샨에게 말발굽을 살펴보라고 지시하면서 다가올 싸움을 준비했다. 수레에 싣고 온 쇠솥에 불을 지피고 이것저것 집어넣고 만든 죽이 나누어졌다. 춥고 허기진 표정의 병사들이 나무로 만든 그릇과 숟가락을 들고 길게 줄을 섰다. 아비틴도 해동이 가져다 준 죽으로 배를 채웠다.

해가 떨어질 무렵 잠시 멈췄던 눈이 다시 내리기 시작했다. 천막 앞에서 모닥불의 가느다란 온기를 느끼고 있던 그에게 캄다드가 다가왔다.

"왕자님. 순찰을 도실 시간입니다."

본진에 속한 군대의 숫자가 줄어들면서 순찰을 돌아야 할 순번이 빨리 돌아왔다. 아비틴은 입김을 불면서 말을 끌고 온 해동에게 고삐를 넘겨받고 안장에 올랐다. 해동이 안장 뒤에 묶여 있던 곰털로 만든 외투를 어깨에 걸쳐 주었다. 캄다드와 10여 명의 기병들이 말에 올라탄 채 그를 기다렸다. 선두에 선 아비틴은 부하들을 이끌고 천천히 진영 주변을 살폈다.

눈이 계속 내렸다. 눈의 무게를 이기지 못한 천막들이 여기저기서 주저앉은 것이 보였다. 눈을 잔뜩 뒤집어 쓴 병사들이 무너진 천막을 세우기 위해 안간힘을 썼다. 야트막한 산을 따라 본진의 진지가 길게 늘어서 있는 게 눈에 들어왔다. 눈 때문인지 목책을 세우는 일이 더뎠다. 진영에 도착하자 임시 목책 사이에 난 작은 통로를 지키던 병사들이 우렁찬 목소리로 군례를 올렸다. 눈발 속에 목책을 박는 병사들의 입에서 하얀 입김이 쉴 새 없이 토해졌다. 진영 안팎을 꼼꼼하게 둘러본 아비틴이 제일 마지막으로 들른 곳은 원술이 속한 낭당이었다. 털모자를 쓴 원술이 밖에서 그를 기다리고 있었다. 말에서 내린 아비틴에게 원술이 다가왔다.

"추운데 고생이 많군. 별일 없나?"

"조용해. 기분 나쁠 정도로 말이야."

눈이 쌓인 산자락을 힐끔 쳐다본 아비틴의 말에 원술이 대나무로 된 물통을 건넸다. 나무로 된 마개를 뽑자 시큼한 술 냄새가 풍겼다. 원술이 웃으며 말했다.

"한 잔 마시면 몸이 따뜻해 질 걸세."

아비틴은 대나무 물통을 기울여 술을 한 모금 마셨다. 독한 술이 추위에 시달렸던 몸에 들어가자 온기가 희미하게 느껴졌다. 아비틴이 손등으로 입가를 닦으면서 건네주자 원술도 한 모금 마시고는 가볍게 트림을 했다. 원술이 이야기했다.

"진영이 너무 허술하게 만들어졌어. 거기다 부대 간의 간격도 벌어져서 문제야. 대아찬에게 얘기를 했네만 적을 쫓겠다는 생각만 하고 있어서 그런지 귀담아듣지를 않아."

"그러게. 전쟁터에서 흥분은 금물인데 말일세."

불안한 마음을 나눈 그들 사이에 침묵이 흘렀다. 원술이 뭔가 얘기하려는 눈치였다. 그때 뒤쪽에서 웅성대는 소리가 들려왔다. 고개를 돌린 아비틴이 소리쳤다.

"부, 불덩어리."

바실라군의 진영을 내려다보고 있는 산꼭대기에서 불덩어리 하나가 천천히 떠올랐다. 눈이 쌓인 산꼭대기 위로 떠오른 불덩어리는 산자락에 떨어지고는 곧장 굴러 내려왔다. 그걸 본 원술이 소리쳤다.

"당군이야! 놈들의 기습이다."

첫 번째 불덩어리가 진지를 둘러친 목책 앞쪽에 떨어지며 산산이 부서졌다. 작게 쪼개진 불덩어리를 피해 목책 근처에 서 있던 병사들이 사방으로 흩어졌다. 그걸 신호 삼아 더 많은 불덩어리들이 날아왔다. 이쪽에서 보이지 않은 산 건너편에 포차를 세워 놓고 쏘아 대는 것 같았다. 아비틴은 황급히 말에 올라타서 파사당으로 돌아왔다. 부하들이 허둥지둥 말에 안장을 올리고 마구를 채우는 중이었다. 목책 안으로 떨어진 불덩어리들이 천막을 삽시간에 불태웠다. 사방으로 퍼진 불덩어리에 쌓인 눈들이 지글거리며 녹아내렸다. 아비틴은 부하들에게 서두르라고 외쳤다. 그때 낯선 진동이 느껴졌다. 말발굽이나 사람이 땅을 디디는 것과는 비교할 수 없을 정도로 묵직한 진동이었다. 그것을 비로소 느낀 아비틴은 저도 모르게 중얼거렸다.

'맙소사.'

투구를 쓰고 말에 오른 쿠샨이 외쳤다.

"산에 뭔가 나타났습니다."

고개를 돌리자 불덩어리가 날아오는 산꼭대기에 거대한 그림자가 보였다. 눈을 헤치고 내려오는 그림자를 본 바실라 병사들이 비명을 질렀다.

"괴물이다! 괴물!"

놀라기는 아비틴도 마찬가지였다. 급하게 말을 몰고 온 쿠샨이 외쳤다.

"코끼리 같습니다."

아비틴은 고개를 끄덕거리고는 아무 말 없이 눈을 짓밟으면서 언덕을 내려오는 코끼리들을 봤다. 코끼리의 몸에 가죽을 씌우고 등에는 나무로 만든 탑이 보였다. 아랍인들이 사용하는 방식이었다. 거대한 코끼리는 엉성하게 만든 바실라군의 목책을 그대로 들이받아 부숴 버렸다. 그 광경을 본 바실라의 병사들은 무기를 버리고 사방으로 흩어졌다. 코끼리들이 발로 천막을 짓밟고 망루를 넘어뜨렸다. 아비틴은 쿠샨에게 소리쳤다.

"부하들에게 일단 안장을 올리지 말고 뒷산으로 말을 이동시키라고 해. 거리를 벌려야 한다. 시간 없어! 서둘러!"

지시를 받은 쿠샨이 소리치자 안장을 어깨에 얹은 기병들이 이리저리 날뛰는 말을 몰아 반대편 산기슭으로 뛰어올라갔다. 코끼리들이 진영을 어지럽히는 사이 말갈족과 기병들이 안으로 쏟아져 들어왔다. 병사들은 제대로 저항하지 못하고 쓰러지거나 창을 버리고 두 손을 들었다. 몇몇 병사들이 방진을 짜고 버텼지만 코끼리가 나타나면서 순식간에 무너지고 말았다. 코끼리 위에 타고 있던 궁수들이 뿔뿔이 흩어지는 바실라의 병사들을 향해 화살을 날렸다. 언덕 아래의 상황을 살펴보면서 안절부절못하는 아비틴에게 쿠샨이 외쳤다.

"왕자님. 모두 말에 올랐습니다."

막상 그때가 되자 아비틴은 선뜻 공격 명령을 내리지 못했다. 파사당은 고작 100여 기에 불과했다. 잠시 고민하던 아비틴은 허리에 찬 샴쉬르를 뽑아 들었다. 세상 밖으로 나온 샴쉬르의 칼날이 부르르 떨렸다. 아비틴은 우렁찬 목소리로 외쳤다.

"아후라 마즈다를 위하여!"

웅장한 함성이 터져 나오고 놀란 말들의 울음소리가 그 뒤를 따랐다.

눈 위를 미끄러지듯 앞으로 달려가는 아비틴의 뒤로 부하들이 따랐다. 때마침 방진을 돌파하지 못한 말갈족 기병들이 물러나는 중이었다. 아비틴을 뒤따르는 쿠샨의 거친 호령과 함께 화살들이 말갈족 기병들을 향해 날아들었다. 화살이 말갈족 대열 한복판에 떨어지자 말과 사람이 뒤엉켜 쓰러졌다.

갑자기 날아온 화살에 놀란 말갈족이 우왕좌왕하는 사이 아비틴은 샴쉬르를 앞으로 겨눈 채 곧장 적진을 돌파했다. 대열이 뒤엉켜 있던 말갈족들 사이에 뛰어든 아비틴과 부하들은 닥치는 대로 베어 나갔다. 아비틴은 샴쉬르로 말갈족의 목을 단숨에 쳐 냈다. 단번에 잘린 목이 피가 묻은 눈밭으로 데굴데굴 굴러갔다. 결국 파사당의 공격에 말갈족들은 차츰 뒤로 물러났다. 아비틴은 피 묻은 샴쉬르를 머리 위로 휘두르면서 외쳤다.

"코끼리 몰이꾼을 공격하라!"

아랍인들의 코끼리와 싸울 때는 몰이꾼을 쓰러뜨리는 것이 가장 좋은 방법이었다. 페르시아에서 수많은 피를 흘리고 나서야 깨달은 방법이 낯선 땅 바실라에서 쓰였다. 파사당의 무사들이 코끼리의 머리 위에 따로 걸터앉은 몰이꾼을 겨냥해 활을 쐈다. 몰이꾼 역시 갑옷과 투구를 입었지만 빈 틈을 노린 화살 세례에 차례차례 쓰러졌다. 몰이꾼을 잃은 코끼리들은 어찌할 바를 모르고 날뛰거나 혹은 우두커니 서 버렸다. 코끼리들이 우왕좌왕하는 것을 본 아비틴이 계속 몰아붙이라고 소리치던 중 그를 봤다.

그를 본 아비틴은 방금 전까지의 살육을 까맣게 잊어버린 채 입을 벌리고 말았다. 피가 잔뜩 묻은 터번 아래 보이는 얼굴은 꿈에서도 보고 싶지 않던 그자의 얼굴이었다. 한층 거무튀튀해진 얼굴은 크고 작은 혹들로 뒤덮였고, 붉게 충혈된 눈은 당장이라도 튀어나올 것처럼 보였다. 아비틴은 저도 모르게 그자의 이름을 외쳤다.

"쿠쉬!"

그러자 쿠쉬가 고개를 돌려서 그를 바라봤다. 마치 먹음직스러운 먹이를 발견한 듯한 표정으로 그를 바라본 쿠쉬는 방금 전까지 상대한 바실라군의 보병을 단칼에 베어 버리고는 말 머리를 돌렸다. 눈을 헤치고 달려온 쿠쉬는 이빨을 드러내며 칼을 휘둘렀다. 샴쉬르를 들어 가까스로 칼날을 막은 아비틴은 연거푸 쏟아지는 공격에 정신을 차리지 못했다. 그러다가 고삐를 잘못 당기는 바람에 말이 엉덩방아를 쨓었고, 그대로 바닥으로 굴러 떨어졌다. 충격에서 헤어나지 못한 그는 쿠쉬가 타고 있던 말이 자신을 앞발로 짓밟으려고 하는 것을 간신히 피했다. 위기에 빠진 그를 구한 것은 쿠샨이었다. 괴성을 지르며 끼어든 쿠샨이 구르즈를 휘두르며 쿠쉬를 밀어붙였다.

"왕자님! 어서 피하십시오."

위기를 넘긴 아비틴은 한숨을 돌리고 주변을 바라봤다. 쿠쉬 주변에는 터번을 두른 아랍인들이 제법 보였다. 쿠샨은 쿠쉬를 밀어붙이면서 최대한 아비틴에게서 떨어뜨리려고 안간힘을 썼다. 아비틴은 샴쉬르를 쥔 채 반대편으로 도망쳤다. 정신없이 도망친 아비틴은 주변을 돌아봤다. 퇴각 명령이 떨어졌는지 바실라군 진영을 짓밟던 말갈족 기병들과 코끼리들이 하나둘씩 언덕 너머로 돌아갔다. 아비틴은 부하들의 이름을 하나씩 불렀다.

"쿠샨! 캄다드! 파라!"

그러자 어둠속에서 크고 작은 상처를 입은 부하들이 하나둘씩 모습을 드러냈다. 주인을 잃은 말이 터덜터덜 돌아오기도 했다. 100여 명의 부하들 중 살아남은 부하들은 절반가량 돼 보였다. 쿠샨의 모습이 보이지 않았다. 가슴이 철렁한 아비틴은 시체들이 펼쳐져 있는 벌판을 헤맸다. 그러다가 쓰러져 있는 그를 발견했다. 쓰러진 자신의 말을 베고 누운 쿠샨의 시신은 입가에 흐르는 한 줄기 피가 아니었다면 잠자고 있다고 느낄 만큼 평온해 보였다. 아비틴은 부릅뜬 쿠샨의 눈을 감겨 주면서 중얼거렸다.

"자네가 부럽군."

쿠샨의 죽음은 그에게 위기에 맞서 싸우라고 말하는 것 같았다. 마루크에 이어 쿠샨까지 죽으면서 아비틴은 기댈 곳이 없어졌다. 아버지가 명한 대로 고향으로 돌아가기 위해, 무엇보다 이 위기에서 벗어나기 위해서는 스스로 떨치고 일어나야만 했다. 몸을 일으킨 아비틴은 샴쉬르를 머리 위로 치켜들었다.

"내가 여기 있다. 왕자 아비틴이 여기 있으니 파사당은 이쪽으로 모여라!"

절반으로 줄어든 부하들을 수습하던 아비틴의 눈에 낭당의 병사들 사이로 뛰어다니는 원술이 들어오자 아비틴은 말에서 내려 그에게 다가갔다. 아비틴을 본 원술이 미안한 표정으로 말했다.

"얼마 전에 쿠쉬라는 자가 죽지 않았다는 보고를 받았네. 독약을 먹었는데 살아남은 대신에 외모가 흉측하게 변했다고 하더군. 그렇긴 해도 설마 전쟁에 참여했으리라고는 생각도 못했네."

원술의 얘기를 들은 아비틴은 아랫입술을 질끈 깨물었다. 얘기를 건넨 원술이 넋이 나간 표정으로 주변을 돌아봤다. 그 모습을 보고 정신을 차린 아비틴이 말했다.

"내가 후위를 맡겠네. 부하들을 수습해서 뒤로 물러나게."

"고맙네."

비틀대면서 부하들 곁으로 돌아간 원술을 지켜보던 아비틴은 조용히 모여 있는 부하들에게 돌아갔다.

"우리가 후위를 맡는다."

그러자 어깨에 상처를 입은 캄다드가 우울한 목소리로 중얼거렸다.

"기나긴 밤이 되겠군요."

철수를 알리는 북소리가 들리자 살아남은 바실라의 병사들이 힘없이 발걸음을 떼고 있었다.

간밤의 기습으로 바실라군은 그야말로 철저하게 무너지고 말았다. 본진은 물론 흩어진 진영들이 한꺼번에 공격을 받은 것이다. 그나마 본진은 원술이 낭당을 규합해서 버텨 피해가 덜했지만 다른 곳은 손 한번 못 써보고 전멸당했다. 지휘관인 대아찬 효천 역시 난전이 벌어지는 와중에 죽음을 당하고 말았다. 날이 밝자 두려움에 떨던 바실라군은 남쪽으로 퇴각했다. 후위를 맡은 아비틴은 힘겹게 발걸음을 떼는 바실라군을 따라 무이령 고개를 넘었다. 그때 낭당의 병사 한 명이 말을 타고 그의 앞에 멈췄다. 군례를 올린 그가 다급하게 외쳤다.

"급히 와보셔야 할 것 같습니다."

무슨 일인지 물으려고 했던 아비틴은 병사의 얼굴을 보고는 고개를 끄덕거렸다. 파라에게 잠시 부하들을 맡긴 아비틴은 곧장 그를 따라 무이령 고개 아래로 내려갔다. 산기슭에 도달하자 원술이 탄 말고삐를 잡고 애원하는 담릉의 목소리가 들렸다.

"도련님. 죽는 것은 어렵지 않지만 죽을 곳을 택하는 것은 어렵습니다."

"그러니까 여기가 내가 죽을 장소라고 하지 않았느냐! 이거 놔라!"

원술은 연거푸 고함을 쳤지만 담릉은 말고삐를 잡고 끝까지 놓지 않았다.

"죽더라도 이름을 남기지 못하고 죽으면 차라리 살아서

후일을 도모하는 것만 못합니다."

그러자 원술은 칼을 뽑아 들면서 외쳤다.

"내가 살아서 돌아가면 무슨 낯으로 아버지를 뵙겠느냐!"

그때서야 아비틴은 살아서 돌아가지 않겠다는 원술의 의도를 짐작했다. 그는 원술에게 다가갔다.

"담릉 말이 맞네. 적어도 여긴 죽어야 할 장소는 아닐세."

그러자 원술이 충혈된 눈으로 아비틴을 쏘아봤다.

"모두 다 죽었는데 나만 살아서 돌아간다면 얼굴을 들고 살 수 없어. 아버지도 용서치 않을 것이고 말이야."

아비틴은 곁눈질로 지친 병사들을 가리키면서 얘기했다.

"그러니까 더더욱 살아서 공을 세워야지. 거기다 자네까지 없으면 병사들의 동요는 어찌 막을 것인가?"

그러자 원술이 이를 악물었다. 아비틴이 조용히 말했다.

"비겁하게 죽는 길을 택하지는 말게."

Basilla

9

칠흑같이 어두운 밤,
불행히도 국경 수비대는 지원군이 미처 도착하기 전에
쿠쉬와 철갑으로 무장한 병사들의 공격을 받았다.
쿠쉬는 복수심과 잔인함에 불타올라 성으로 잠입했다.
파수병들은 손 쓸 새도 없이 침대에서 살해당했다.

패잔병들은 뿔뿔이 흩어져서 고향으로 돌아갔고, 서라벌에는 소수의 병사들과 장수들만 돌아올 수 있었다. 바실라의 대왕은 백성들이 혹시 동요할까봐 해가 저문 이후에 서라벌로 들어올 것을 명했다. 어둠이 내린 서라벌의 거리에는 침묵과 슬픔이 흘렀다. 기세 좋게 출정한 서라벌의 젊은 귀족들이 상당수 돌아오지 못한 것이다. 지휘관들이 대부분 죽었기 때문에 원술이 보고를 해야 하는 어처구니없는 상황이 벌어졌다. 월성의 왕궁에서 대왕에게 패전을 보고하는 원술의 뒷모습을 보면서 아비틴은 그가 왜 죽으려고 했는지 이해가 갔다. 보고를 받은 대왕은 큰 충격을 받은 표정으로 아무 말 없이 물러가라는 손짓을 했다.

왕궁을 나오던 아비틴은 때마침 지나가는 궁녀들 중 낯익은 얼굴을 발견했다. 지난번에 프라랑과 만났을 때 곁에 있던 궁녀였다. 그녀도 아비틴의 얼굴을 알아봤지만 아는 척을 하지 않고 지나쳤다. 잠깐 고민하던 아비틴은 그녀를 따라갔다. 그러고는 그녀에게 서툰 바실라 말로 얘기했다.

"은석 공주를 만나고 싶소."

그러자 그녀는 두려움에 가득 찬 눈으로 고개를 저었다. 옆으로 돌아가려는 궁녀의 앞을 가로막은 아비틴은 단호하게 같은 말을 반복했다.

"그녀를 만나게 해 주시오."

"그분은 함부로 만나실 수 없습니다."

궁녀의 말에 아비틴은 고개를 끄덕거렸다.

"알고 있소. 하지만 죽음이 눈앞에서 펼쳐지는 전쟁을 겪고 나면 그런 건 별 의미가 없어진다오."

아비틴의 얘기를 들은 궁녀는 잠시 고민하고 말했다.

"공주님께 고하겠습니다. 잠시 기다려 주십시오."

얘기를 마친 궁녀는 주변을 돌아보고는 사라졌다. 아비틴은 그 자리에 우두커니 서서 기다렸다. 잠시 후, 돌아온 궁녀가 따라오라는 눈빛을 보내고는 돌아섰다. 아비틴은 그녀의 뒤를 따랐다. 벽돌로 쌓은 담장에 붙은 작은 문을 통과하자 푸른 기와지붕의 전각이 보였다. 전각 앞을 지키고 있던 무사들은 궁녀가 다가오자 아무 말 없이 문을 열었다. 하늘거리는 비단으로 만든 휘장을 걷은 궁녀가 안으로 들어섰다.

아비틴은 굳은 눈으로 자신을 쏘아보는 무사들을 지나쳐 안으로 들어갔다. 전각 안에는 붉은색으로 칠한 기둥마다 벽등을 걸어놔서 어둠을 몰아냈다. 붉은색으로 칠한 문을 살짝 연 궁녀가 조용히 옆으로 물러났다. 아비틴은 잠깐 주저하다가 안으로 들어갔다. 은은한 향이 피어나는 가운데 휘장이 걸린 침상 너머에 그녀가 앉아 있는 게 보였다. 초조한 표정의 프라랑은 아비틴을 보자 휘장을 걷고 나와서는 그의 품에 안겼다.

"출정한 군대가 패했다는 소식을 듣고 잠을 이루지 못했습니다. 무사하셨다니 부처님께서 돌봐 주신 겁니다."

아비틴은 품 안에서 부들부들 떠는 그녀의 머리를 가볍게 쓰다듬었다.

"신의 가호로 살아남았지만 많은 부하와 동료가 죽었소."

"그리 들었습니다. 아바마마께서도 큰 충격을 받으셔서 어찌할 바를 모르시고 계십니다."

프라랑은 침상 앞에 있는 탁자에 앉으면서 가느다란 한숨을 내쉬었다. 잠시 후, 궁녀가 찻잔과 찻주전자를 가지고 들어왔다. 프라랑은 아비틴에게 차를 한 잔 따라 주었다. 김이 모락모락 피어나는 차를 한 모금 마신 아비틴은 프라랑을 바라봤다. 그의 시선을 받은 그녀는 살짝 웃었다.

"계속 저에게 프라랑이라고 부르셨는데 무슨 뜻입니까?"

"보석이라는 뜻입니다. 공주님."

얘기를 들은 프라랑의 두 볼이 빨개졌다.

"그러면 저는 왕자님의 보석입니까?"

그녀의 물음에 아비틴은 웃으며 고개를 끄덕거렸다.

"당신은 내 마음의 보석입니다. 공주님."

얼굴이 빨개진 그녀는 아무 말도 하지 못했다. 그러자 아비틴은 조심스럽게 손을 뻗어서 그녀의 손을 잡았다.

"페르시아를 떠난 이후 마음 둘 곳이 없었습니다. 당신을 만난 이후 내 삶이 꽃이 핀 것처럼 화사하게 변했다오."

"저도 먼발치에서 왕자님을 보고 나서 한시도 잊은 적이 없습니다. 어린 시절부터 수많은 남자들을 보았습니다. 돌아가신 할머니는 그때마다 제 머리를 쓰다듬으시며 훗날 저들과 혼례를 치루고 같이 살아야 한다고 하셨답니다. 그러면 전 그때마다 울면서 어머니 품으로 뛰어들었죠. 우락부락하고 무서운 사내와 혼례를 올리기 싫다면서 말입니다."

"그 모습이 참으로 궁금합니다."

아비틴이 유쾌하게 웃자 프라랑은 살짝 눈을 흘겼다.

"왕자님은 어떠셨습니까? 궁중에서 본 파사 여인들은 참으로 아름다웠는데 말입니다."

"전쟁이 한창 벌어지는 와중이라 여인들이 눈에 들어오지 않았습니다."

아비틴은 그녀와 얘기를 나누면서 부하들을 잃고 죽을 고비를 넘기면서 느낀 좌절감을 잊었다. 귀밑까지 붉게 달아오른 프라랑이 물었다.

"파사라는 곳은 어떤 나라입니까? 듣자하니 여자들도 말을 타고 사냥을 다니고, 몇 날 며칠을 가도 강이나 바다를 만나지 않는다고 들었습니다."

그녀의 물음에 아비틴은 페르시아에 대한 얘기를 들려줬다. 그의 얘기를 들은 프라랑이 호기심에 눈빛을 반짝거리면서 말했다.

"꼭 가 보고 싶습니다. 돌아가실 때 함께 데려가 주세요."

아비틴은 푹 빠져들 것 같은 그녀의 눈빛을 보면서 대답했다.

"그러리다."

얘기를 나누던 중 그녀가 아비틴의 목에 걸려 있는 곡옥 목걸이를 봤다. 그녀의 시선을 눈치 챈 아비틴이 곡옥 목걸이를 내려다보면서 말했다.

"당신이 그리울 때 이 목걸이로 위안을 삼았지요."

아비틴의 얘기를 들은 그녀가 대답을 하려는 찰나, 밖에서 궁녀의 기침 소리가 들려왔다. 아비틴은 그녀의 손등에 입을 맞추고는 돌아섰다. 프라랑이 문가에 기대서 그가 나가는 모습을 지켜봤다. 궁녀의 안내를 받아 별궁을 빠져나온 아비틴은 저택으로 돌아왔다. 저택 앞에 불이 환하게 켜져 있는 것을 본 아비틴은 고개를 갸웃거렸다. 횃불 아래 굳은 표정으로 서 있던 캄다드가 그를 보고는 입을 열었다.

"왕자님. 어서 재매정으로 가 보셔야겠습니다."

한걸음에 달려간 재매정 앞에는 횃불을 든 노비들이 빙 둘러싼 가운데 원술이 눈이 쌓인 대문 앞에 무릎을 꿇고 있었다. 그 앞에는 대각간 김유신이 부인의 부축을 받고 서 있었다. 김유신은 떨리는 목소리로 원술에게 호통을 쳤다.

"무슨 면목으로 너 혼자 살아서 돌아왔단 말이냐!"

그러자 이마가 땅에 닿도록 고개를 숙인 원술이 애절한 목소리로 말했다.

"죄송합니다. 기회를 주시면 기필코 가문의 명예를 되찾겠습니다."

"시끄럽다. 너는 화랑이 지켜야 할 세속오계와 가문의 명예를 더럽혔다. 그런데도 감히 이 집 안에 들어오길 청하다니, 용서할 수 없도다."

흰 수염을 파르르 떤 김유신의 서슬퍼런 분노에 원술은 그저 고개를 조아리고 용서를 청할 뿐이었다.

"부디 노여움을 푸시고 소자에게 한번만 기회를 주시옵소서. 반드시 이 치욕을 씻겠습니다."

"시끄럽다. 내 대왕을 알현해서 네놈의 목을 베어 본보기로 삼을 것을 청하였느니라. 나에게 원술이라는 아들은 없느니라."

얘기를 마친 대각간 김유신은 부인의 부축을 받으면서 대문 안으로 사라졌다. 주저하던 노비들도 하나둘씩 안으로 들어가자 원술만 남았다. 입술을 깨물고 울고 있던 원술은 갑자기 허리에 찬 단검을 뽑아 들고 배를 찌르려고 했다. 지켜보던 아비틴이 잼싸게 달려들어 손을 붙잡았다. 원술이 눈물을 흘리며 절규했다.

"놔! 그때 죽었어야 했어. 그랬어야 했는데."

"진정하게. 이렇게 죽으려고 살아 돌아온 건 아니지 않나."

아비틴은 억지로 단검을 뺏어서 멀리 던져 버렸다. 그리고 하염없이 우는 원술에게 얘기했다.

"오늘의 치욕을 씻을 날이 반드시 올 것이네. 그러니 일단 진정하고 나와 함께 가세."

한참 울던 원술은 아비틴의 팔을 잡고 힘겹게 일어났다.

석문의 패전 이후 서라벌의 민심은 흉흉해졌다. 바실라의 대왕은 당의 황제에게 잘못을 사죄하는 내용의 서찰을 보냈고, 포로로 잡은 당나라 장수들과 병사들을 모두 송환시켰다. 그럼에도 당나라 병사들은 물러나지 않고 칠중하 부근에서 계속 남하를 시도했다. 서라벌의 분위기는 추운 날씨만큼이나 가라앉았다. 저택에 머물면서 남은 부하들을 돌보던 아비틴에게 왕궁의 내관이 찾아왔다. 이제 어느 정도 바실라 말을 할 줄 알게 된 아비틴은 해동 없이 직접 내관을 만났다. 내관은 붉은색 실로 묶은 죽간을 펼쳐서 읽었다.

"파사국의 왕자이자 파사당 당주 아비틴을 대아찬으로 임명하노라. 자색 관복과 마구를 갖춘 말을 한 필 내린다."

아비틴은 얼떨떨한 심정으로 내관을 바라봤다. 그러자 내관이 조심스럽게 말을 했다.

"이번 전투에서 당주께서 높은 공을 세웠다는 것을 대왕께서 잘 알고 계십니다. 하지만 나라가 안팎으로 근심에 쌓여 있으니 널리 알리지 못한 점을 안타깝게 생각하십니다. 대각간께서도 먼 타국에 와서 전력으로 싸웠으니 마땅히 포상을 해 줘야 한다고 하셨고 말입니다."

"은혜에 깊이 감사한다고 전해 주시오."

아비틴이 고마움을 표시하자 내관은 꼭 전하겠다고 하고는 덧붙였다.

"이틀 후에 월성의 왕궁에서 화백회의가 열립니다. 대아찬께서도 참석하셔야 하니 꼭 오시기 바랍니다."

"알겠네."

내관이 돌아간 이후, 아비틴은 원술이 머물고 있는 별채로 향했다. 어두컴컴한 방 안에서 우두커니 앉아 있는 원술을 본 아비틴이 웃으며 말했다.

"잠깐 나와 보게."

원술이 아무 반응을 보이지 않자 아비틴은 원술의 팔을 끌고 밖으로 나왔다. 뜰에는 부하들이 원술을 맞이할 준비를 마쳐 놓은 상태였다. 원술이 뜰 한복판에 가득 쌓인 장작을 보고는 아비틴에게 물었다.

"이게 뭔가?"

"우리가 믿는 신인 아후라 마즈다는 불을 상징한다네."

아비틴이 캄다드에게 눈짓을 하자 캄다드가 횃불을 장작

에 갔다 댔다. 잘 말려 기름을 부어 놓은 장작은 삽시간에 타올랐다. 주변에 있던 페르시아인들이 눈을 감고 두 팔을 벌린 채 서서 아후라 마즈다의 이름을 외우는 것을 본 원술이 어리둥절해했다. 아비틴은 그런 원술에게 차근차근 설명을 해 줬다.

"오늘은 우리 달력으로 첫 번째 달을 뜻하는 파르바르딘 중에서도 첫째 날인 호르미즈드일세. 이 날은 경건하게 보내면서 신점을 쳐서 앞날을 예측하지."

설명을 마친 아비틴이 눈짓을 하자 캄다드가 불붙은 장작 하나를 꺼내서 바닥에 놓은 후 발로 힘껏 밟았다. 그리고 흩어진 장작 조각들을 내려다보다가 아비틴에게 말했다.

"꿈이 이뤄진다는 점괘입니다. 귀인을 만나서 행복하게 지내면서 그로 말미암아 잃어버린 왕좌를 다시 찾을 것이라고 나옵니다."

"원술의 점괘도 봐 주게."

캄다드가 장작 하나를 더 꺼내서 같은 방식으로 밟은 다음 쭈그리고 앉아서 들여다봤다.

"역경과 고난을 이겨내면 치욕을 씻고 이름을 되찾으실 점괘입니다."

"고맙네."

눈물을 글썽거린 원술이 아비틴을 끌어안았다. 아비틴이 말했다.

"아버지의 곁을 떠나 망망대해로 나왔을 때, 당나라 광주에서 배를 타고 이곳 바실라로 왔을 때 모두 앞이 보이지 않았다네. 하지만 참고 견디면 결국엔 희망을 찾을 수 있지."

아비틴의 얘기를 들은 원술이 감격한 목소리로 얘기했다.

"반드시 치욕을 씻고 이름을 되찾겠네. 자네와 함께 말일세. 그리고 만약 그런 날이 오면 반드시 자네를 도와 빼앗긴 나라를 되찾는 데 힘을 보태겠어."

"고맙네. 아! 한 가지 해야 할 게 더 남았어."

아비틴은 활활 타오르는 장작더미를 가리키면서 말했다. 예배를 마친 페르시아인들이 한 명씩 장작더미 위를 뛰어넘기 시작했다.

"신성한 불로 한 해의 액운을 태워 버리는 것이지."

아비틴이 손짓하자 원술도 다른 페르시아인들 사이에 끼어서 불을 뛰어넘었다. 그리고 백제 출신의 노비들이 준비한 음식들을 나눠 먹었다. 아비틴은 활활 타는 불 너머로 머나먼 고향땅을 떠올렸다.

페르시아 전통 풍습으로 새해를 지낸 아비틴은 화백회의에 참석하기 위해서 내관이 가져다 준 자색 관복을 입고 월성으로 향했다. 커다란 정전 안에는 색색의 관복을 입은 관리들이 줄지어 서 있었다. 아비틴도 내관의 안내를 받아 자신의 자리에 섰다. 내관은 처음 화백회의에 참석하는 그에게 이런저런 주의사항을 알려 주었다.

"회의는 상대등(上大等, 신라의 최고 관직으로 화백회의를 주재했다)이신 서불한(舒弗邯, 신라의 17관등 중 첫 번째 관등) 천존께서 주재합니다. 대아찬은 주어진 질문에만 답하시고 절대로 나서시면 아니됩니다."

파란 눈의 아비틴을 본 다른 관리들의 표정이 복잡해졌다. 잠시 후, 내관이 큰 목소리로 외쳤다.

"대왕마마 납시오!"

그러자 관리들이 일제히 바닥에 엎드려 고개를 조아렸다. 아비틴도 따라서 고개를 숙였다. 문이 열리고 대왕이 들어와서 옥좌에 앉는 소리가 들렸다. 내관이 다시 호령을 하자 관리들은 일제히 허리를 펴고 일어나 옥좌를 향해 고개를 숙였다. 절차가 모두 끝난 후에 고개를 들자 곤혹스러움을 감추지 못한 대왕이 입을 열었다.

"정녕 당나라 장수 이근행이 20만 대군을 이끌고 남하하고 있다는 말이 사실이냐?"

그러자 제일 앞자리에 서 있던 자색 관복의 늙은 관리가 고개를 조아리며 말했다. 내관이 말한 상대등인 천존 같았다.

"숫자는 확실하지 않지만 이근행이 돌궐과 말갈족 등이 포함된 대군을 이끌고 남하하고 있는 것은 분명합니다. 시급히 대책을 세우지 않으면 저들이 얼어붙은 강을 건너올 것입니다."

늙은 상대등 천존의 말에 대왕의 안색이 굳어졌다.

"지난달에 억류했던 웅진도독부의 관리들과 당나라 포로들을 돌려보냈느니라. 거기에 은과 동 3만 3천 푼, 바늘 400개, 우황 120근, 금 120푼을 진상하였다. 하지만 당군이 물러나지 않고 있으니 이를 어찌해야 하는가?"

"당나라 황제의 진노가 이만저만이 아닌가 봅니다. 일단 동원할 수 있는 군대를 모두 북쪽으로 보내 만약의 사태에 대비하시고 가까운 한산주의 주장성을 고쳐 쌓으소서."

"흉년에 전쟁이 계속되는 바람에 백성들의 고초가 이만저만이 아닌데 또 성을 쌓자는 얘긴가?"

짜증 섞인 대왕의 말에 천존은 차분하게 대답했다.

"방법이 없사옵니다. 당에 복속한 말갈과 돌궐족 기병은 워낙 날래서 정면으로 맞서 싸우면 승산이 없사옵니다. 거기다 흉악한 회회인들까지 코끼리라는 괴물을 데리고 가세했다고 하니 성을 높이 쌓고 백성들을 온전히 보전하는 것이 상책이옵니다."

"알겠다. 즉시 9군(九軍)을 출동시켜서 이근행의 당군을 막으라."

회회인이라는 얘기를 들은 아비틴은 석문에서 만났던 쿠쉬를 떠올렸다. 이어서 기둥 사이에 바실라의 지도를 걸어놓고 당군의 공격을 어떻게 막을지에 대한 이런저런 얘기들이 오고 갔다. 아비틴은 내관에게서 회의 중에 아무런 얘기를 하지 말라는 언질을 미리 받았기 때문에 잠자코 지켜봤다. 대부분 당군이 칠중하를 건너올 것에 대비해서 한산주에 병력을 집중 배치하자는 쪽으로 얘기들이 오고 갔다. 하지만 그의 눈에는 자꾸만 바실라와 당 사이의 바다가 들어왔다. 원술에게 들었던 얘기들을 떠올린 아비틴은 주저하다가 결국 입을 열었다.

"제가 한 말씀 드려도 되겠습니까?"

그러자 회의를 주도하던 천존이 노골적으로 불편한 기색을 드러냈다. 하지만 옥좌에 앉아 있던 대왕이 발언을 허락했다. 아비틴은 기둥 사이에 걸려 있는 지도 앞으로 나갔다.

"지금 바다를 건너오는 당군에 대한 대비가 전혀 안 되어 있습니다. 이러다가 당군이 기습적으로 서해 바다를 건너서 옛 백제 땅에 도달하면 큰 낭패를 볼 것입니다."

아비틴의 말이 끝나기가 무섭게 천존이 입을 열었다.

"서해는 이미 대아찬 철천이 병선 100여 척을 가지고 적을 막았네. 쓸데없는 걱정은 하지 않아도 좋네."

"만약 저들이 유인책을 쓰면 어찌하실 겁니까?"

아랍인들의 기습과 매복을 신물나게 겪은 아비틴이 반박했다. 그들은 소수의 병력을 보내 페르시아군을 유인해 빈틈을 노리는 방법을 잘 써먹었다. 당나라에도 아랍인과 비슷한 유목민인 말갈과 돌궐족이 대거 합류했다. 만약 그들과 같은 방법을 쓴다면 바실라는 큰 위기에 빠진 셈이었다.

"유인이라니?"

"병선을 멀리 유인한 다음 포구에 기습적으로 상륙한다면 말입니다."

그러자 천존이 코웃음을 쳤다.

"이미 옛 백제 땅에는 소부리주가 설치되고 우리 관리들이 파견된 지 오래일세. 그런 식으로 당군이 상륙한다고 해도 불과 수백에 불과할 터, 염려할 바가 아니네."

더 이상 발언을 용납하지 않겠다는 눈빛을 받은 아비틴은 입을 다물고 제자리로 돌아왔다. 결국 회의는 칠중하와 접해 있는 한산주에 성들을 쌓고 북쪽으로 더 많은 군대를 보내는 것으로 결론이 났다. 아비틴은 냉소를 보내는 다른 관리들의 눈총을 피해 회의를 주재한 천존에게 다가갔다.

"여쭤 볼 게 있습니다."

그러자 헛기침을 한 천존이 대답했다.

"말해 보게."

"아까 당군에 회회인들이 합류했다고 들었사옵니다. 그들에 대해서 알 수 있겠습니까?"

"흉측한 외모를 지닌 자가 우두머리라고 들었네. 자신이 회회인의 왕자라고 자처하네만 내력은 알 수 없지. 잔혹하고 용맹하기 이를 데 없어 당군이 선봉에 내세운다고 하지."

아마 파사당에 대한 소문을 들은 쿠쉬가 당군에 합류한 것 같았다. 그래야만 전쟁터에서 자신을 만날 수 있을 것이라 생각했을 것이다. 결국 전쟁에 참여하겠다는 자신의 판단으로 쿠산을 비롯한 부하들의 희생을 가져온 것이다. 상대등 천존에게 고개를 조아린 아비틴은 곧장 저택으로 돌아왔다. 자신의 선택이 어떤 결과를 가져오는지 뼈저리게 느낀 아비틴은 아랫입술을 깨물면서 슬픔을 참았다. 그리고 회의에서 오갔던 내용들을 원술에게 말해 주었다. 그러자 입을 다물고 있던 원술이 중얼거렸다.

"아버님이 계셨다면 분명 자네 얘기를 귀담아 들으셨을 걸세."

"그러고 보니 대각간께서 모습을 보이지 않더군. 병환이 심해지신 건가?"

아비틴의 물음에 원술이 힘없이 고개를 끄덕거렸다.

일이 복잡하게 돌아간다는 생각에 아비틴도 심란해졌다. 다음 날부터 화백회의에서 결정된 대로 서라벌의 병력들이 북쪽으로 이동했다. 백성들은 불안한 눈으로 떠나는 병사들의 뒷모습을 바라봤다. 그리고 보름쯤 후, 해가 떨어진 밤에 내관이 아비틴과 원술에게 은밀히 찾아왔다.

"당장 입궐하라는 대왕마마의 하명이 계셨습니다."

"당장 말이오?"

아비틴의 반문에 내관은 더 깊은 목소리로 대답했다.

"그렇습니다. 대아찬과 원술 두 분입니다. 밖에 사람이 대기하고 있으니 어서 차비를 차리고 따르십시오."

아비틴과 원술은 영문을 모른 채 내관을 따라 대문 밖으로 나섰다. 그러자 소가 끄는 수레 두 대와 궁궐에서 나온 병사들이 서 있는 게 보였다. 두 사람이 수레에 오르자 휘장이 쳐졌다. 떠날 준비를 마치자 등불을 든 내관이 앞장섰다.

두 사람이 도착한 곳은 평상시 드나들던 성문이 아니라 으슥한 곳에 있는 작은 성문이었다. 내관이 누각에 서 있던 병사와 군호를 주고받자 잠시 후 삐걱거리는 소리와 함께 성문이 열렸다. 수레를 타고 안으로 들어간 아비틴은 어둠이 내려앉은 왕궁에 들어섰다. 잠시 후 수레가 멈추고 휘장이 걷혔다. 몇 개의 횃불과 등불이 수레 주변을 둘러쌌다. 내관이 조용한 목소리로 말했다.

"따르시지요."

아비틴은 수레에 내려서 주변을 돌아봤다. 산자락을 타고 이어진 완만한 경사를 따라 전돌과 복도각이 보였고, 그 너머에 2층짜리 전각이 있었다. 그동안 드나들던 왕궁과는 사뭇 다른 풍경을 본 아비틴이 떨떠름한 표정으로 물었다.

"여기가 어딘가?"

"남별궁이옵니다."

짧게 대답한 내관이 작은 헛기침과 함께 복도각 아래의 전각을 따라 걸었다. 아비틴은 잠자코 앞장 선 내관의 뒤를 따랐다. 내관이 꽃과 나비가 새겨진 전각의 문을 열었다. 전각 안은 전등과 초를 곳곳에 켜 놔서 대낮처럼 환했다. 대왕은 기둥 사이의 작은 옥좌에 앉아 있었고 그 옆에는 자색 관복의 늙은 관리 한 명이 서 있었다. 옥좌 앞의 작은 탁자에는 지난번 화백회의 때 봤던 것과 같은 바실라의 지도가 놓여 있었다. 지난번에 본 상대등인 줄 알았는데 아니었다. 그를 알아본 원술이 옆에서 속삭였다.

"집사부 중시인 잡찬(迊飡. 신라의 17관등 중 세 번째 관등) 춘장일세."

처음 듣는 관직 이름에 아비틴이 되물었다.

"그게 뭔가?"

"집사부는 왕명의 출납과 기밀 업무를 맡는 부서일세. 화백회의는 귀족들의 주도로 이뤄지고, 왕의 폐위까지 결정할 수 있는 반면, 집사부는 왕명을 따르고 지키는 곳이지. 중시는 그 집사부의 우두머리를 지칭하는 것이야. 상대등처럼 말일세."

두 사람이 속삭이며 얘기를 주고받는 사이 대왕이 가까이 오라는 손짓을 했다. 아비틴과 원술이 옥좌 앞에 가서 무릎을 꿇자 대왕의 목소리가 들렸다.

"두 사람과 긴히 나눌 얘기가 있어서 불렀느니라. 일어나서 의자에 앉거라."

아비틴과 원술이 의자에 앉자 집사부의 중시인 춘장이 작은 한숨과 함께 입을 열었다.

"이틀 전, 당나라 장수 설인귀가 5천명의 병사들을 이끌고 서해 바다를 건너서 기벌포 북쪽 모량포에 상륙하였다."

그 얘기를 들은 원술이 고개를 번쩍 들었다.

"뭐라고요? 서해 바다에 있는 우리 수군은 뭘 했답니까?"

"며칠 전 천성에 나타난 당나라 수군 때문에 북상하였네."

춘장의 얘기를 들은 원술이 다급하게 말했다.

"당장 수군을 남하시키지 않고 뭘 하신 겁니까?"

"천성을 돌파하면 칠중하와 이어지고, 이근행이 이끄는 당군과 합류하게 될 것이다. 그리해서 저들이 겨울을 나게 된다면⋯⋯."

"성동격서로군요."

원술과 집사부의 중시가 얘기를 주고받는 사이 아비틴은 대왕에게 물었다.

"대왕이시여. 적이 쳐들어왔다면 마땅히 이를 알리고 군대를 움직여야 합니다. 그런데 이렇게 밤을 틈타 저와 원술을 부른 연유가 무엇입니까?"

아비틴의 물음에 대한 대답은 집사부의 중시가 대신했다.

"설인귀와 함께 당나라에 숙위 학생인 김풍훈이 함께 왔도다. 그자는 아버지 김진주의 죽음에 원한을 가지고 있는 차에 설인귀가 출병하자 길잡이를 자처한 것으로 보인다."

원술이 슬쩍 끼어들어서 나머지를 설명했다.

"자네와 부하들이 살고 있는 저택의 원주인이 바로 병부령이자 대당 장군인 김진주였네. 김풍훈은 그의 아들이고."

"그러니까 아버지의 처형에 원한을 가진 자가 길잡이로 나섰다 이 말인가?"

아비틴이 낮은 목소리로 묻자 원술이 고개를 끄덕거렸다.

"그런 것 같네. 모량포는 작고 외진 포구라 길잡이가 없으면 찾을 수가 없는 곳일세. 문제는 그것뿐만이 아닐세."

"그럼?"

아비틴이 물었지만 원술은 주저하는 표정으로 대왕과 집사부 중시 춘장의 얼굴을 살폈다. 그러자 춘장이 나머지를 설명해 주었다.

"설인귀가 그자를 단순히 길잡이로만 데려온 것은 아닐 것일세. 그자로 하여금 귀족들과 연통을 해서 반역을 도모하려는 속셈일 것이다. 아니, 벌써 연통을 하고 있을지도 모르지. 그러니 섣불리 군대를 움직일 수 없게 된 것이다."

"그러니까 출동시킨 군대의 지휘관이 김풍훈과 연락을 해서 창끝을 돌릴지도 모른다 이 말씀이시군요."

아비틴의 얘기에 춘장이 고개를 끄덕거리며 대답했다.

"그렇다네. 지금 이근행의 20만 대군이 천성에 나타난 당의 수군과 합류해서 물자를 보급 받아 겨울을 버티는 사이에 설인귀의 당군이 사비성을 손에 넣고 지속적으로 서쪽 변경을 위협한다면 그야말로 사면초가에 빠지는 것일세."

아랍인과 싸우던 아버지도 그런 식의 배반에 골머리를 썩이곤 했다. 생각에 잠겨 있던 아비틴은 대왕에게 물었다.

"저와 원술을 부른 이유도 그와 연관이 있는 겁니까?"

"지금 믿을 만한 귀족은 대각간 김유신과 집사부의 중시 춘장뿐일세. 하지만 대각간은 병환이 깊어서 출정이 어렵고, 중시는 짐의 곁을 지켜야 하기 때문에 움직일 수 없느니라."

"그럼 저보고 군대를 이끌고 싸우란 말씀이십니까?"

"본래는 원술을 시키려고 했으나 대각간의 반대가 워낙 극심해서 어쩔 수 없느니라. 원술과 함께 짐의 군대를 이끌고 나가서 설인귀의 군대를 물리쳐 주게."

대왕의 얘기를 들은 아비틴이 물었다.

"군대는 얼마나 쓸 수 있습니까? 파사당은 지난번 전투로 절반이 죽거나 다쳐서 50기에 불과합니다."

이번에도 춘장이 나섰다.

"왕궁을 지키는 친병들 중 일부와 압독주(押督州, 현재의 경상북도 경산시 일대)에 주둔 중인 군대의 일부를 차출할 수 있네."

옆에서 듣고 있던 원술이 반박했다.

"허나 그렇게 모은다고 해도 2천이 못 될 겁니다."

원술의 얘기에 춘장이 한숨을 내쉬면서 말했다.

"놈들의 목표는 분명 사비성일 것이다. 그곳을 점령하고 불만을 품은 백제의 유민들을 선동해서 군세를 늘릴 속셈일 것이야. 일단 사비성을 지켜 주게. 그러면 천성으로 올라간 수군을 보내 주겠네. 앞과 뒤가 막힌다면 저들도 포기하고 물러날 거야.

두 사람 사이에 오가는 대화를 듣던 아비틴이 벌떡 일어나서 지도를 내려다봤다. 그러고는 자신 있게 대답했다.

"그런 식으로 했다가는 이기지 못합니다."

아비틴의 얘기를 들은 세 사람은 모두 입을 다물었다. 고개를 든 아비틴이 덧붙였다.

"아랍인들이 그런 방식으로 싸웠습니다. 작은 균열을 일으키고 그 틈을 파고들었습니다. 어쩔 수 없이, 혹은 대수롭지 않다고 생각하고 넘어가면 그사이 힘을 기르고 주변에서 병사들을 끌어 모았습니다. 그러면 나중에는 대처하지 못할 정도로 커지게 되죠. 하루 빨리 몰아내지 않으면 안 됩니다."

그러자 춘장이 답답하다는 표정으로 말했다.

"섣불리 전투를 벌였다가 패배라도 하는 날에는 사비성이 문제가 아니라 이 서라벌이 위험해지네."

아비틴은 눈을 감고 조용히 생각에 잠겼다. 지난번처럼

선불리 나섰다가 부하들이 희생당할지도 몰랐다. 그게 아니라고 해도 큰소리를 쳤다가 실패한다면 지금까지 쌓아온 것들을 잃을 수도 있었다. 하지만 바실라의 대왕이 자신을 측근으로 둘 생각을 하고 있는 이 상황에서는 과감하게 움직여야만 했다. 자신의 판단이 가져올 결과가 두려웠지만 물러서지 않기로 했다. 그것이 자신이 할 일이라고 생각한 아비틴이 눈을 뜨고 대답했다.

"페르시아인들이 어찌 싸우는지 보여드리겠습니다. 왕궁의 친병들 중에 말타기와 활쏘기에 능숙한 자 300명을 주십시오."

"3천이 아니라 300명? 설인귀의 군대가 5천이라는 얘기를 못 들었는가?"

집사부 시중의 반박에 아비틴이 빙그레 웃으며 대꾸했다.

"제가 페르시아 방식으로 싸운다고 하지 않았습니까."

"그렇다고 해도 그 많은 적들을 어찌 물리친단 말인가?"

춘장이 못 미더운 말투로 반박하려고 하자 대왕이 손을 들어 만류했다.

"자고로 사람을 쓰기로 했으면 의심하지 말고 맡기라고 했네."

춘장이 입을 다물자 대왕은 아비틴에게 엄숙한 목소리로

애기했다.

"자네 부탁대로 짐의 친병들 중에 말과 활을 잘 쓰는 병사 300명을 붙여 주겠노라."

그러고는 원술을 쳐다보면서 덧붙였다.

"승리하고 돌아오면 대각간도 반드시 기뻐할 것이다. 당군을 몰아내거라."

굳은 표정의 원술이 대답했다.

"그리하겠습니다.

대왕과의 만남을 끝낸 두 사람은 수레를 타고 월성을 나왔다. 저택에 돌아오자마자 아비틴은 부하들을 모두 집합시키라는 지시를 내렸다. 옆에 있던 원술이 말했다.

"적이 5천 명이라는데 300명만 데리고 어찌 할 셈인가?"

"화랑을 따르는 자들을 낭도들이라고 했는가? 그중에 말을 탈 수 있는 자들이 얼마나 되지?"

엉뚱한 물음에 이맛살을 찌푸린 원술이 대답했다.

"4~500명은 될 걸세. 하지만 남은 낭도들은 다들 어려서 겨우 말만 탈 줄 아네. 활을 쏘는 건 무리야."

"그 정도면 충분하네. 그들도 모두 동원해 주게."

"내일 아침까지는 불가능하네."

"상관없네. 내일은 파사당과 친병들을 데리고 내가 먼저 떠나겠네. 자네는 하루 정도 낭도들을 모은 후에 뒤따르게. 그리고 적들이 상륙했다는 모량포 쪽의 지형을 잘 아는 길잡이가 필요한데 구할 수 있겠나?"

그러자 잠시 고민하던 원술이 얘기했다.

"담릉의 노비 중에 형제가 있는데 그쪽 출신일거야. 사람을 써서 이쪽으로 보내겠네. 또 낭도들 중에 쓸 만한 자들은 먼저 준비시키겠네. 한 명이라도 더 필요하지 않겠나?"

"고맙네."

"그런데 도대체 페르시아 방식으로 싸운다는 게 무슨 뜻인가?"

원술의 물음에 아비틴은 빙그레 웃기만 했다. 캄다드를 비롯한 부하들이 뜰에 모이자 아비틴은 자초지종을 설명하고 출발 준비를 하라고 일렀다. 부하들이 무장을 챙기기 위해 자리를 떴을 때 아비틴은 비로소 한숨을 돌렸다. 숨이 막힐 것 같은 긴장감이 엄습해 왔지만 이겨내기로 했다. 반드시 돌아가겠다는 아버지와의 약속 그리고 프라랑을 다시 만날 기회를 얻기 위해서라도 말이다. 마루크와 쿠샨의 죽음

그리고 쿠쉬의 등장은 그에게 두려움과 동시에 홀로 결정을 내리는 힘을 불어넣어 주었다. 무엇을 마주치든 두려워하지 않기로 결심하자 한결 마음이 편안했다. 그런 아비틴을 지켜보던 원술이 빙그레 웃었다.

"처음 봤을 때는 뭘 할지 모르는 것 같더니 몇 달 사이에 어른, 아니 왕자가 되었군."

원술의 말에 아비틴이 대답했다.

"해야 할 일을 계속 피하고 있었네. 그런데 지금은 그러고 싶지 않아."

Basilla

10

그날 밤, 아비틴은 두건과 카프탄을 그에게 내주었다.
파라는 술에 취하여 잠이 들었지만,
아비틴은 프라랑에 대한 상념으로 자지도 먹지도 못하였다.
아비틴은 밤새도록 골몰하였으며,
그의 영혼은 숲 속을 헤매듯이 불안하였다.

다음 날 새벽, 월성을 지키던 친병 300명을 지휘하는 아찬 급휴가 찾아왔다. 차양이 달린 투구에 쇳조각을 엮은 갑옷을 입은 급휴는 그에게 군례를 올렸다.

"명을 받고 왔습니다."

"부하들은 어디에 대기 중인가?"

"북촌 너머에 집결했습니다. 명령만 내려 주시면 바로 출발할 수 있습니다."

급휴의 보고를 받은 아비틴은 고개를 끄덕거렸다.

"내 부하들과 함께 그곳으로 가겠네. 자넨 먼저 가서 부하들을 준비시키게."

급휴가 떠나고 담릉의 집에서 종살이를 하던 울곤과 울수라는 형제가 찾아왔다. 푸른 눈의 아비틴과 부하들을 신기한 눈으로 바라보는 그에게 말했다.

"길 안내를 잘하면 네 주인께 일러서 둘 다 노비의 신분에

서 해방시켜 줄 것이다."

감격한 울곤이 연거푸 고개를 숙였다.

"뭐든 말해 주십시오. 소인은 스무 살까지 그곳에 살아서 손바닥보다 더 잘 압니다요."

"모량포와 사비성 사이에 평지가 있느냐?"

"모량포를 굽어보는 모량산 줄기 너머에 제법 넓은 평원이 10리 정도 펼쳐져 있습니다. 그리고 사비성으로 가는 방향으로는 우수산이 이어지는데 산이 높지는 않아도 제법 험한 편입죠."

"중간에 여울이나 강은 있느냐?"

아비틴의 물음에 울곤은 자신의 허벅지와 발목을 가리키면서 말했다.

"우수산을 휘감고 완릉천이 흐릅니다. 장마철에는 소인 놈의 허벅지까지 잠기고, 물이 없을 때는 발목 정도 찹니다."

"알겠다. 자세한 건 가면서 얘기하자꾸나."

아비틴은 캄다드를 위시한 부하들을 이끌고 북천으로 향했다. 지난번 전투 이후 부하들이 절반은 줄었고, 쿠샨의 빈자리가 유독 크게 느껴졌다. 북천 너머에는 300명의 친병들이 말에 오른 채 기다리고 있었고, 원술이 보내준 낭도들도 수십 명이 모여 있었다. 아비틴은 급휴에게 곧장 출발하라고 명령했다. 어스름한 새벽을 가로질러 400명의 기병들이 서쪽으로 떠났다.

아비틴은 서쪽으로 가면서 급휴에게 믿을만하고 발 빠른 친병 다섯을 뽑아서 먼저 보내도록 지시했다. 그리고 울곤에게 계속 모량포에서 사비성까지의 지형을 들었다. 파라와 캄다드를 비롯한 부하들을 불러서 말했다.

"나하르반에서 싸웠던 것처럼 적들을 지치게 했다가 완릉천에서 결판을 낼 생각이야."

사흘째 되는 날, 앞서 보냈던 정탐병 중 둘이 돌아왔다. 모량포에 상륙한 당군이 우수산 줄기의 우수산성을 점령한 채 머물고 있다는 것이다. 보고를 받고 울곤을 부른 아비틴은 여비를 넉넉하게 챙겨주면서 지시를 내렸다.

"우수산성 근처 마을로 가서 바실라의 대군이 사비성을 지키기 위해 남하하고 있다는 소문을 내거라. 그리고 사비성을 지키는 병력이 거의 없다는 소문도 함께 퍼트려라."

울곤이 떠나자 급휴가 물었다.

"그런 소문을 내서 뭐하시려는 겁니까?"

그러자 빙긋 웃은 아비틴이 대답했다.

"여우가 숨어 있는 굴속에 연기를 피워 넣은 것이지."

다음 날, 하루 종일 강행군을 한 아비틴의 기병들은 우수산성에서 3파라상 정도 떨어진 거리까지 도착했다. 지친 말들을 쉬게 한 아비틴은 당군이 우수산성을 출발했다는 정탐병의 보고를 받고는 즉시 캄다드와 파라를 불렀다.

"부하들을 둘로 나눠서 적들을 유인하고 지치게 만들어라. 완릉천까지 그 상태로 만들어야 한다."

"알겠습니다."

부하들이 떠나는 광경을 지켜보던 아비틴은 친병들을 이끌고 완릉천으로 향했다. 울곤과 울수 형제 말대로 깊지 않은 하천이었지만 칠중하처럼 굽이쳐 흐르는 데다가 주변에 수풀이 우거져서 매복하기에 적격이었다. 그러자 급휴가 물었다.

"이곳에서 적을 막습니까? 하천이 너무 작아서 어려울 것 같습니다."

"매복은 숨어서 하는 게 전부가 아니라네."

자신만만하게 얘기한 아비틴은 몇 가지 지시를 내리고는 원술을 기다렸다. 다음 날, 지친 표정의 낭도 400명을 이끈 원술이 도착했다. 그가 말에서 내리자 아비틴이 물었다.

"상황은?"

"부하들이 적들을 몰고 있네."

"50명이 5천 명을 말인가?"

원술이 어이가 없다는 표정으로 되묻자 아비틴이 나뭇가지를 하나 집어 들고 바닥에 그림을 그려가면서 설명했다.

"페르시아에서는 말의 빠른 속도를 이용해서 치고 빠지는 기습과 매복 훈련을 많이 했네. 길잡이 얘기로는 우수산성에서 완릉천까지는 좁은 산길과 숲속의 오솔길 뿐이라고 하더군. 자연스럽게 대열은 길게 늘어질 것이고, 길이 굽어진 곳이나 오솔길에서는 앞쪽의 대열을 놓치게 될 거야."

설명을 들은 아비틴이 고개를 갸웃거렸다.

"그때 기습을 한다 이 얘긴가? 아무리 그래도 환한 대낮이라면 소용없지 않겠나?"

"보이면 그렇겠지."

씩 웃은 아비틴이 나뭇가지를 숲 속으로 던지며 덧붙였다.

"못 믿겠으면 나를 따라오게. 직접 보여 주지."

아비틴은 못 미더워하는 원술을 데리고 우수산성 쪽으로 향했다. 좁은 산길을 따라 달리는데 멀리서 발자국 소리와 북소리가 들렸다. 고삐를 당겨 말을 멈춘 아비틴이 오른쪽 산등성이를 가리켰다.

"저쪽으로."

눈이 아직 녹지 않아서 미끄러웠지만 두 사람은 말을 조심스럽게 몰고 올라갔다. 활을 꺼낸 아비틴이 활줄을 시험

삼아 당겼다. 그러고는 원술에게 말했다.

"말에서 내리게."

"뭐라고?"

"말에서 내려서 저기 언덕 위에 엎드려 있게."

아비틴은 영문도 모른 채 말에서 내린 원술에게 말했다.

"그러다가 놈들이 보이면 나에게 손짓으로 신호하게."

"자네는 어디 있을 건가?"

그러자 아비틴은 반대편 산자락을 가리켰다.

"저기."

원술은 아비틴이 자신의 말까지 가지고 가는 것을 보다가 오솔길에서 들려오는 발자국 소리를 듣고는 납작 엎드렸다. 잠시 후 오솔길을 따라 명광개(明光鎧)를 차려입은 당나라군 의 대열이 보였다. 첨병이라도 있으면 바로 들킬 수밖에 없 었지만 몹시 서두르는 눈치였다. 배를 타고 건너온 탓인지 기병은 거의 없었고 대부분 보병들이었다. 원술은 적이 나 타났다는 손짓을 하면서 뒤를 돌아보다가 말 위에 올라탄 아비틴이 화살을 겨누고 있는 것을 봤다. 눈짐작으로 위치 를 가늠하던 아비틴이 시위를 당겼다.

그러자 화살은 산등성이를 타고 넘어가 오솔길을 따라오 는 당군 대열 한복판에 떨어졌다. 억세게 운이 없는 병사가 화살에 맞은 어깨를 부여잡고 주저앉았다. 그러자 기나긴 대열은 그대로 멈춰 버렸고, 방패로 자기 몸을 가리기 급급했다. 아비틴이 다시 화살을 쐈고, 이번에는 당나라 병사의 머리를 스쳐 지나갔다. 화살을 쏜 아비틴은 고삐를 잡고 유유히 말을 타고 맞은편 산등성이로 넘어갔다. 그러고는 뒤따라온 원술에게 말했다.

"페르시아에서는 이런 방식으로 싸운다네. 모래사막의 언덕이나 모래 폭풍이 불 때를 틈타서 이렇게 치고 빠지지."

원술은 아비틴의 설명을 듣고는 고개를 끄덕였다.

"하지만 조금 있으면 오솔길이 끝나고 완릉천일세. 저들이 작정하고 공격해 오면 반나절도 못 버틸 거야."

"거기서 결판이 날 거야. 따라오게."

그러는 사이 오솔길로 전진하는 당군의 대열에서 또 다시 비명이 들려왔다. 결국 당군이 완릉천에 도달했을 때는 해가 거의 질 무렵이었다. 아비틴은 아찬 급휴에게 명령해서 부하들을 되도록 넓게 포진 시키고 그 뒤로 원술이 데리고 온 낭도들을 배치시켰다. 짙은 어둠과 군데군데 있는 우거진 숲이 친병과 낭도들의 숫자를 가늠하기 어렵게 만들었다. 완릉천 너머로 나타난 당군은 건너편에 있는 친병과 낭도들을 보고는 서둘러 방패를 앞세우고 전투 대형으로 포진

했다. 그걸 본 아비틴이 원술에게 말했다.

"잘 보게. 병사들은 행동이 느리고 지휘관들은 신경이 곤 두서 있지. 지치고 힘들어서 그렇다네."

아비틴이 지시 없이는 움직이지 말라는 명령을 내린 관계로 부하들은 모두 침묵을 지킨 채 말 위에 앉아 있었다. 큰 소리를 치긴 했지만 아비틴도 마음속으로는 불안했다. 이곳은 페르시아가 아니었고, 상대도 아랍인이 아니었기 때문이다. 하지만 이런 상황일수록 자신이 중심을 잡아야 한다는 사실도 잘 알고 있었다. 그는 짐짓 자신만만한 모습을 보였다.

상대방이 아무런 움직임이 없자 당군은 방패를 앞세운 채 슬금슬금 전진해 왔다. 급휴가 명령을 내려 달라는 듯 바라봤지만 아비틴은 무표정하게 다가오는 당군을 바라볼 뿐이었다. 보다 못한 원술이 말했다.

"공격하든 퇴각하든 명령을 내리게. 완릉천은 물이 별로 없어서 적들이 금방 넘어올 걸세."

원술의 말이 끝나기가 무섭게 완릉천에 발을 담근 당군이 비명을 질렀다. 그러자 방패를 든 대열이 심하게 흩어지면서 빈틈이 보였다. 아비틴이 고개를 끄덕거리자 명궁수인 파라가 지체 없이 활을 당겼다. 아랫배에 화살을 맞은 당군이 방패를 떨어뜨리고 쓰러지자 빈틈은 더 커졌다. 그러자 파사당의 궁수들이 말없이 화살을 쏘아서 그 빈틈으로 화살을 쑤셔 넣었다. 결국 당군은 완릉천을 넘지 못하고 물러났다. 어리둥절해하는 원술과 급휴에게 아비틴이 말했다.

"물속에 마름쇠를 뿌려 놓았네. 흐르는 물속이라 보이지 않으니 속수무책으로 당할 수밖에."

해가 떨어지기 전까지 당군은 온갖 방법을 써서 완릉천에 뿌려진 마름쇠를 걷어 내려고 했다. 하지만 그때마다 방해를 받아서 실패로 돌아갔다. 우회하기 위해 다른 곳으로 병사를 보내려는 시도는 원술이 데리고 온 낭도들이 말을 타고 따라가면서 실패했다. 낭도들은 겨우 말이나 타는 정도였지만 파사당의 매서운 활솜씨를 본 당군은 낭도들을 보고도 같은 실력을 가진 줄 알고는 저항할 생각을 하지 못했다. 궁수를 앞에 배치해서 공격을 시도했지만 활솜씨는 아비틴과 급휴의 부하들이 한 수 위였다. 활을 쏠 때 생기는 빈틈을 놓치지 않은 것이다. 결국 당군은 완릉천을 건너기를 포기하고 퇴각했다. 그걸 본 원술이 중얼거렸다.

"불과 500명으로 5천 명을 물러나게 하다니, 그야말로 하늘이 곡할 노릇이야."

당군이 1파라상 정도 물러나서 진을 쳤다는 보고를 받은 아비틴은 자신의 부하들과 급휴의 친병들 중 일부를 뽑아서 완릉천 너머로 보냈다.

"싸울 생각은 하지 말고 진영 주변에서 불을 피우거나 함성을 질러서 적을 놀라게만 하여라."

지시를 마친 아비틴은 남은 부하들에게 쉬라는 명령을 내렸다. 그러는 사이 물러난 당군은 진영 주변을 소란스럽게 하는 아비틴의 부하들 때문에 제대로 쉬지 못하고 뜬눈으로 밤을 새워야 했다.

다음 날, 당군이 다시 완릉천에 모습을 드러내면서 지루한 대치는 계속 이어졌다. 온갖 방법을 시도했지만 그날도 결국 당나라군은 완릉천을 넘지 못했다. 해가 질 무렵 황금처럼 반짝거리는 명광개를 입은 당나라 장수가 완릉천 앞에서 삿대질을 하면서 욕설을 퍼부어 댔다. 그러고는 화살이 날아올까 봐 황급히 방패 벽 뒤로 숨었다. 잠시 후, 당군 진영 전체가 뒤로 물러났다. 오솔길 너머로 사라지는 당군을 쏘아보던 아비틴은 캄다드와 급휴를 불렀다.

"적들과 거리를 유지하고 추격하다가 대열이 흩어지면 일제히 친다."

"명을 받들겠습니다."

두 사람이 부하들을 이끌고 마름쇠를 밟지 않기 위해 널빤지를 깔아 놓은 완릉천을 넘어 갔다. 아비틴과 원술도 낭도들을 남겨 놓고 뒤를 따랐다. 처음에는 방진을 짜고 후퇴하던 당군은 파사당과 친병들의 집요한 공격에 결국은 무너지고 말았다. 방패를 버린 병사 한 명이 무작정 도망치는 것을 시작으로 대열 전체가 붕괴된 것이다. 파사당과 친병들은 우수산을 넘어 모량포까지 도망치는 당군들의 뒤를 집요하게 추격했다. 아비틴과 원술은 낭도들을 이끌고 뒤를 받쳤다. 도주하는 것을 포기한 당군이 곳곳에서 무기를 버리고 항복했다. 당군을 쫓아서 모량포까지 갔던 급휴가 환한 얼굴로 돌아와서는 보고했다.

"적들이 배를 타고 도주했습니다. 죽은 자들이 1천여 명에 포로로 잡은 게 700명이 넘습니다."

"서라벌로 돌아간다."

짧게 얘기한 아비틴은 말 머리를 돌렸다. 그러다가 문득 생각났다는 듯 급휴에게 말했다.

"당나라 포로들 중에 최근 석문 전투에 참전했던 자를 찾아봐 주게."

"무슨 일 때문에 그러십니까?"

급휴의 물음에 아비틴은 차분한 표정으로 대답했다.

"물어볼 게 있어서 말이야."

"알겠습니다."

서라벌로 돌아갈 준비를 하는 와중에 급휴가 덩치 큰 당군 포로 한 명을 끌고 왔다.

"낭장 대활이라는 자입니다. 고간의 휘하에서 석문 전투에 참가했다고 합니다."

아비틴이 눈짓을 하자 곁에 있던 파라가 대활의 정강이를 걷어차서 무릎을 꿇게 만들었다. 말 위에서 내려다보던 아비틴은 해동을 불러서 물었다.

"석문 전투에 참전했던 회회인들은 지금 어디 있느냐?"

주저하던 낭장 대활은 파라가 화살을 하나 꺼내서 눈을 쑤시는 시늉을 하자 황급히 입을 열었다. 당나라 말을 알고 있던 해동이 그대로 옮겨 주었다.

"이근행 밑에서 선봉대로 있다고 합니다."

"그자가 대체 어찌 당군에 합류한 것이냐고 물어라."

해동의 얘기를 들은 낭장 대활은 눈을 껌뻑이며 대꾸했다.

"작년 연말 즈음에 그 흉측하게 생긴 회회인이 부하들과 코끼리들을 이끌고 이근행 장군을 찾아왔다고 합니다. 흉악한 외모만큼이나 잔인하고 용감해서 이근행 장군이 곁에 두고 아낀다고 합니다."

"그들의 숫자는? 그리고 코끼리는 얼마나 되느냐?"

아비틴의 말을 옮긴 해동은 낭장 대활에게 다시 말을 건 냈다. 그러고는 대답을 옮겨 주었다.

"80여 명 정도 된답니다. 코끼리는 처음에 20마리 정도 끌 고 왔다가 이리저리 죽고 병들어서 지금은 10마리 정도밖에 안 남았답니다."

그 외에 몇 가지를 더 물은 아비틴은 끌고 가라고 손짓했 다. 아비틴은 약속한 대로 울곤과 울수 형제에게 재물을 나 눠 주고 풀어 주었다. 고맙다며 코가 땅에 닿도록 인사를 한 두 사람은 고향으로 돌아갔다.

도둑처럼 떠나야만 했던 출정과는 달리 서라벌로의 귀환 은 엄청난 환대 속에서 이뤄졌다. 당나라 포로들을 앞세운 행렬은 열렬한 환영을 받았다. 아비틴은 말 머리를 나란히 하고 원술에게 말했다.

"이제 집으로 돌아가게나. 대각간께서 기뻐하실 게야."

"그렇겠지. 그럼 궁궐에 들어갔다가 재매정으로 오게. 오랜만에 둘이서 술이나 한잔 하세."

말 머리를 돌린 원술은 재매정으로 향했다. 아비틴은 곧장 월성으로 향했다. 그리고 떨떠름한 표정의 귀족들을 지나쳐 옥좌에 앉아 있는 바실라의 대왕에게 가서 무릎을 꿇었다. 대왕이 위엄 있는 목소리로 말했다.

"공을 세운 파사당 당주이자 대아찬 아비틴을 집사부의 전대등(典大等)으로 임명할 것이다."

그러자 천존이 헛기침을 하면서 입을 열었다.

"전하. 아비틴이 큰 공을 세운 것은 사실이오나 먼 나라에 온 이에게 중책을 맡기는 것은 지나치다고 사료되옵니다."

그러자 대왕은 고개를 조아린 아비틴을 내려다보면서 말했다.

"나라를 위기에서 구한 자에게 적당한 포상을 하는 것은 조금의 아낌과 부족함이 없어야 한다는 게 짐의 뜻이니라."

그러자 천존은 아무 말도 하지 못하고 제자리로 돌아갔다. 화제는 다시 칠중하 북쪽의 당나라 군대로 옮겨졌다. 집사부 중시 춘장이 적들이 아직 본격적인 움직임에 나서지는 않았지만 칠중하 근처의 작은 성들을 기습하는 일이 잦아지고 있다고 보고했다.

"당의 대군이 몇 달 동안 꼼짝도 안하고 있으니 참으로 근심이 크도다. 어떤 방법이 없겠는가?"

　대왕은 말끝을 흐렸고, 신하들은 아무 말도 하지 않았지만 그 속에 흐르는 팽팽한 긴장감은 어렵지 않게 느낄 수 있었다. 그렇게 이야기의 주제에서 벗어난 아비틴은 조용히 구석으로 물러났다. 화백회의가 끝나고 바로 자리를 남별궁으로 옮겨 대왕과 집사부 중시 춘장을 위시한 측근들만 모인 회의가 따로 열렸다. 전대등으로 임명된 아비틴 역시 참석했다. 측근들의 회의에서는 공세로 나서야 한다는 의견이 많았지만 현실적인 벽에 부딪치고 말았다. 주장성에 주둔 중인 9군은 바실라의 주력 부대였다. 만약 이들이 석문에서처럼 참패한다면 나라가 휘청거릴 정도의 타격을 받을 수밖에 없었다. 그렇다면 왕실의 위엄이 추락하는 것은 물론 불온한 생각을 가진 자들이 늘어날 수밖에 없는 것이 대왕의 고민거리였다. 이야기를 듣던 아비틴이 대왕에게 말했다.

　"이런 식으로 회의만 해서는 결론이 나지 않을 것 같습니다. 신이 직접 가서 저들이 움직이지 않는 이유를 살피고, 빈틈을 알아본 연후에 신중하게 출병을 결정하는 것이 어떻겠습니까?

　아비틴의 얘기를 들은 대왕이 대답했다.

　"그대의 뜻이 가상하다. 그대가 가서 전황을 둘러보고 보고하도록 하라.”

아비틴이 대답을 하려는 찰나, 밖에서 다급하게 내관이 들어왔다. 고개를 숙인 내관이 떨리는 목소리로 말했다.

“대각간께서 방금 세상을 떠났다고 하옵니다.”

대각간 김유신의 죽음을 전해 들은 서라벌 백성들은 문을 걸어 잠그고 슬퍼했다. 대왕도 며칠 동안 조회를 중지하고 애도의 뜻을 표했다. 장례가 치러지는 내내 원술은 어두운 방에 틀어박혔다. 아버지의 용서를 받겠다는 일념이 무너지면서 큰 충격을 받은 탓이다.

김유신의 장례가 끝나고 왕궁에서 열린 집사부의 회의에 참석하고 돌아가는 그의 앞에 프라랑을 모시는 궁녀가 나타났다. 그녀는 주변을 살피더니 낮은 목소리로 말했다.

“내일 저녁 보름달이 뜨면 문천교에서 뵙고 싶다는 공주 마마의 전갈이십니다. 늦지 않도록 오십시오.”

아비틴은 가만히 고개를 끄덕거렸다.

“그리 하겠네.”

“그럼.”

고개를 숙여서 인사를 한 궁녀가 종종걸음으로 멀어져 갔다. 그녀가 사라진 방향을 물끄러미 바라보던 아비틴은 발걸음을 떼었다.

서라벌의 남쪽에 흐르는 문천 위에 놓인 문천교는 페르시아는 물론 서라벌에서 봤던 다른 다리와는 달리 기와지붕이 있는 누교(樓橋)였다. 먼발치에서 문천교를 바라보자 지난번 원술이 말한 대로 왜 밤중에 이곳에서 연인들이 만나서 사랑을 속삭이는지 이유를 알 수 있었다. 달에 비친 문천교는 대단히 아름다웠다. 버드나무가 무성하게 자란 강가의 절경과도 잘 어우러졌다.

말에서 내린 아비틴은 해동이 건네준 등불을 가지고 문천교 쪽으로 걸어갔다. 문천교의 다리는 생각보다 크고 넓었다. 바닥은 널빤지를 깔았고, 나무 기둥을 세운 후에 지붕을 올렸다. 단청이 칠해진 기둥과 대들보를 구경하며 지나가던 그의 귀에 프라랑의 목소리가 들려왔다.

"서라벌 여인들에게는 문천교에 얽힌 전설이 있습니다."

"어떤 전설 말입니까?"

걸음을 멈춘 아비틴이 묻자 기둥 뒤에서 고개를 내민 그녀가 말했다.

"기둥 뒤에 숨어서 눈을 감고 정인을 기다리고 있다가 더이상 참지 못하고 눈을 떴을 때 남아 있는 기둥의 개수가 다섯 개가 안 넘으면 사랑이 이뤄진다고요."

아비틴은 프라랑이 모습을 감추고 있던 기둥과 자신과의 사이에 남아 있던 기둥의 숫자를 셌다.

"네 개로군요."

그러자 프라랑이 볼이 패일 정도로 활짝 웃으면서 천천히 그의 앞으로 다가왔다. 자연스럽게 손을 잡은 그가 말했다.

"다리가 참으로 아름답습니다."

"저도 이곳에 오고 싶어서 어머니를 무척 졸랐답니다. 그러다가 재작년에 겨우 허락을 받고 둘러봤지요. 어머니가 다음에는 사랑하는 연인과 함께 오라고 해서 그렇게 하겠다고 약조를 하였죠."

"약속한 대로 된 것입니까?"

아비틴의 짓궂은 물음에 프라랑의 얼굴이 확 붉어졌다. 발그레해진 얼굴을 손으로 가린 그녀가 기둥 옆 난간으로 걸어갔다. 아비틴은 잠자코 뒤를 따라갔다. 그녀가 다리 건너편의 누각을 힐끔 바라봤다.

"제 유모가 저기서 지켜보고 있습니다. 그러니 저쪽으로 가지 말고 이쪽으로 오세요."

아비틴도 누각의 기둥 사이에 흐릿하게 보이는 등불을 발견하고는 쓴웃음을 지었다. 프라랑은 난간에 서서 유유히 흐르는 강물을 내려다봤다.

"우리나라에 원효라는 이름 높은 고승이 계십니다. 그분
이 언제부터인가 '누가 자루 없는 도끼를 내게 주겠느냐, 내
하늘을 받칠 기둥을 깎을 것'이라는 노래를 부르고 다니셨
답니다. 세상 사람들은 모두 무슨 뜻인지 몰랐지만 승하하
신 태종무열왕께서는 그 뜻이 무엇인지 알았답니다."

"그게 무슨 뜻이랍니까?"

"스님이 존귀한 여인을 얻어서 나라에 큰 보탬이 될 아이
를 낳겠다는 뜻이었답니다. 그래서 이모인 요석 공주님과
짝을 지어주기로 하셨답니다. 관리를 시켜 원효대사를 불렀
는데 이곳을 지나다가 그만 물에 빠지셨답니다. 그래서 젖
은 옷을 말리기 위해 가까운 곳에 있는 요석궁에 가셨는데
열 달 후에 이모님이 설총이라는 아들을 낳으셨죠. 이후에
이 다리에서는 사랑을 이루기 위해 남자들이 물에 빠졌다가
젖은 옷을 말리고 싶다는 핑계를 대고 하룻밤을 보내곤 합
니다."

"재미있는 풍습이군요."

아비틴의 말을 들은 그녀가 고개를 돌렸다. 빨려들 것 같
은 프라랑의 검은 눈동자를 한참 바라본 그와 아비틴의 눈
동자를 들여다보던 그녀가 거의 동시에 입을 열었다.

"당신을 처음 봤을 때……."

서로 같은 얘기를 꺼내려고 했던 두 사람은 약속이나 한 것처럼 서로를 와락 끌어안았다. 아비틴의 가슴에 얼굴을 파묻은 그녀가 물었다.

"또 전쟁터에 나가시나요?"

"아마도."

"그렇다면 꼭 살아 돌아온다고 약속해 주세요. 이모님의 남편도 전쟁터에서 돌아오지 못했어요. 이모님은 남편을 가슴에 묻으면서 자신 또한 그곳에 묻힌 것과 다름 없다고 늘 한탄하셨어요."

"그러리다."

아비틴은 손으로 그녀의 두 볼을 잡았다. 그리고 천천히 입을 맞췄다. 그녀의 입술에서 느껴지는 달콤함에 빠져 있던 아비틴은 한참이나 입술을 떼지 않았다. 입술을 뗀 그녀가 아비틴을 올려다보면서 말했다.

"아버지가 당신을 부마로 삼으셨으면 좋겠어요."

아비틴은 사랑스러운 그녀의 눈을 바라보면서 말했다.

"반드시 큰 공을 세워 당신과 혼인하겠다고 얘기하겠소."

"어서 그날이 왔으면 좋겠어요."

아비틴은 대답 대신 그녀를 꼭 끌어안았다. 프라랑의 딸리는 목소리가 들렸다.

"이제라도 당신이 내 앞에 나타나서 고마워요. 마음에도 없는 사람이랑 혼인을 하고 평생을 살아갈지도 몰라서 얼마나 무서웠는지 몰라요."

"나 역시 마찬가지요."

당장이라도 울 것 같은 그녀를 진정시키는 아비틴의 마음은 더없이 복잡했다. 낯선 땅에서 온 이방인에게 바실라의 대왕이 선뜻 자신의 막내딸을 내줄 것 같지는 않았다. 하지만 프라랑에게 한 말대로 아비틴 역시 그녀가 없는 삶은 상상조차 할 수 없었다. 그녀와 혼인할 수 있는 방법은 단 한 가지, 전쟁터에서 공을 세우는 것뿐이었다. 아비틴은 복잡한 마음을 달래기 위해 그녀를 더욱 힘껏 끌어안았다. 비단결 같은 프라랑의 손이 목덜미에 살포시 닿았다. 아비틴의 품에 안긴 그녀가 떨리는 목소리로 말했다.

"왜 처음 본 왕자님에게 이렇게 빠져드는지 모르겠어요."

"아마 신이 우리를 맺어주었나 봅니다."

격정적이고 긴 포옹이 끝난 후 두 사람은 약속이나 한 듯 서로의 눈을 바라봤다. 그리고 그 눈에 빠져들 듯 서로에게 이끌려 입맞춤을 했다.

Basilla

11

아비틴과 그의 군대는 바다를 헤치며 항해했다.
밤이 되자 바다는 흑단처럼 캄캄했고,
사방에서 거친 파도 소리가 들렸다.
먹구름과 같은 바다를 헤치며 마침내 육지에 다다르자,
아비틴은 장검으로 무장하며 전투태세를 갖추었다.

다음 날, 비장한 표정의 아비틴이 파사당을 이끌고 북쪽
으로 향했다. 아비틴의 옆에는 원술과 담릉이 있었다. 추위
가 완연히 가시기는 했지만 아직 어깨를 움츠리게 만들 정
도의 추위가 남아 있었다. 느릿하게 연기를 피우는 백성들
의 움막집 초가지붕과 처마에는 녹다 남은 눈과 고드름이
남아 있었다. 아비틴은 북쪽으로 가는 내내 고민에 빠졌다.

"왜 20만이나 되는 대군을 모았으면서 밀고 내려오지 않
고 칠중하 북쪽에서 머물고 있는 거지? 그 혹독한 겨울을 나
면서 말이야."

아비틴의 물음에 원술이 대답했다.

"군량이 문제야. 요동에서부터 군량을 실어 오기에는 너
무 멀고, 시간도 오래 걸리지. 그래서 서해 바다를 통해서 군
량을 보급해야 하는데 우리 수군이 막고 있어서 불가능해."

두 사람이 부하들과 함께 북쪽으로 올라가자 속속 전장

소식들이 들려왔다. 바실라군은 주장성과 칠중성에 주력을 배치한 채 버티는 중이었고, 말갈족과 돌궐족이 특유의 기습과 매복을 감행하며 작은 전투가 계속 벌어지고 있었다. 다행스러운 것은 천성 쪽에 도착했던 당나라 수군이 철천이 이끄는 바실라 수군에게 막혀서 강으로 진입하지 못하고 하구로 물러났다는 점이다. 노획한 당나라 군선에는 이근행의 군대에게 먹일 곡식이 가득 실려 있었다고 한다. 최악의 사태를 막긴 했지만 이근행의 군대는 보급이 막힌 상태에서도 퇴각하지 않고 버티고 있는 중이었다. 분명 뭔가를 기다리고 있거나 노리고 있는 게 분명했다. 하루빨리 그들의 속셈을 간파하지 않으면 바실라의 운명이 위험해질 수도 있다는 생각에 아비틴은 바짝 긴장했다.

아비틴 일행은 서라벌을 떠난 지 열흘 후에 바실라군의 주력이 진을 치고 있는 주장성에 도착했다. 성벽을 높이는 공사가 한참 진행 중이여서 누런 저고리와 바지 차림의 백성들이 크고 작은 돌을 옮기는 모습이 보였다. 주장성을 지키던 한산주 총관 김인세는 아비틴이 이끌고 온 파사당의 숫자가 수십에 불과한 것을 보고는 노골적으로 불평을 드러냈다.

"적의 대군이 무려 20만이나 되는데 기병 수십 기만 보내

다니, 서라벌에서는 대체 무슨 생각을 하는지 모르겠소. 거기다 놈들은 코끼리라는 집채만 한 괴물도 있다 이 말이오."

한산주 총관 김인세의 불평을 들은 아비틴이 조용한 목소리로 말했다.

"대왕께서 저에게 직접 전선을 둘러보고 상황을 파악하라고 지시하셨습니다."

"적들이 언제 밀고 내려올지 모르는데 한가하게 그런 걸 할 때인가?"

혀를 찬 김인세의 말에 아비틴은 눈살을 찌푸렸다.

"저들이 칠중하 북쪽에 진을 친 것이 벌써 석 달을 넘기고 있습니다. 그 많은 수의 대군이 한겨울을 날 동안 움직이지 않고 있는데 이유도 모른다는 게 말이나 됩니까? 오죽하셨으면 대왕마마께서 저를 보내 둘러보라고 하셨겠습니까?"

아비틴이 유창한 바실라 말로 따지고 들자 김인세는 꿀먹은 벙어리가 되고 말았다. 김인세와 얘기를 마치고 나온 아비틴에게 원술이 통쾌한 표정으로 말했다.

"먼 타지에서 왔다고 무시하려고 들다가 큰코다쳤군."

"일단 전선에 나가서 살펴보는 게 좋을 것 같네. 도무지 이유를 알 수 없어."

"그렇긴 하지."

원술과 얘기를 나누면서 밖에서 기다리고 있는 부하들에게 돌아가던 아비틴은 때마침 말을 타고 도착한 젊은 무사와 맞닥뜨렸다. 먼지가 잔뜩 묻은 회색 저고리와 바지 차림에 새 깃을 꽂은 조우관을 쓴 젊은 무사는 날렵한 몸놀림으로 말에서 내린 다음 총관이 있는 전각으로 들어가려고 했다. 잠깐 스쳐 지나갔지만 어깨가 떡 벌어지고 균형이 잡혀 있는 체격임을 알 수 있었다. 옷차림은 지극히 평범했지만 소매에 가죽으로 만든 팔찌를 끼고 있는 것 하며, 말을 다루는 솜씨는 그가 보통 사람이 아님을 보여 주었다. 젊은 무사가 다가오자 문지기가 창으로 문을 가로막은 채 눈을 부라렸다.

　"내가 오지 말라고 했는데 왜 또 왔느냐!"

　그러자 젊은 무사도 지지 않고 목소리를 높였다.

　"말갈족이 쳐들어올지 모른다는 소식을 가져왔소. 총관을 만나게 해 주시오."

　"어허, 총관 어르신이 너 같은 놈을 만날 만큼 한가한 줄 아느냐?"

　"당장 말갈 놈들이 쳐들어올지도 모르는 판국에 그런 걸 따지는 거요?"

　젊은 무사의 말에 문지기가 코웃음을 쳤다.

"지난번에도 그렇게 해서 몇 번이나 헛걸음을 하지 않았느냐. 더 이상 귀찮게 하지 말고 돌아가거라."

아비틴은 젊은 무사와 문지기의 다툼을 흥미로운 눈으로 지켜봤다. 그러다 결국 들어가지 못하고 돌아서는 젊은 무사 곁으로 다가갔다. 낙심한 표정의 젊은 무사는 코가 크고 파란 눈을 가진 아비틴이 다가오자 저도 모르게 움찔했다. 아비틴은 그동안 배운 바실라 말로 또박또박 말했다.

"무슨 일인지 나에게 들려줄 수 있겠느냐?"

아비틴의 물음에 젊은 무사는 어리둥절한 표정을 지었다. 옆에 서 있던 원술이 아비틴의 신분을 설명하자 젊은 무사는 고개를 조아렸다.

"몰라 봐서 죄송합니다. 소인은 아달성에 사는 소나라고 합니다."

"자네가 사는 아달성에 말갈족이 쳐들어온다는 겐가?"

"며칠 전부터 심심찮게 출몰 중입니다. 지금까지는 멀리서 엿보는 중인데 이러다 빈틈이 보이면 기습을 할 것 같습니다. 총관께 병사들을 보내 달라고 청하려고 왔는데 만나 주지도 않습니다."

얘기를 들은 아비틴은 원술을 쳐다봤다.

"잘하면 말갈족을 포로로 잡을 수 있겠어. 그럼 저들의 움직임을 확실히 알 수 있지 않을까?"

"생각해보니 그렇군."

원술이 동의하자 아비틴은 소나를 바라봤다.

"내가 부하들을 이끌고 아달성으로 가겠네."

"감사합니다."

고개를 숙인 소나가 고마움을 표했다. 말에 오른 아비틴은 소나와 함께 주장성을 나섰다. 그들이 나서는 순간에도 수많은 백성과 군사가 주장성 안으로 들어오는 중이었다.

아달성은 주장성에서 동북쪽으로 5파라상 정도 떨어져 있었다. 덕분에 아비틴은 소나와 이런저런 얘기를 나눌 수 있었다. 소나는 아버지 얘기를 했다.

"제 아버지 심나는 백제와 맞닿아 있는 백성군 사람입니다. 워낙 배포가 크고 담대한 데다가 칼 솜씨 또한 뛰어나서 백제군 수십을 홀로 벤 적이 있다고 하더군요. 그래서 아버지가 살아계셨을 때는 백제군이 감히 백성군에 발을 들여놓지 못했습니다."

아버지 이야기를 하는 소나의 얼굴에는 자부심과 피로함

이 같이 깃들어 있었다. 아비틴은 잠자코 얘기를 들었다.

"아버지가 돌아가시고 저는 이곳 아달성으로 국경을 지키는 수자리를 살러 왔다가 아예 눌러 살게 됐습니다. 떠나기 전에 어머니가 이 칼을 주면서 아버지의 이름을 욕되게 하지 말라고 하셨습니다."

얘기를 마친 소나는 허리춤에 찬 환두대도를 슬쩍 보여주었다. 별다른 장식이 없는 낡은 환두대도였다. 아비틴은 그의 얘기를 듣고 난 후 궁금한 점들을 물어봤다.

"자네가 본 말갈족들의 움직임은 어떤가?"

"서너 명씩 무리를 지어서 아달성 주변을 살피고 있습니다. 예전에는 수십 명씩 몰려와서 민가를 노략질하곤 했는데 모두 성안으로 들어와 버리니까 노략질을 못하고 둘러보기만 합니다."

"그들이 길을 살피고 있던 건가?"

아비틴의 물음에 소나는 고개를 갸웃거렸다.

"종잡을 수가 없었습니다. 아달성 남쪽에 샛길에서 발견한 적도 있고, 동쪽에 있는 계림산 중턱에 있는 걸 본 적도 있습니다."

아비틴은 당나라군이 샛길이나 지름길을 찾고 있는 것이 아닐까 하는 생각이 들었다. 하지만 소나는 고개를 저었다.

"계림산 쪽은 길이 없는 곳이었습니다. 군대가 진영을 설치할 만큼 넓은 곳도 아닙니다. 땅도 거칠어서 말에게 먹일 풀이나 자라는 곳이죠."

소나와 이런저런 얘기를 나누면서 아달성에 도착할 무렵에는 해가 떨어지기 직전이었다. 다행스럽게도 아달성의 문루에서 횃불을 밝혀 놓아 길잡이로 삼을 수 있었다. 문루에선 병사가 소나와 군호를 주고받은 후 성문을 열어 주었다. 아달성 사람들은 소나를 따라온 아비틴과 부하들의 괴상한 생김새를 보고는 적지 않게 놀랐다. 소나는 곧게 뻗은 길을 따라 아달성의 성주가 머무는 곳으로 향했다. 야트막한 담장으로 둘러싸인 관청 앞에는 작은 키의 관리가 기다리고 있었다. 소나가 말에서 내리면서 말했다.

"저 사람이 바로 아달성을 책임지는 급찬(級飡. 신라의 17관등 중 아홉 번째 관등) 한선입니다."

말에서 내린 소나가 한선에게 다가가서 아비틴과 원술을 소개했다. 아비틴의 외모를 보고 놀란 눈치였지만 구원군이 왔다는 사실에 기뻐하는 눈치였다. 사실 아비틴은 조사를 위해서 온 것이지 아달성을 도우러 온 것은 아니었지만 어차피 며칠간은 머물러야 했기 때문에 아무 말도 하지 않았다. 한선은 아비틴과 원술 그리고 파사당에게 관청 옆에 있는 고즈넉한 빈 절을 숙소로 제공했다. 부하들이 말을 돌보고 짐을 푸는 것을 지켜본 아비틴은 간단한 저녁 식사로 배를 채우고 잠자리에 누웠다. 잠들기 전, 부디 몸조심하라는 프라랑의 달콤한 목소리가 귓가에 들려왔다.

다음 날, 아비틴은 캄다드와 파라에게 부하들을 이끌고 말갈족을 찾아보라고 내보냈다. 아달성의 태수 한선이 길잡이들을 붙여 주었다. 그리고 원술, 담릉과 함께 소나의 안내를 받아 말갈족들이 출몰했다는 계림산으로 향했다. 계림산은 소나의 말대로 남쪽으로 내려가는 길과 떨어져 있는 곳이고, 바위투성이라 진영을 설치하기에도 적당한 곳이 아니었다. 단지 바위틈에서도 잘 자라는 이름 모를 풀들만 무성하게 자랄 뿐이었다. 주변을 꼼꼼하게 살피던 아비틴에게 소나가 말했다.

"가끔 마을 사람들이 소나 양을 데리고 와서 풀을 먹이던 곳입니다. 말갈족들이 출몰하면서 발길이 끊어진 곳이죠."

아비틴은 계림산 주변을 살피면서 이유를 찾아보려 했다. 그사이 말은 고개를 숙이고 바위틈에서 자란 풀을 뜯어 먹었다. 분명 뭔가가 있다는 생각에 아비틴은 고민을 거듭했다. 네 사람이 산자락을 빠져나와 아달성으로 향하는데 앞장서 가던 소나가 별안간 말고삐를 잡아당겼다. 그러고는 무거운 표정으로 중얼거렸다.

"왼쪽 산자락에 말을 탄 자들이 나타났습니다. 모양새를 보아하니 말갈족들 같습니다."

그 얘기를 들은 담룽이 재빨리 활을 꺼내 들었다. 저쪽도 아비틴 일행을 발견했는지 천천히 말을 몰고 산자락을 내려왔다. 꼬리를 물고 이어지는 숫자가 제법 되었다. 산자락을 내려온 그들은 이쪽이 넷뿐이라는 사실을 확인하고는 곧장 달려왔다. 그쪽을 계속 살피던 소나가 말했다.

"옷차림새를 보니 말갈족들이 아닙니다."

아비틴도 그들의 정체를 알 수 있었다.

"아랍인들이야."

윗부분이 뾰족한 투구와 그 아래 두른 노란색 터번 그리고 하얀색 카프탄을 입은 모습은 페르시아의 모래 먼지 속에서 지겹게 봤었다. 지난번 석문에서는 어둠이 깔린 상황에서 불쑥 나타나 제대로 살피지 못했지만 이번에는 똑똑히 볼 수 있었다. 원술이 다급한 목소리로 말했다.

"어서 피하세."

"저자들 중에 쿠쉬가 있을 거야."

"그렇다면 더더욱 피해야지. 어서 가자니까."

천천히 고개를 저은 아비틴은 원술에게 말했다.

"내가 쿠쉬를 유인할 테니까 그 틈에 자네가 아랍인을 생포하게."

"뭐라고? 그건 너무 위험해."

원술이 펄쩍 뛰었지만 아비틴은 씩 웃으면서 말했다.

"아달성에서 보세."

고삐를 느슨히 하고 앞으로 나간 아비틴은 속으로 중얼거렸다.

'아후라 마즈다여. 이 두려움을 떨칠 수 있게 도와주소서.'

그러는 사이 쿠쉬가 이끄는 아랍인들이 점점 다가왔다. 두렵다는 생각과 해내야 한다는 생각이 소용돌이치는 마음을 진정시킨 아비틴은 목청껏 외쳤다.

"쿠쉬! 얼굴과 마음 모두 흉악하게 변한 자여! 아후라 마즈다의 저주를 받으리라!"

그러자 쿠쉬가 그의 말을 알아들었는지 말안장 위에서 몸을 꼿꼿하게 세우고 대답했다.

"이 비겁한 도망자! 오늘은 반드시 네 목을 가져가겠다."

상대방이 쿠쉬인 것을 확인한 아비틴은 지체 없이 말 머리를 돌려서 계림산 자락으로 향했다. 움푹 파인 계림산 자락은 바위투성이이고, 잡목들이 제법 자라서 말을 타고 달리기에는 적당하지 않았다. 하지만 어린 시절부터 말을 다룬 아비틴은 능숙한 솜씨로 말을 몰았다. 쿠쉬와 그의 부하들 역시 만만치 않은 실력으로 거리를 좁혀 나갔다. 계림산 자락을 넘은 아비틴은 이어서 나타난 야트막한 능선을 따라 달렸다. 화살이 날아올 법한 거리였지만 생포하라는 명령이 떨어졌는지 아무도 활을 쏘지 않았다.

능선을 몇 개 지나자 대나무 숲이 나타났다. 아비틴은 뒤쪽을 힐끔 돌아보고는 곧장 숲 안으로 말을 몰았다. 겨울의 끝자락이라 잎사귀들이 많이 떨어졌지만 하늘을 향해 쭉쭉 뻗은 대나무는 햇빛조차 가려 버렸다. 누렇게 변한 대나무 잎사귀들이 가득 쌓인 대나무 숲으로 들어서자 고요함이 찾아왔다. 주변을 빈틈없이 살피면서 대나무 숲으로 깊숙이 들어가던 아비틴은 조용히 말을 세웠다. 바람에 부딪친 대나무들이 서로의 몸을 비비면서 다닥거리는 소리를 냈다. 조용히 주변의 소리에 귀를 기울이던 아비틴에게 쿠쉬의 목소리가 들려왔다.

"겁쟁이가 숲으로 도망쳐 왔군. 네 뒷모습이 보이는군. 목을 늘이고 기다려!"

아랍인들의 말과 페르시아인들의 말은 전혀 달랐지만 쿠쉬는 페르시아 말을 곧잘 했다. 들켰다고 생각하고 움찔한 아비틴은 저도 모르게 말을 몰고 달려 나가려다가 꾹 참았다. 만약 진짜로 발견했다면 조용히 칼을 뽑아 들고 다가올 것이지 이렇게 일부러 소리를 내지는 않았을 것 같았기 때문이다. 아비틴은 타고 있는 말이 소리를 내지 않게 잘 다독거리면서 조용히 기다렸다. 다시 쿠쉬의 목소리가 귓가를 파고들었다.

"네 아버지의 목을 베서 창끝에 들어 올린 것이 바로 나였지. 그리고 쿠산이었나? 석문에서 내 손에 죽었을 때 돼지처럼 소리를 내면서 살려 달라고 하더군. 자네를 저주하면서 말이야."

자신을 지키다 죽은 쿠산을 떠올린 아비틴은 울컥했다. 하지만 마른침을 꿀꺽 삼키고는 꾹 참았다. 아비틴을 찾는 쿠쉬의 목소리가 잠잠해진 사이 바스락거리는 소리가 들려왔다. 몸을 낮춘 아비틴은 귀에 온 신경을 집중하면서 활을 꺼내 들었다. 소리가 나는 쪽으로 활을 겨눈 아비틴은 조심스럽게 화살을 집어 시위를 당겼다. 하지만 길게 자란 대나무 숲의 그림자 때문에 방향을 정확하게 가늠할 수 없었다. 숨을 가늘게 몰아쉰 아비틴은 눈을 감고 귀에 온 신경을 집중했다. 그러자 어둠 속에서 소리가 좀 더 크게 들려왔다.

숨을 고른 아비틴은 소리가 가리키는 방향을 향해 활을 겨눴다. 그리고 천천히 시위를 놨다. 시위를 박차고 나간 화살은 빠른 속도로 대나무 그림자 사이로 사라졌다. 짧은 비명 소리와 함께 겁에 질린 말 울음소리가 들려왔다. 아비틴은 활을 도로 꽂아 넣고는 고삐를 잡았다. 천천히 소리가 났던 곳으로 가자 대나무 몸통에 피가 묻어있는 게 보였다. 조금 더 나가자 옆구리에 화살을 맞고 말에서 떨어진 아랍인이 보였다. 화살은 아랍인이 입고 있던 쇠사슬 갑옷을 뚫고 깊숙하게 박힌 상태였다. 아비틴은 더듬거리며 칼을 꺼내려는 아랍인의 턱을 힘껏 걷어차서 실신시켰다. 그리고 옷을 찢어서 손발을 묶은 다음 그가 타고 있던 말안장에 얹었다.

주변은 여전히 고요했다. 조심스럽게 말에 오른 아비틴은 기절한 아랍인을 실은 말고삐를 한 손으로 잡고 천천히 움직였다. 다행히 쿠쉬의 목소리는 점점 멀어졌다. 아비틴은 조심스럽게 대나무 숲을 빠져나왔다. 낯선 곳이었지만 다행스럽게도 낯익은 길을 찾을 수 있었다. 아비틴은 기절한 아랍인을 태운 말을 끌고 아달성으로 돌아왔다. 성문 앞에서 기다리고 있던 원술이 한걸음에 달려왔다.

"늦어서 걱정했네."

말에서 내린 아비틴은 끌고 온 말에 실려 있는 아랍인을 가리키면서 말했다.

"포로를 한 놈 끌고 오느라 늦었네."

"그래? 한 명도 못 잡아서 걱정했는데 다행이군."

"다른 부하들은?"

"모두 돌아왔네. 말갈족들을 만나지 못했다고 하더군."

밤이 찾아올 기미가 보이자 일찌감치 저녁을 먹은 병사들이 창을 들고 성벽 곳곳에 올라섰다. 어제부터 머물고 있던 빈 절에는 돌아온 부하들이 보였다. 캄다드가 걱정 어린 표정으로 다가왔다.

"혼자 쿠쉬를 유인하셨다고 들었습니다. 조심하십시오."

"그러겠네. 잠깐 쉬고 내 방에 모여 오늘 보고 들은 것들을 빠짐없이 들려주게."

방으로 들어선 아비틴은 갑옷을 벗고 한숨을 돌렸다.

잠시 후, 캄다드와 파라 그리고 원술이 들어왔다. 두 사람 모두 오늘 말갈족을 보지 못했다고 보고했다. 하지만 근처의 다른 성에서 말갈족들이 출몰했다는 소식을 들었다고 말했다. 아비틴은 소나를 불러 말갈족들이 출몰했다는 지역을 표시하게 했다.

"우리 성은 여기 있고, 적목성은 여기, 석현성과 매초성은 이쪽입니다."

말갈족들이 출몰했다는 지역은 매초성을 제외하고 남쪽으로 내려가는 큰길과 거리가 먼 서쪽 지역이었다. 아비틴이 곰곰이 생각하고 있는데 캄다드가 한마디 했다.

"혹시 약탈을 위해서 움직이는 건 아닐까요?"

얘기를 들은 아비틴은 고개를 저었다.

"그렇다면 한두 번 살펴보고 기습을 해야 했어. 너무 자주 드나들면서 오히려 이쪽의 경계심만 키웠잖아. 거기다 성들이 다 작아서 1만 명만 움직여도 반나절이면 손에 넣을 수 있어. 바실라군이 겁을 먹어서 칠중성과 주장성에서 꼼짝도 안하고 있다는 걸 잘 알고 있는데 말이야."

"그렇긴 합니다."

얘기를 나누어도 답이 나오지 않자 아비틴은 다른 방법을 찾기로 했다.

"아무래도 아랍인을 심문해야겠군."

그러자 파라가 대답했다.

"제가 끌고 오겠습니다."

잠시 후, 피투성이가 된 아랍인이 끌려왔다. 짙은 눈썹과 부리부리한 눈매를 가진 베두인족이었다. 아비틴은 바닥에 쓰러진 채 신음 소리를 내는 아랍인에게 말했다.

"쿠쉬를 따라서 이곳을 둘러본 이유가 무엇이냐?"

그러자 베두인족은 피 묻은 침을 아비틴의 발밑에 뱉고는 눈을 질끈 감았다. 캄다드가 발을 들었지만 아비틴이 손짓으로 만류했다. 그리고 조용히 말했다.

"이 자를 풀어 줘라."

뜻밖의 얘기에 놀란 파라가 아비틴을 쳐다봤다.

"와, 왕자님."

"쿠쉬에게 돌아가면 어차피 죽을 텐데 왜 우리 손에 피를 묻히겠느냐."

그때서야 아비틴의 말뜻을 알아차린 파라가 히죽거리면서 손목을 감싼 끈을 풀었다. 그리고 겁에 질린 베두인족을 일으켜 세웠다.

"가서 쿠쉬에게 우리가 아무것도 안 묻고 풀어 줬다고 말해. 그럼 입술만 남겨 놓고 네놈 살을 다 뜯어버릴 거야."

"제, 제발……."

와들와들 떨던 베두인족이 도로 무릎을 꿇었다. 아비틴은 무릎을 꿇은 그에게 말했다.

"아는 대로 얘기해 주면 쿠쉬에게 보내지 않으마."

"저는 아무것도 모릅니다. 쿠쉬가 아무것도 가르쳐 주지 않았습니다."

"그럼 쿠쉬를 따라서 어디 어디를 둘러봤는지 말하여라."

아비틴의 말에 아랍인은 더듬거리면서 지금까지 갔던 곳들을 말했다. 소나가 얘기한 말갈족 출몰 지역과 같았다. 얘기를 들은 아비틴이 물었다.

"쿠쉬가 무엇을 중점적으로 봤느냐?"

"모든 것을 살폈습니다."

"모든 것이라고?"

"네. 길 주변은 물론 근처 산속을 돌아다녔습니다. 그러다가 가끔 말에서 내려 풀을 조금 잘라서 이리저리 살피더니 이 정도면 충분하다고 혼잣말을 했습니다."

무심코 고개를 끄덕거리던 아비틴은 그대로 굳고 말았다. 아까 낮에 계림산을 살폈을 때 말이 바위틈에 난 풀을 뜯어 먹는 것이 기억난 것이다. 아비틴은 어리둥절해하는 원술에게 말했다.

"당나라군이 뭘 기다리고 있는지 알겠어."

"그게 뭔데?"

"말에게 먹일 풀이 자라기를 기다리고 있었던 거야."

아비틴의 말에 원술이 얼떨떨한 표정으로 대답했다.

"말에게 먹일 풀? 마초 말인가?"

"그래. 군량은 배로 가져올 수 있지만 마초는 그럴 수 없잖아. 그러니까 마초로 쓸 풀이 충분히 자라기를 기다렸던 거라고."

"군량도 없는데 마초만 확보한다고 움직일 수는 없어."

원술의 말에 아비틴이 고개를 저었다.

"적목성과 석현성, 아달성 모두 칠중하 하구 쪽이야."

아비틴의 얘기를 들은 원술이 그때서야 알겠다는 듯 고개를 끄덕거렸다.

"당나라 수군이 있는 천성과 강으로 연결되어 있군. 이 성들을 점령하면 천성에 있는 당나라 수군이 거슬러 올라올 길이 생겨."

"맞아. 계속 소수의 정탐병을 보내서 풀이 자라는 상태를 확인했겠지."

아비틴의 얘기를 들은 원술이 다급하게 말했다.

"당장 주장성으로 가세. 총관에게 보고해서 조치를 취해야지."

그러자 아비틴이 딱 잘라 말했다.

"그럴 시간 없어. 부하가 포로로 잡혔다는 사실을 알면 당장 움직일 거란 말일세. 거기다 거의 다 자랐다고 했다는 걸 보면 당장 움직일 것이야."

"우리들만으로 뭘 할 수 있겠나."

원술이 답답하다는 말투로 얘기하는데 때마침 얘기를 듣던 소나가 끼어들었다.

"제가 도와드리겠습니다. 일단 태수 한선에게 가시죠."

아비틴에게서 자초지종을 들은 아달성의 태수 급찬 한선은 떨떠름한 표정을 지었다.

"놈들이 마초로 쓸 풀이 자라기를 기다리고 있었단 말입니까?"

"그렇소. 시간이 없으니까 다른 성에 급히 파발을 보내서 공격에 대비하라고 하고 이 성 주변에 마초로 쓸 만한 곳을 모조리 불태우라고 하시오."

"그, 그리 하겠습니다."

한선이 황급히 부하들을 부르는 사이 아비틴과 원술은 부하들이 대기하고 있는 빈 절로 돌아왔다. 부하들을 모두 모아 놓은 아비틴이 그들 앞에 서서 지시를 내렸다.

"지금 즉시 오늘 낮에 갔던 장소로 가서 마초가 될 만한 풀들을 모조리 태워 버려라. 시간이 없다. 서둘러라!"

일제히 대답을 한 부하들이 부싯돌과 기름을 챙겨 말에 올라탔다. 갑작스러운 부산함에 아달성 안이 술렁거렸다. 소나는 말에 탄 아비틴에게 말했다.

"계림산 쪽은 제가 맡겠습니다."

"괜찮겠나?"

그러자 소나는 힘차게 고개를 끄덕거렸다.

"맡겨 주십시오."

아비틴과 원술은 부하들을 이끌고 아달성 밖으로 나왔다. 해가 산 너머로 저물면서 붉은 석양을 하늘 한구석에 남겨 놓았다. 캄다드와 파라가 석현성과 적목성으로 향했고, 아비틴과 원술은 담릉과 몇몇 부하들을 이끌고 제일 북쪽에 있는 매초성으로 향했다. 앞장서 달리던 원술이 북쪽 하늘을 바라보더니 아비틴에게 말했다.

"북쪽에 있는 성에서 봉화가 오르고 있군. 놈들의 공격이 시작된 모양이야."

"아예 성을 함락시켜서 마초의 수확을 방해하지 못하게 만들 속셈이군."

"서두르세. 이곳은 와 본 적이 있어서 샛길을 알고 있네."

말에 박차를 가한 원술이 빠른 속도로 앞으로 내달렸다. 아비틴도 고삐를 바짝 쥔 채 뒤를 따랐다. 한참 말을 달렸지만 결국 해가 지고 말았다. 길이 더 이상 보이지 않았고, 횃불도 들고 갈 수 없었기 때문에 산속의 적당한 곳에서 밤을 지새우기로 했다.

잠자리에 든 아비틴은 별이 총총 빛나는 밤하늘의 별을

올려다봤다. 문득 고향 페르시아의 밤하늘이 떠올랐다. 언젠가 그 하늘 아래로 다시 돌아가기로 결심했다. 무작정 도망치고 피해 다닌다고 주어진 운명이 비껴가지 않는다는 점을 깨달은 것이다. 아비틴은 하늘을 올려다보면서 말했다.

"아후라 마즈다여! 저에게 고향으로 돌아가 억압받는 백성들을 구할 수 있는 용기를 주소서."

그 순간, 밤하늘의 별빛 중 하나가 반짝거렸다. 대답을 들은 아비틴은 흡족한 표정으로 잠을 청했다. 새벽에 눈을 뜬 아비틴 일행은 다시 북쪽으로 향했다. 어젯밤에 오른 봉화들은 사라졌지만 지평선 곳곳에서 검은 연기가 치솟고 있는 중이었다. 적들을 만날 수 있었기 때문에 일행은 깊은 산속으로 들어가서 조심스럽게 북쪽으로 향했다. 그러다 길을 따라서 남쪽으로 내려가는 말갈족들을 발견하고는 움직임을 멈췄다. 다행히 말갈족들은 내려가는 데만 정신이 팔려 산등성이에 숨어 있던 아비틴 일행을 발견하지 못했다. 뒤따르던 원술이 조심스럽게 물었다.

"말갈족들의 움직임을 보면 매초성은 이미 적들의 손에 넘어간 모양일세. 위험할지 모르니 돌아가는 게 어떻겠나?"

원술의 얘기를 듣고 고민하던 아비틴은 고개를 저었다.

"매초성이 당군 손에 넘어갔다고 해도 마초만 없애면 승산이 있네."

아비틴의 말을 들은 원술이 고개를 끄덕거렸다. 계속 오솔길로 움직이던 아비틴 일행은 한낮이 될 무렵 매초성이 보이는 고개에 도달했다. 산자락 끝에 자리 잡은 매초성을 본 원술이 혀를 찼다.

"한발 늦었군. 당군이 벌써 점령한 모양이야."

아비틴은 매초성 아래 드리워진 벌판을 바라봤다. 남북으로 굽이쳐 흐르는 강을 낀 넓은 벌판은 말과 사람 그리고 천막으로 빼곡했다. 그 어마어마한 규모를 보고 입을 다물지 못한 아비틴에게 원술이 말했다.

"놈들이 이곳으로 본진을 옮겨 온 모양일세. 여길 거점으로 삼아서 남진을 할 모양인가 봐."

"이 정도의 규모라면 칠중성은 둘째 치고 주장성까지 위험해지겠군."

아비틴의 말에 원술이 어두운 얼굴로 대꾸했다.

"두 성을 포위하고 나머지 병력으로 인근의 작은 성들을 공격할 것 같아. 그러면 꼼짝도 못하고 두 성은 고립되고 말겠지."

아비틴은 원술과 얘기를 주고받으면서 매초성 앞 벌판을 살폈다. 가지런히 세워진 천막들이 보였고, 강 쪽에는 나무로 얼기설기 만들어 놓은 마구간이 있었다. 그리고 그 옆의 낡은 천막으로 병사들이 마초를 옮기는 게 보였다. 마구간 옆에는 코끼리들이 들어 있는 커다란 우리도 있었다. 아비틴과 나란히 서서 그 광경을 지켜보던 원술이 말했다.

"여긴 이미 늦은 것 같네. 서둘러 돌아가세."

하지만 아비틴은 고개를 저으면서 강 쪽을 바라봤다.

"저기 마구간 옆에 마초 창고가 있네. 태워버려야만 해."

"무슨 수로? 눈에 보이는 것만 해도 만여 명이 넘어."

"오늘 도착해서 그런지 진영 안팎이 어수선해. 이럴 때가 오히려 기회일세."

아비틴의 말에 원술이 어림도 없다는 투로 말했다.

"금방 눈에 띌 텐데 무슨 수로?"

"진영을 설치하고 있으니까 분명 근처로 장작이나 먹을 것을 구하러 나오는 놈들이 있을 거야. 그자들을 잡아서 군복을 뺏어 입으면 되잖아. 나는 아랍인이라고 하면 되고."

"너무 위험해."

고개를 저은 원술의 말에 아비틴이 대답했다.

"그러니까 우리가 해야지. 저놈들이 마초를 충분히 확보하고 보급선단을 만나서 군량까지 얻게 되면 바실라군이 막을 수 없네."

아비틴은 페르시아에서 아랍인들의 전광석화 같은 공세에 번번이 물러나야만 했던 과거를 떠올렸다. 그들이 쐐기처럼 파고들면 페르시아군의 지휘관들은 어찌할 바를 모르다가 일찌감치 퇴각하면서 요충지를 내주거나 서둘러 반격에 나섰다가 패배하곤 했다. 그러면 아랍인들은 점령한 지역의 페르시아인들을 회유해 자기편으로 만들고 전선에 내보냈다. 아비틴의 진심어린 설득에 원술이 마침내 고개를 끄덕거렸다.

"알겠네."

기회는 금방 찾아왔다. 먹을 것을 구하러 10여 명의 당나라군이 진영 밖으로 나온 것이다. 자기네 진영 근처라서 그런지 별다른 경계심 없이 아비틴 일행이 몸을 숨긴 산으로 올라왔다가 붙잡히고만 것이다. 군호를 알아내고 갑옷과 군복을 빼앗아 바꿔 입은 다음, 원술의 부하 두 명을 남겨 놓고 감시하게 했다. 아비틴은 원래 입고 있던 터번과 카프탄 차림으로 뒤따라갔다.

당나라 말을 조금 할 줄 아는 원술이 제일 앞에 서고 그의 부하 담릉이 뒤에, 아비틴과 원술의 또 다른 부하 두 명이 뒤에 섰다. 당나라군 진영 주변에는 야트막한 울타리를 두른 상태였다. 하지만 많은 수의 군대가 한꺼번에 도착했고,

당나라 부병들은 물론 말갈족과 돌궐족, 거란족 같은 이민족들도 끼어 있어서 몹시 혼란스러웠다. 아비틴 일행은 포로로 잡은 당나라 병사들에게 알아낸 군호를 대고 진영 안으로 들어갔다. 아비틴은 조심스럽게 주변을 살폈다. 진영 가운데로 큰길을 만들어 놨고, 절벽처럼 가파른 강가 쪽에 마구간과 마초 창고가 있었다. 그리고 반대편은 병사들이 머무는 천막을 세웠다. 터번으로 얼굴을 가린 아비틴도 잠자코 뒤를 따랐다. 아비틴 일행은 자기 천막을 찾는 척 하면서 차츰 마구간 쪽으로 접근했다. 하지만 마초 창고는 창을 든 당나라 병사들이 엄중하게 지키는 중이었다.

"젠장, 눈앞까지 왔는데."

원술이 나지막하게 중얼거렸다. 발길을 돌린 아비틴 일행은 진영 안을 이리저리 돌면서 시간을 끌었다. 하지만 밤이 깊어지면서 식사를 마친 당나라 병사들이 하나둘씩 천막으로 들어갈 기미를 보였다. 담릉이 조심스럽게 말했다.

"이러다가는 빠져나가지도 못하겠습니다."

그러자 아비틴이 말했다.

"마지막으로 한 번 가 보고 방법을 찾아보지."

다시 마구간 옆 마초 창고로 간 아비틴은 조심스럽게 주변을 살폈다. 말의 손질을 끝내고 마초를 먹인 것을 끝낸 일꾼들은 모두 자리를 떴는지 보이지 않았다. 하지만 마초 창고는 여전히 경계가 엄중했다. 가파른 강가를 등지고 있어서 뒤쪽으로 몰래 숨어드는 것도 어려웠다. 이리저리 빈틈을 찾던 아비틴의 눈에 제일 오른쪽에 있는 마초 창고가 보였다. 다른 마초 창고와 조금 떨어져 있었고, 지키는 병사도 둘뿐이었다. 아비틴은 돌아서서 원술에게 말했다.

"저쪽 마초 창고로 들어가세. 그러면 천막 옆을 뚫고 다른 천막으로 숨어들 수 있을 거야."

"보는 눈이 한둘이 아닌데 무슨 수로 저 천막 안으로 들어가려고."

원술이 걱정스러운 표정으로 말하자 아비틴이 씩 웃었다.

"나만 믿어. 여기서 기다리고 있다가 신호를 하면 안으로 들어오게."

원술과 일행을 놔두고 제일 오른쪽에 있는 마초 창고 쪽으로 성큼성큼 걸어간 아비틴은 문을 지키고 있던 당나라 초병을 향해 거칠게 손짓을 했다. 그리고 쿠쉬의 부하처럼 보이기 위한 속셈으로 페르시아 말로 되는대로 떠들었다. 쿠쉬의 부하가 쓰는 아랍 말과 다르지만 처음 듣는 당나라 초병들은 구분할 리 없기 때문에 배짱 좋게 떠들어 댔다. 예상대로 두 초병들은 서로의 얼굴을 쳐다본 채 어찌할 바를 몰랐다. 아비틴은 발을 쿵쿵 구르면서 머리에 쓰고 있던 투구를 내팽개쳤다. 바닥에 떨어진 투구는 그대로 마초 창고 안으로 굴러갔다. 일부러 천막으로 굴러 들어가게 기울여서 던진 아비틴은 짜증을 내면서 천막 안으로 들어갔다.

그러자 두 초병이 안으로 들어간 아비틴을 따라 들어왔다. 마초가 잔뜩 쌓인 천막 안에서 투구를 든 아비틴은 얼른 나가라는 손짓을 하는 두 초병 중에서 오른쪽에 선 초병을 투구로 후려쳤다. 턱을 얻어맞은 초병은 그대로 기절해 버렸다. 왼쪽에 섰던 초병은 천막 밖으로 도망치려고 했지만 아비틴이 뒷덜미를 잡고 정신을 잃을 때까지 투구로 내리쳤다. 축 늘어진 두 초병의 상태를 확인한 아비틴이 천막 밖에서 대기 중이던 원술과 일행에게 손짓을 했다. 초조하게 지켜보던 일행이 오자 아비틴은 원술에게 말했다.

"부하 둘은 초병 대신 밖에 세워 놓게. 그리고 우리 셋이 천막을 돌아다니면서 마초 창고에 불을 놓는 게 좋겠어."

담릉이 기절한 두 초병의 입에 재갈을 물리고 손발을 묶는 사이 아비틴과 원술은 가지고 온 기름을 마초 위에 뿌리고 부싯돌로 불을 놨다. 그리고 연기가 피어오르는 것을 확인하고는 그 위에 마초를 잔뜩 쌓았다. 단검을 꺼낸 원술이 천막의 옆구리를 조심스럽게 찢었다. 예상했던 대로 초병들은 강가의 벼랑 쪽은 관심을 가지지 않았다. 마초 창고 앞을 지키는 당나라 초병들을 바라보던 원술이 바로 옆 마초 창고로 다가가서는 단검으로 길게 찢었다. 안으로 들어가는데 성공한 원술이 오라는 손짓을 하자 아비틴과 담릉이 조심스럽게 밖으로 나와서는 원술이 숨어든 마초 창고 안으로 들어갔다. 아까처럼 기름을 뿌리고 불을 붙인 다음 마초를 잔뜩 덮어서 연기가 나가지 않게 만들었다.

그런 식으로 열 개가 넘는 천막들을 다니면서 불을 놓은 세 사람은 처음 불을 놨던 마초 창고로 되돌아왔다. 옆에 있는 코끼리까지 손을 보고 싶었지만 사방이 트여 있는 우리 안에 있는 데다가 주변에 병사들이 빈틈없이 지키고 있어서 접근할 수 없었다. 아비틴이 원술에게 말했다.

"이제 알아서 불이 나겠군."

원술과 담릉이 먼저 나가고 아비틴이 뒤따라서 마초 창고 밖으로 나왔다. 그러고는 보초를 서고 있던 두 명의 부하들을 데리고 천천히 그 자리를 벗어났다. 최대한 자연스럽게 움직이면서 영문 밖으로 나가려던 아비틴 일행은 때마침 돌아오는 기마병 행렬과 마주쳤다. 상대방을 본 아비틴은 얼른 터번으로 얼굴을 가렸다. 선두에 선 것은 다름 아닌 쿠쉬였기 때문이다. 함께 있다가는 다른 일행까지 위험해질 수 있었기 때문에 아비틴은 일행과 떨어져서 돌아섰다. 천막들 사이로 발걸음을 옮기는데 등 뒤에서 쿠쉬의 목소리가 들렸다. 부하인 줄 알고 아랍말로 외친 것이다.

아비틴은 돌아보지 않고 빠른 걸음으로 천막 사이로 몸을 숙였다. 쿠쉬가 무슨 낌새를 챘는지 부하들에게 지시를 내렸다. 아비틴은 한숨을 쉬면서 천막이 만든 그늘에 몸을 숨겼다. 쿠쉬 부하들이 다가오는 발자국 소리가 들렸다. 하지만 천막들이 워낙 많아서 쿠쉬의 부하들은 쉽사리 그를 찾지 못했다. 고개를 살짝 내밀고 주변을 살핀 아비틴은 쿠쉬의 부하들이 사라진 반대편으로 움직였다. 어둠이 제법 묵직하게 내려앉으면서 횃불이 없으면 돌아다니기 어려울 정도가 되었다. 부하들이 빈손으로 돌아오자 말에 타고 있던 쿠쉬는 짜증을 내면서 땅으로 내려서서 주변을 살폈다. 아비틴은 천천히 그들에게서 먼 방향으로 움직였다. 그러다 어느 천막 앞에 세워 둔 나무 물통을 걷어차고 말았다.

비어 있는 나무 물통이 요란한 소리를 내면서 굴러가자 두리번거리던 쿠쉬의 시선이 그가 있는 쪽으로 옮겨졌다.

그러고는 손가락으로 가리키면서 뭐라고 외쳤다. 아랍 말이라서 알아듣지는 못했지만 잡아오라는 얘기가 틀림없었다. 아비틴은 허리를 숙인 채 빠른 속도로 달려갔지만 이번에는 추격의 손길을 벗어나지 못했다. 앞뒤로 가로막은 쿠쉬의 부하들이 칼을 뽑아 들고 막아섰다. 여기서 싸우다가 당나라군을 깨우기라도 하면 잡히는 건 시간 문제였다. 빠져나갈 곳을 찾던 아비틴에게 앞을 가로막고 있던 쿠쉬의 부하가 덤벼들었다. 아비틴이 샴쉬르를 뽑아 들려고 하는 찰나 달려오던 쿠쉬의 부하가 그대로 앞으로 꼬꾸라졌다. 어리둥절해하는 아비틴의 귀에 원술의 목소리가 들려왔다.

"엎드려!"

말을 알아들은 아비틴은 엎드렸지만 뒤에 서 있던 쿠쉬의 또 다른 부하는 우두커니 있다가 날아오는 화살에 목덜미를 맞고 그대로 쓰러졌다. 멀리 어둠 속에서 우뚝 서 있는 원술이 천천히 활을 내리는 게 보였다. 두 사람 모두 급소를 맞은 탓에 비명도 내지 못했다. 아비틴은 급히 원술에게 달려갔다.

"도와줘서 고맙네."

"당연한 일이지. 어서 여기서 나가세."

원술이 주변을 살피면서 영문 쪽으로 향했다. 하지만 이런저런 소동 때문인지 당나라군 진영이 술렁거렸다. 곁을 지키고 있던 담릉과 두 부하들까지 합류해서 영문 쪽으로 갔지만 이미 심상치 않은 분위기를 느낀 병사들이 지키고 있었다. 그걸 본 원술이 말했다.

"아무래도 이쪽은 힘들겠어. 강가 벼랑을 내려가서 빠져 나가세."

원술을 따라 강가로 가기 위해 큰길을 가로질러 간 아비틴은 강가의 절벽을 타고 내려갔다. 사방이 어둡고, 울퉁불퉁한 돌들이 많아서 움직이기가 몹시 어려웠다. 정신없이 움직이는데 위쪽에서 고함이 들려왔다. 앞장 선 원술이 외쳤다.

"들킨 모양이야."

강둑 위로 횃불이 하나둘씩 늘어서고 화살들이 쏟아지기 시작했다. 어둠 때문에 보이지는 않았지만 바위를 밟는 소리와 물이 첨벙거리는 소리가 화살들을 이끌었다. 핑핑거리며 날아드는 화살에 아비틴을 뒤따라오던 원술의 부하 한 명이 목덜미를 꿰뚫렸다. 돌아선 아비틴이 부축했지만 눈을 까뒤집은 채 숨을 거둔 후였다. 더 이상 움직이지 못한 네 명은 강가의 절벽에 바짝 붙었다. 발자국 소리가 머리 위까지 다가왔다.

잠시 얘기가 들리더니 위에서 횃불들이 떨어졌다. 아마 아래로 던져 놓고 확인할 심산인 것 같았다. 절벽에 바짝 붙은 아비틴의 바로 앞에 횃불이 떨어졌다. 너울거리는 횃불에 아비틴의 몸이 드러났다. 활을 꺼내든 원술이 위쪽을 겨누고는 시위를 당겼다. 컥 하는 비명과 함께 몸을 앞으로 구부린 몸통 하나가 아래로 떨어졌다. 시끄러운 소리들이 들려오면서 화살이 쏟아졌다. 아비틴은 떨어진 당나라 병사의 몸을 머리 위로 들어 올려서 화살을 막았다. 축 늘어진 당나라 병사의 몸통에 화살이 박힐 때마다 핏방울이 튀었다. 더 이상 버티기 어렵다는 생각이 들 무렵 또 다른 함성이 들려왔다. 그러면서 거짓말처럼 화살 세례가 그쳤다. 고슴도치처럼 화살이 박힌 당나라 병사의 시신을 옆에 던진 아비틴은 강가의 절벽 위에 있는 마초 창고에서 피어오르는 불길을 봤다. 한숨을 돌린 아비틴이 원술에게 말했다.

"불이 제대로 난 모양이군."

때마침 불어오는 바람을 타고 마초 창고의 불이 삽시간에 커지는 게 보였다. 거기다 불을 보고 놀란 코끼리의 울음소리까지 가세하면서 다들 정신을 차리지 못했다. 아비틴이 원술의 어깨를 잡았다.

"이 틈에 어서 빠져나가세."

"그게 좋겠어."

고개를 끄덕거린 아비틴이 대답했다. 네 사람은 불길이 일으킨 혼란에 휩싸인 매초성의 당군 진영을 빠져나왔다. 골짜기에서 밤을 세운 일행은 해가 뜨자마자 남쪽으로 내려갔다. 매초성의 마초는 모두 태웠지만 다른 곳은 어땠을지 알 수 없었다. 아비틴은 걱정하는 원술에게 말했다.

"내 부하들이 잘 해냈을 거야."

아비틴을 빼고는 모두 당군 복장이었기 때문에 큰길을 따라 남쪽으로 내달렸다. 아달성이 보이는 언덕에 도착한 아비틴은 성 안팎으로 연기와 불길이 치솟는 것을 보고는 가슴이 철렁 내려앉았다. 성벽과 아래쪽에는 시신이 즐비했다. 주변을 살피던 원술이 말했다.

"어제부터 오늘 오전까지 계속 싸운 모양이군."

"주변을 살펴보세."

아비틴과 일행은 조심스럽게 아달성으로 접근했다. 바실라군의 저항이 거셌는지 성 밖 들판에는 말갈족과 당군의 시신이 가득했고, 죽은 말들도 보였다. 바실라군은 결사적으로 저항했지만 성문이 돌파되면서 함락된 것 같았다. 부서진 성문 주변에도 바실라군과 말갈족의 시신이 쌓여 있었다. 전투는 성문 안의 큰길을 따라 쭉 이어졌는지 핏자국과 시신들이 보였고 당군은 모두 철수했는지 흔적도 보이지 않았다. 태수 한선이 있던 관청과 그 옆에 파사당이 머물던 빈 절도 모두 잿더미로 변한 상태였다. 폐허로 변한 아달성 안을 둘러보던 아비틴이 입을 열었다.

"성문을 돌파한 말갈족과 당군이 분풀이로 성안에 있던 백성들을 모조리 학살할 줄 알았는데 아무도 안 보이는군. 포로로 끌고 간 건가?"

그러자 같이 둘러보고 있던 원술이 고개를 저었다.

"그랬다면 내려오던 우리랑 마주쳤겠지."

그때 잿더미가 된 관청 안을 살피던 담릉의 목소리가 들려왔다.

"이쪽입니다."

아비틴과 원술은 말에서 내린 채 관청 안쪽으로 들어섰다. 그러자 담장에 기댄 채 주저앉아 있는 소나가 보였다. 아버지 심나의 칼을 쥔 채 눈을 부릅뜬 그의 가슴에는 여러 개의 화살이 꽂혀 있었다. 소나 주변에는 10여 명의 당군 시신이 널브러져 있었다. 한쪽 무릎을 꿇은 아비틴은 소나의 부릅뜬 눈을 감겨 주었다.

Basilla

12

온 나라가 풍악 소리로 떠들썩했으며, 산은 꽃으로 가득하였다.
풍악 소리가 너무도 높아 비너스도 땅으로 내려와
연회에 참석하고 싶어 할 정도였다.
또한 풍악 소리가 너무도 매혹적이어서
물고기들이 물 밖으로 머리를 내밀 정도였다.
나라 안의 모든 사람들이 혼인 잔치 음식을 먹었다.

아달성의 주민들은 계림산으로 피신한 상태였다. 태수 한선은 겁에 질린 표정으로 아비틴 일행을 맞이했다.

"대아찬께서 떠나시고 소나가 사람들을 데리고 계림산으로 가서 마초가 쓸 만한 풀들을 태워 버리고 있었습니다. 그런데 그때 갑자기 수천, 아니 수만 명은 족히 되어 보이는 당군이 쳐들어왔습니다. 소식을 들은 소나가 급히 달려왔고, 저는 성문을 굳게 걸어 잠그고 병사들을 독려해서 밤새도록 적의 공격을 막았습니다. 그러다가 새벽 무렵에 화살이 떨어지고 힘이 다해서 결국 성문이 돌파당하고 말았습니다. 소나가 자신이 병사들을 데리고 막을 테니 그 틈에 백성들을 데리고 피하라고 해서 이곳으로 몸을 숨겼습니다."

소나가 목숨을 걸고 막는 사이, 대부분의 주민들은 북문으로 빠져나가서 계림산으로 도망칠 수 있었던 것이다. 시간이 흐르고 부하들이 속속 돌아오면서 전황이 밝혀졌다. 말갈족들이 자주 출몰했던 석현성과 적목성은 모두 공격을 당했다. 석현성은 그럭저럭 버텼지만 적목성은 공격을 견디지 못하고 함락당하면서 지휘관과 병사, 백성들이 모두 죽음을 당했다. 캄다드와 파라는 전투가 벌어지는 틈에 마초로 쓸 만한 풀들을 모조리 불태우는 데 성공했다고 보고했다. 파라가 이끄는 부하들이 말갈족의 기습을 받아서 둘이 죽고 셋이 부상당했다. 얘기를 들은 아비틴이 원술에게 말했다.

"일단 큰 위기는 넘겼으니 주장성으로 가세."

아비틴은 한선에게 소나의 장례를 잘 치러 달라고 부탁하고는 주장성으로 향했다. 하지만 한산주 총관 김인세는 여전히 소극적이었다.

"곳곳에서 전투가 벌어지고 있어서 섣불리 병력을 움직일 수 없네."

"전투가 벌어지는 것이 중요한 게 아니라 그 목적이 뭔지를 봐야 하지 않겠습니까? 적들은 마초를 얻기 위해 기습했지만 실패로 돌아갔습니다. 매초성의 본진에 있는 마초들도 잿더미가 되었으니 오도 가도 못할 겁니다. 그러니 정신을 차릴 틈을 주지 말고 본진을 기습해야 합니다."

"그러다 놈들이 이곳을 기습이라도 하면? 말갈족들은 하루에 2~300리씩 달리는 놈들이라네."

아비틴은 김인세가 끝끝내 고집을 부리자 가슴이 답답해졌다. 결국 원술이 고개를 저으면서 돌아섰다.

"아무래도 안 되겠네."

아비틴이 분을 참지 못하고 씩씩거리는 원술에게 물었다.

"총관이 허락하지 않으면 군대를 움직이지 못하는 건가?"

"서라벌에서 출병한 9군은 원칙적으로 대왕마마의 명을 받드네. 하지만 출병하라는 명령을 받으려면 서라벌까지 가야하는데 그럴 시간이 없다는 게 문제지."

원술의 얘기를 들은 아비틴은 소매에서 호랑이 모양의 병부를 꺼내 보여 주었다. 원술의 눈이 휘둥그레졌다.

"이건 언제 받은 건가?"

그러자 아비틴이 담담하게 대답했다.

"출발하기 전에 혹시 필요할지 몰라서 요청했었네."

어리둥절해하는 원술에게 아비틴은 그날 밤의 일을 들려줬다.

군대를 움직일 수 있는 병부를 내려 달라는 아비틴의 요
청에 대왕은 떨떠름한 표정을 지었고, 집사부 중시 춘장은
눈살을 찌푸렸었다.

　"전장의 일은 하루아침에 변하는 일이 다반사입니다. 만
약 신이 그곳에 가서 적의 약점을 잡아 즉시 공격을 해야만
하는 상황이 올 수도 있습니다."

　"그걸 대비해서 병부를 내려 달라는 말이냐?"

　대왕의 물음에 아비틴은 고개를 끄덕거렸다. 잠시 고민하
던 대왕이 집사부 중시 춘장에게 고개를 끄덕거렸다. 그러
자 옥좌 아래에서 나무 상자를 꺼낸 춘장이 조심스럽게 뚜
껑을 열고는 반으로 쪼개진 호랑이 모양의 병부를 건넸다.
아비틴이 명부를 건네받은 직후 내관이 들어와서 김유신의
죽음을 알렸다.

　아비틴의 얘기를 들은 원술이 너털웃음을 지으며 말했다.
　"어서 9군의 장수들을 만나보러 가세."

다행스럽게도 9군의 장수들은 한산주 총관 김인세의 소극적인 모습에 크게 실망한 상태였다. 따라서 아비틴의 말에 귀를 기울였다.

다음 날, 3만에 달하는 9군의 주력이 주장성을 빠져나갔다. 뒤늦게 소식을 듣고 달려온 김인세는 어이없는 표정으로 기세 좋게 성문을 빠져나가는 병사들의 모습을 내려다봤다. 바실라군은 장창당을 선두로 북쪽으로 향했다. 9군을 지휘하는 것은 귀당의 대총관이자 잡찬인 김흠돌이었다. 넓적한 얼굴에 턱수염이 덥수룩하게 난 그는 술을 엄청 좋아하고 걸핏하면 욕을 내뱉었다. 하지만 원술은 그가 백제와 고구려와의 전쟁에서 큰 공을 여러 차례 세운 백전노장이며 대왕의 장인이기도 하다고 일러줬다. 김흠돌 역시 아비틴과 원술을 회의에 참석하도록 배려해 주었다. 첫날 행군을 마치고 열린 회의에서 김흠돌은 누런 이를 드러내며 말했다.

"어제 천성 하구에서 벌어진 해전에서 우리 수군이 당나라 수군을 전멸시켰다는군. 목을 벤 게 천이 넘고, 포로도 수백을 잡은 대승이었다네."

"그럼 적들은 마초도 없고, 식량도 손에 없는 셈이군요."

아비틴의 얘기에 김흠돌이 고개를 끄덕거렸다.

"그렇지. 이제 매초성으로 진격해서 결판을 내면 되네. 문제는 놈들이 가지고 있다는 코끼리야. 보병들은 물론이고 말들도 그놈만 보면 겁에 질려서 이리저리 날뛰어버리기 일쑤지."

"페르시아에서 코끼리와 많이 대적해 봤습니다. 이길 수 있는 방도를 찾아보겠습니다."

"자네만 믿겠네."

이틀의 진군 끝에 9군은 매초성이 보이는 벌판에 도착했다. 그사이 당군은 진영을 갖추고 바실라군을 기다렸다. 숫자가 적었던 바실라군은 바로 공격에 나서지 못하고 목책을 세웠다. 지형 자체는 당나라군에게 유리했고, 산 위에 있는 매초성까지도 당군 손에 넘어가 있었기 때문에 바실라군은 쉽사리 움직이지 못했다. 하지만 시간이 흐를수록 바실라군은 증원이 계속된 반면 마초와 군량이 떨어진 당군은 초조함을 감추지 못했다. 대치가 사흘째 이어지던 저녁, 김흠돌이 각 당의 지휘관들을 불러 놓고 말했다.

"내일 해가 뜨면 낭당을 선두로 공격에 나선다. 아주 어려운 싸움이 되겠지만 피할 수 없는 싸움이기도 하다. 반드시 승리해서 당의 위협으로부터 조국을 지키자."

결전이 있을 것을 짐작하고 있던 지휘관들은 모두 고개를 끄덕거렸다. 아비틴 역시 긴장감을 떨치지 못했다. 두 사람을 포함한 지휘관들이 모두 군막을 나가는데 김흠돌이 그와 원술을 불러 세웠다.

"두 사람에게 긴히 부탁할게 있네."

의아한 얼굴로 서로를 바라보던 아비틴과 원술은 걸음을 멈추고 대답했다.

"말씀하십시오."

그러자 김흠돌이 지도가 놓인 탁자 쪽으로 두 사람을 데리고 갔다. 넓은 나무판으로 만든 지도에는 매초성의 위치와 주변 지형 그리고 양군의 배치 상황이 먹물로 그려져 있었다. 김흠돌은 한쪽 구석에 있는 매초성을 손가락으로 누르면서 말했다.

"내일 싸움의 관건은 두 가지일세. 하나는 코끼리를 막는 것 그리고 또 하나는 매초성이 될 걸세."

그러자 아비틴이 대답했다.

"저도 그렇게 생각합니다."

싸움이 시작되면 당군은 코끼리를 앞세울 게 뻔했다. 거기다 당군이 장악한 매초성은 높은 곳에 있지는 않았지만 주변, 특히 바실라군과 당군이 싸울 벌판이 한눈에 내려다 보였다.

허리를 편 김흠돌이 턱수염을 만지작거리면서 얘기했다.

"코끼리야 자네가 맡아 주면 되겠지만 매초성 역시 싸움이 시작되기 전에 손을 봐야 하네.

적군이 이 성에서 전황을 지켜보고 있다가 돌파구를 찾아내서 역습을 감행할 수도 있기 때문이야."

"그렇다면 매초성을 점령하는 건 어떻습니까?"

지도를 내려다보던 아비틴이 제안하자 김흠돌이 얼굴을 찡그렸다.

"놈들의 진영이 매초성까지 뻗어 있네. 우리 쪽에서 움직이려면 반드시 그곳을 거쳐야 하는데 그렇게 되면 우리 쪽 전열이 너무 넓어지네. 놈들이 기병을 앞세워서 돌파를 하면 순식간에 붕괴되고 말 거야. 병력을 일부 차출해서 공격하는 게 제일 좋은데 그리하면 놈들이 차출된 병력을 포위해 버릴 게 분명하단 말이야."

얘기를 들은 아비틴이 아랫입술을 깨물었다. 두 사람이 입을 다물자 김흠돌이 입을 열었다.

"남은 방법은 단 하나, 날래고 용감한 용사들을 보내서 매초성을 급습하는 것일세. 점령하지는 못한다고 해도 혼란을 일으키는 것만으로 족해. 그동안은 우리 진영을 살피지 못할 테니까 말이야."

김흠돌의 얘기를 들은 원술이 나섰다.

"제가 매초성에 가본 적이 있습니다. 뒤쪽 절벽으로 올라가면 놈들 눈에 띄지 않고 접근할 수 있을 겁니다."

"자네에게 귀당의 병사 100명을 주겠네. 새벽에 먼저 출발하게."

옆에서 듣고 있던 아비틴이 나섰다.

"저도 함께 가겠습니다."

그러자 김흠돌이 고개를 저었다.

"자네는 코끼리를 막는 일에 주력하게."

김흠돌과 얘기를 마친 두 사람은 군막 밖으로 나왔다. 쌀쌀한 바람이 곁을 스치고 지나갔지만 추위를 느낄 겨를이 없을 정도였다. 아비틴은 어둠 너머에서 일렁거리는 당군의 횃불을 바라봤다. 매초성에서도 당군이 피어올린 횃불이 보였다. 아비틴은 원술에게 말했다.

"조심하게."

"그러겠네. 살아서 집으로 돌아가야지."

묵직하게 웃은 원술이 자기 천막으로 돌아갔다. 어둠 속에서 순찰을 도는 병사들의 우렁찬 고함이 들려왔다. 아비틴은 캄다드와 파라를 불러서 몇 가지 지시를 내렸다.

다음 날, 바실라군은 새벽부터 움직였다. 각 당은 각자 지정된 위치에 자리를 잡았다. 장창당이 중앙에 서서 특유의 긴 창을 세웠다. 그러자 맞은편의 당군도 서둘러 포진을 했다. 선두에는 역시 코끼리들이 줄지어 섰다. 그걸 본 바실라 병사들이 눈에 띄게 동요했다. 아침 일찍 일어나 아후라 마즈다에게 기원을 한 아비틴은 실크로 만든 튜닉 위에 갑옷을 입고 투구를 썼다. 해가 뜨면서 벌판의 어둠이 급하게 물러났다. 벌판 너머의 코끼리들이 땅으로 발을 구르고 코로 숨을 내뿜었다. 말에 올라탄 아비틴은 캄다드와 파라와 짧게 얘기를 나누고는 진영 앞으로 말을 몰았다. 앞에 있던 바실라 병사들이 좌우로 물러나서 통로를 만들어 주었다. 바실라군의 진영 앞으로 나간 아비틴은 당군 진영을 향해 말을 달려 나가면서 외쳤다.

"나는 페르시아의 왕자이자 바실라의 대아찬 아비틴이다! 사악한 쿠쉬는 당장 나와서 나의 칼을 받아라!"

우렁차게 외친 아비틴은 안장에 매달린 활을 꺼내서 화살을 쏘았다. 시위를 박차고 나간 화살은 우뚝 서 있는 코끼리 중 한 마리에게 맞았다. 코끼리가 신경질적인 울음소리를 내면서 코를 흔들었다. 아비틴은 코웃음을 쳤다.

"그깟 코끼리만 믿고 뒤에서 숨어 있는 게냐? 네놈이 겁쟁이인 줄은 진즉에 알았다."

지금까지 그에게 쿠쉬는 감당하지 못할 두려움, 앙그라 마이뉴 같은 존재였다. 하지만 바실라에서 온갖 전투를 겪으면서 그는 차츰 성장했다. 쿠쉬와 맞선다는 두려움이 사라지고 차분함만이 남았다. 잠시 후, 당군 진영에서 나팔 소리가 들리더니 코끼리들이 움직이기 시작했다. 아비틴은 코끼리들을 향해 몇 번 화살을 더 쏜 다음 말 머리를 돌렸다. 빠른 속도로 달리면 느린 코끼리를 뿌리칠 수는 있었지만 유인하기 위해서 일부러 느리게 달렸다. 코끼리의 등에 탄 병사들이 쏜 화살들이 옆을 스쳐 지나갔다. 캄다드와 파라가 표시해 놓은 곳을 지나친 아비틴이 외쳤다.

"지금이다!"

아비틴의 외침을 들은 파사당 병사들이 땅에 놓인 밧줄을 힘껏 잡아당겼다. 그러자 어젯밤에 은밀히 만들어서 눕혀 놓은 기둥들이 일제히 세워졌다. 기둥 사이에는 칡넝쿨을 엮어 만든 그물에 걸린 코끼리들이 꼼짝도 못했다. 방향 전환이 어렵고 느린 코끼리들은 차례차례 그물에 걸려들었다. 그걸 본 바실라군이 환호성을 질렀다. 진영으로 돌아온 아비틴이 외쳤다.

"쏴라!"

그러자 병사들의 대열 뒤에 숨겨 놨던 대형 쇠뇌 상자노(床子弩)가 모습을 드러냈다. 상자노에서 날아간 큼지막한 화살들이 그물에 얽힌 코끼리들의 몸에 박혔다. 고통에 못 이긴 코끼리들이 몸부림을 치면서 몰이꾼들을 떨어뜨렸다. 몇몇 코끼리들은 몸을 돌려서 당군 진지로 돌진해 들어갔다. 그 광경을 지켜보던 김흠돌이 공격 명령을 내렸다. 두려움의 대상이던 코끼리가 무력화된 것을 보고 기운을 낸 바실라 병사들이 함성을 지르며 돌진해 들어갔다. 아비틴도 파사당을 이끌고 공격에 동참했다. 벌판 중앙에서는 보병들이 맞섰고, 좌우에서는 기병들이 격돌했다. 말과 사람이 일으킨 뿌연 먼지 속에서 아비틴은 쿠쉬와 마주쳤다. 쿠쉬는 코를 가린 투구를 쓰고 갑옷에 망토를 두르고 등에는 방패를 두른 차림이었다. 거무튀튀한 얼굴 여기저기에는 혹이 나 있었고, 두 눈은 멀리서도 보일 만큼 붉었다. 천천히 말을 몰고 앞으로 나온 쿠쉬가 말했다.

"이게 누군가? 부하가 죽든 말든 저 혼자 살겠다고 도망친 아비틴이라는 겁쟁이로군."

아비틴은 대답 대신 샴쉬르를 겨눴다.

"왜? 겁이 나느냐? 지금이라도 항복하면 목숨은 살려 주마. 산 채로 아버지 앞으로 끌고 가기로 맹세했거든."

"영생을 꿈꾸는 아버지에게 버림받은 자! 쿠쉬여. 너는 결코 내 목을 가져가지 못할 것이다."

그러자 쿠쉬가 머리 위로 칼을 치켜들었다.

"나는 그 누구에게도 버림받지 않았다. 이곳까지 온 것도 네놈을 잡겠다고 스스로 온 것이다."

그의 외침 속에 미세한 떨림을 느낀 아비틴은 처음으로 그에게 연민을 느꼈다.

"내 목을 가져가도 네놈의 아버지는 흉악한 얼굴로 변한 네놈을 본다면 눈곱만큼도 기뻐하지 않을 게다."

"네놈이 뭘 안다고! 어머니가 페르시아인이라는 이유만으로 걸음마를 배우기 전부터 눈치를 봐야만 했다. 그래서 맹세했지. 더 이상 무시당하지 않고 살겠다고 말이야. 이제 너의 목만 가져가면 아무 것도 두려울 게 없어. 설사 아버지라고 해도 말이야!"

아비틴은 쿠쉬가 멀리 바다 건너 자신을 쫓아왔다고 믿었지만 사실은 두려움을 피해 이곳까지 왔다고 느꼈다. 주어진 사명에 대한 두려움과 공포감이 비단 자신의 것만이 아니라는 사실에 아비틴은 이유를 알 수 없는 안도감을 느꼈다. 그에게 샴쉬르를 겨눈 아비틴이 외쳤다.

"버림만 받은 것이 아니라 두려워하고 있구나. 네가 아무리 노력한다고 해도 그 굴레를 벗어나지는 못할 것이다."

아비틴의 말에 이를 간 쿠쉬가 짧은 고함과 함께 말에 박차를 가했다. 땅을 박찬 말발굽 소리가 들려왔다. 아비틴도 말 머리를 돌려서 마주 달렸다. 몸을 바짝 낮춘 아비틴은 쿠쉬가 곁을 스쳐 지나가는 순간 샴쉬르를 크게 휘둘렀다. 방패 모서리에 맞은 샴쉬르가 튕겨 나왔다. 쿠쉬가 휘두른 칼은 아비틴이 머리에 쓰고 있던 투구에 맞았다.

머리에 큰 충격을 받은 아비틴은 겨우 정신을 차리고 말고삐를 당겨서 말을 멈췄다. 곁눈질로 쿠쉬가 다가오는 것을 본 아비틴은 방패로 그의 공격을 막으면서 빈틈을 찾으려고 했다. 하지만 검술에 능한 쿠쉬는 좀처럼 빈틈을 주지 않은 채 거칠게 아비틴을 밀어붙였다. 그렇게 한참 밀리던 아비틴은 또 다시 투구를 강타당했다. 머리가 깨질 것 같은 통증에 눈앞이 깜깜해졌다. 말 머리를 돌려서 재빨리 쿠쉬에게서 멀어진 아비틴은 머리에 쓴 투구를 내던졌다. 찬바람을 마시면서 정신이 좀 돌아왔지만 쿠쉬는 바로 뒤에까지 따라붙었다.

머리를 노리고 내리치는 칼날을 샴쉬르로 간신히 막은 아비틴은 한계에 부딪친 마음과 몸을 향해 괴성을 질렀다. 그리고 처음으로 제대로 된 공격을 했다. 몸을 옆으로 기울여서 피한 쿠쉬의 얼굴에 놀라움이 깃들었다.

아비틴은 머나먼 이 땅까지 올 수밖에 없었던 기억을 더듬었다. 바스라에서, 광주 그리고 석문까지 그림자처럼 그를 따라다니던 쿠쉬에 대한 두려움의 실체가 자신의 마음속에 있었다는 것을 깨달았다. 쫓긴다는 공포감과 그가 가로막고 있기 때문에 돌아가지 못한다는 자괴감 사이에 갇혀 있다는 것을 뒤늦게 깨달은 것이다.

아비틴의 공격에 당황한 쿠쉬는 땀을 뻘뻘 흘리면서 그의 공격을 막았다. 그러다 몸을 숙이는 척 하면서 별안간 칼을 휘둘렀다. 미처 피하지 못한 아비틴은 머리를 강타당했다. 투구를 벗어던진 상태라 칼날이 옆머리를 찢는 것을 막지 못했다. 피가 솟구치는 가운데 아비틴이 말 아래로 굴러 떨어졌다. 하마터면 지나가는 말에 밟힐 뻔했던 아비틴은 몸을 옆으로 굴러서 간신히 피했다. 겨우 몸을 일으킨 아비틴의 귀에 쿠쉬의 비웃음이 들렸다.

"그래. 네놈의 목을 잘라서 아버지에게 가지고 가마. 네놈과 애비의 그 헛된 꿈도 함께 말이다."

간신히 일어난 아비틴은 흐릿한 시선 너머로 말을 몰고

오는 쿠쉬를 봤다. 그리고 이빨처럼 번뜩이는 칼날이 보였다. 고통 때문에 모든 걸 포기하고 무릎을 꿇으려는 찰나, 지나온 시간이 섬광처럼 스쳐 지나갔다. 아버지와의 마지막 이별, 바스라까지의 길고 두려웠던 길, 망망대해에서 울음을 터트렸던 일, 바실라에 와서 고향으로 돌아가기 위해 목숨을 걸고 싸웠던 일들이 떠올랐다.

마침내 아비틴은 이 모든 걸 이루지 못한 채 떠나고 싶지 않다는 강렬한 욕망에 휩싸였다. 이를 악문 아비틴은 샴쉬르를 두 손으로 쥐고 달려오는 쿠쉬의 말 앞다리를 베었다. 다리가 베인 말이 고통스러운 울음소리를 내며 옆으로 쓰러졌고, 쿠쉬는 고삐를 놓친 채 앞으로 굴러갔다. 쓰러진 쿠쉬가 있는 쪽으로 한 걸음 옮길 때 마다 머리에서 피가 뚝뚝 떨어졌다.

바닥에 등을 대고 누운 쿠쉬는 눈을 감고 있었다. 아비틴은 쥐고 있던 샴쉬르를 머리 위로 치켜들었다. 그리고 목덜미를 찌르려는 찰나 눈을 번쩍 뜬 쿠쉬가 쥐고 있던 칼로 아비틴의 오른쪽 허벅지를 찔렀다. 살을 파고든 칼날이 서걱거리면서 허벅지 살을 헤집는 소리가 들려왔다. 눈을 뜬 쿠쉬가 잔인한 웃음을 흘리면서 칼을 비틀었다. 다른 발로 겨우 균형을 잡은 아비틴은 쿠쉬를 향해 소리쳤다.

"내 아버지! 그리고 쿠샨과 네놈 손에 억울하게 죽어 간 내 백성들의 힘이다!"

잔혹하게 웃던 쿠쉬는 머리 위에 드리워진 칼날의 그림자를 보고는 표정을 바꿨다. 아비틴은 있는 힘껏 샴쉬르를 내리찍었다. 칼날은 쿠쉬의 아랫배에 박혔다. 쇳조각을 엮은 갑옷 사이를 파고든 샴쉬르의 칼날을 타고 시커먼 피가 역류했다. 아비틴의 허벅지에 꽂힌 칼을 놓은 쿠쉬는 아랫배에 박힌 샴쉬르의 칼날을 움켜잡았다.

하지만 예리한 샴쉬르의 칼날에 손가락이 뭉텅뭉텅 잘려 나가고 말았다. 결국 입으로 피를 한 움큼 토한 쿠쉬는 축 늘어져 죽고 말았다. 한 손으로 허벅지에 박힌 쿠쉬의 칼을 힘겹게 뽑아낸 아비틴은 그대로 쿠쉬의 목을 자르려고 했다. 하지만 머리와 허벅지의 상처 때문에 몸이 뜻대로 움직이지 않았다.

샴쉬르를 지팡이 삼아서 겨우 몸을 지탱한 아비틴은 주변을 바라봤다. 한참 치열했던 전투는 바실라군의 승리로 기울어지고 있는 중이었다. 기운이 다한 아비틴은 샴쉬르를 쥔 채 앞으로 풀썩 쓰러졌다. 의식이 사라지기 전 그는 마지막 힘을 쥐어짜서 목에 건 곡옥 목걸이를 움켜잡으면서 중얼거렸다.

"프, 프라랑."

그리고 그대로 의식을 잃고 말았다.

정신은 가끔씩 돌아왔다. 처음 정신을 차렸을 때는 쓰러진 그를 향해 소리치는 캄다드가 보였고, 그다음 눈을 떴을 때는 원술이 보였다. 한쪽 뺨이 피범벅인 그는 아비틴을 향해 정신을 차리라고 소리쳤다. 그리고 마지막에 눈을 떴을 때는 어둠이 보였다. 죽음을 떠올린 아비틴은 다시 눈을 감으려고 하다가 머리맡에 너울거리는 불빛을 봤다. 간신히 고개를 돌리자 등잔불이 껌뻑거리면서 천막 안을 흐릿하게 비추는 게 보였다. 몸을 조금 움직여 보려고 하던 아비틴은 허벅지의 통증에 못 이겨 비명을 질렀다. 그러자 발치에 누워서 자고 있던 원술이 눈을 떴다.

"움직이지 말게. 머리와 허벅지 상처가 모두 깊다네."

"여, 여긴 어딘가?"

아비틴의 물음에 원술이 피식 웃었다.

"저승인 줄 알았나? 자네 천막일세."

그때서야 기억이 돌아온 아비틴이 더듬거리면서 물었다.

"저, 전투는?"

"우리가 이겼어. 말과 천막들까지 모두 버리고 갔어."

"그자는?"

"자네와 싸우던 자? 난리통이라 확인하진 못했지만 죽었겠지."

원술의 얘기를 들은 아비틴은 쿠쉬의 표독스러웠던 표정을 떠올렸다. 하지만 더 이상 생각을 할 만한 기운이 남아 있지 않았다. 다시 스르륵 잠이 찾아오면서 눈이 감겼다.

아비틴은 서라벌까지 수레를 타고 가야만 했다. 두툼하게 짚을 깔았지만 수레가 털컹거릴 때마다 아픔이 찾아왔다. 파사당은 캄다드와 파라를 비롯해서 30여 명밖에 남지 않았다. 그나마 다행인 것은 당분간 부하들의 숫자가 줄어들 법한 일이 없다는 것이다. 원술은 이번 전투로 전쟁의 승기를 잡았다고 얘기했다.

"애초에 당나라는 천성 쪽으로 보급선단을 보내고 그에 맞춰 남진하려고 했던 모양일세. 마초까지 제대로 손에 넣었다면 칠중성은 물론이고 주장성도 위험해졌을 것이야. 그럼 아리수(阿利水, 한강의 옛 이름) 남쪽까지 밀려날 수밖에 없었지. 하지만 이제 당군이 물러났어."

이십일이 넘는 기간 동안 원술은 아비틴의 곁을 지켜 주었다. 서라벌에 도착할 즈음에는 말에 오를 수 있을 정도가 되었다. 서라벌 백성들은 북천 너머에서부터 기다리고 있었다. 아비틴은 두 손을 들고 기뻐하는 백성들의 물결 사이를 헤치고 저택으로 돌아갔다. 상처를 치료하고 알현을 하라는 대왕의 지시가 내려온 것이다.

며칠 후, 몸을 추스른 그는 월성으로 향했다. 바실라의 대왕은 남별궁에서 그를 맞이했다. 옥좌에 앉아 있던 대왕은 아비틴을 보고는 벌떡 일어나 힘껏 끌어안았다. 지켜보던 집사부 중시 춘장이 헛기침을 하면서 고개를 돌렸다.

"머나먼 이국에서 왔으면서 이렇게 큰 공을 세우다니, 참으로 가상하도다."

고개를 조아린 아비틴은 원술이 일러둔 대답을 했다.

"대왕마마의 은혜에 힘입어 조금이나마 보답하고자 했을 뿐입니다."

"짐의 곁에 그대와 같은 충성스러운 신하가 한 명만 더 있어도 두 다리를 쭉 뻗고 안심할 수 있을 것이다. 그대의 공이 하늘에 닿았으니 짐이 보답을 하겠노라."

"그렇다면 원술이 집으로 돌아갈 수 있게 해 주시옵소서."

아비틴은 주저 없이 대답했다. 그러자 대왕이 곤혹스러운 표정을 지었다.

"안 그래도 이미 내관을 보내서 타일렀느니라. 하지만 대각간의 부인이 부군의 유언을 거스를 수 없다고 하였다. 안타까운 일이지만 시간이 지나면 차차 해결될 것이다."

"감사합니다. 그리고 아달성에서 싸우다가 전사한 소나에게도 합당한 포상이 주어졌으면 합니다."

아비틴의 얘기를 들은 대왕이 집사부 중시 춘장을 쳐다봤다. 작게 헛기침을 한 춘장이 입을 열었다.

"용감하게 싸우다 죽은 소나에게 잡찬의 관등을 추증할 것이다. 아버지와 아들이 대를 이어 나라에 충성하고 의리를 보여 주었으니 마땅한 포상일 것이다."

죽은 소나에게 작으나마 보답을 했다는 생각에 아비틴은 안도의 한숨을 쉬었다. 그런 아비틴에게 대왕이 말했다.

"그것 말고 짐이 그대에게 포상을 하고 싶도다. 원하는 것이 있거든, 주저하지 말고 말하여라."

아비틴은 지금 이 자리가 프라랑과의 혼인 문제를 꺼낼 수 있는 최고의 기회라는 사실을 깨달았다. 하지만 섣불리 입을 열지 못하고 고민에 잠겼다. 자칫하다가 대왕의 진노를 사게 되면 목숨을 걸고 자리를 잡은 이곳에서 쫓겨나거나 최악의 경우에는 목숨을 잃을 수도 있었다. 하지만 문천교에서 맛본 프라랑의 달콤한 입술과 약속을 떠올린 아비틴은 고민과 두려움을 내려놓았다.

"그렇다면 프라랑과의 혼인을 허락해 주십시오."

"프라랑이 누구인가?"

"바로 대왕마마의 따님이신 은석 공주입니다."

"뭐라고!"

예상한 대로 대왕의 표정은 확 굳어져 버렸다. 아비틴은 고개를 들고 말했다.

"저는 그녀 없이는 하루도 살 수 없을 것 같습니다."

"그대가 과인을 능멸하려는 것인가?"

"전하께서는 나라를 잃은 소인을 따뜻하게 거두어 주셨습니다. 덕분에 저는 나라를 되찾을 실낱같은 희망을 이어갈 수 있었습니다. 제가 목숨을 걸고 싸운 것도 이런 은혜에 보답하고자 하는 마음뿐이었습니다. 마찬가지로 프라랑을 향한 제 마음도 진심이자 꿈입니다. 그러니 부디 그녀와의 혼인을 허락해 주시옵소서."

"듣기 싫다. 당장 물러나라!"

아비틴은 고개를 숙인 채 물러났다. 문 밖으로 사라진 아비틴을 보고 분을 참지 못한 대왕의 주먹으로 옥좌를 내리쳤다. 그 모습을 지켜보던 춘장이 말했다.

"전하. 차분하게 생각해 보시옵소서."

"차분하게 생각하라니! 저자의 말을 듣고도 차분하라는 말인가!"

대왕은 턱수염을 부르르 떨면서 역정을 냈다. 하지만 춘장은 끝끝내 냉정함을 잃지 않았다.

"전하. 신이 목숨을 걸고 간언을 하겠나이다. 대아찬 아비틴과 은석 공주마마의 혼인은 득이 많은 일이옵니다."

"득이 많다니! 그 무슨 소리요!"

"왕권을 우습게 여기는 귀족들에게 좋은 본보기가 될 것입니다."

춘장의 말을 들은 대왕은 아랫입술을 지그시 깨물고는 옥좌에 앉았다.

"말해보라."

그러자 옥좌 앞에 엎드린 춘장이 고개를 조아리고 말했다.

"지금 귀족들은 서로 혼인하여 결속을 다지고 있습니다. 또한 왕실과 혼인을 맺어 자신들의 위엄을 높이는 것을 당연하게 여기고 있지요. 그런데 대아찬과 은석 공주를 혼인시킨다면 저들에게는 당연하다고 여긴 것들을 빼앗을 수 있는 동시에 왕실의 위엄을 드높일 수 있는 기회입니다."

"허나 그는 먼 타국에서 온 외지인이니라. 거기다 언젠가는 나라를 되찾기 위해 돌아간다고 공언하고 있는데 짐이 어찌 공주를 그렇게 보낼 수 있겠느냐. 불허한다."

"지금 당장 떠나는 것도 아니고, 대왕마마의 윤허가 있어야만 떠날 수 있습니다. 은석 공주를 귀족 집안에 하가시키신다면 왕실의 힘을 빼서 귀족들에게 힘을 보태 준 격입니다. 그동안 전쟁을 통해 귀족들의 힘과 세력이 계속 커지고 있는 상황이라는 점을 염두에 두셔야 합니다."

춘장의 말에 대왕은 고뇌에 가득 찬 말투로 대답했다.

"잡찬도 알다시피 은석 공주는 눈에 넣어도 아프지 않을 막내요."

"대아찬은 비록 망국이긴 하지만 일국의 왕자이옵니다. 또한 우리에게 귀부하고 나서는 혁혁한 전공을 세웠으며 몸을 아끼지 않고 싸우다가 심한 부상을 입기도 하였습니다. 마땅히 공을 높여 주어야만 다들 목숨을 걸고 전쟁에 임할 것입니다. 이번에 결정적인 승리를 거뒀지만 전쟁은 아직 끝나지 않았습니다."

춘장의 필사적인 설득에 대왕의 표정이 누그러졌다. 그런 대왕의 표정을 살핀 춘장이 눈빛을 반짝거리면서 했다.

"신에게 묘안이 있습니다."

다음 날, 아비틴은 입궐하라는 연락을 받았다. 정전에는 대왕이 홀로 그를 기다리고 있었다. 그 앞에 선 아비틴이 절을 하자 대왕은 아비틴을 쏘아봤다. 그러고는 천천히 입을 열었다.

"과인의 딸과 혼인을 하는 게 그대의 꿈이라고 했느냐?"

깊숙이 고개를 숙인 아비틴이 대답했다.

"그러하옵니다."

"그대의 꿈을 윤허하노라."

허락한다는 얘기를 들은 아비틴의 가슴은 미친 듯이 요동 쳤다. 그 모습을 지켜보던 대왕이 낮은 목소리로 말했다.

"단, 내 딸과 혼인을 하고 싶다면 직접 찾아야 할 것이다."

뜻밖의 말에 놀란 아비틴이 저도 모르게 고개를 들자 대왕이 엄숙한 목소리로 말했다.

"이틀 후, 별궁에서 과인의 소생인 공주들이 모두 그대 앞에 설 것이다. 그대가 정말로 은석 공주를 사랑한다면 그들 중에서 찾아보아라. 기회는 단 한 번뿐이다."

할 말을 잊은 아비틴에게 대왕이 물러가라는 손짓을 했다. 넋이 나간 채 밖으로 나온 아비틴은 두 눈을 질끈 감았

다. 꿈에 그리던 그녀와의 혼인이 눈앞에 다가왔다고 생각
한 순간, 뜻하지 않은 장애물을 만난 셈이다. 그는 속으로 간
절히 기도했다.

'아후라 마즈다여! 부디 이 난관을 현명하게 헤쳐 나갈 힘
을 주소서.'

왕궁을 나오면서 프라랑이 있는 별궁을 바라봤지만 문이
굳게 닫혀 있었고, 오가는 궁녀들도 보이지 않았다. 낙담한
아비틴이 왕궁 문을 나서면서 발밑에 유자 잎사귀 몇 개가
흩어져 있는 것을 봤다.

이틀 후, 아비틴은 튜닉에 카프탄 차림으로 월성으로 들
어갔다. 이틀 동안 온갖 고민을 했지만 뾰족한 수를 찾지 못
한 상태였다. 왕궁으로 들어선 그는 곧장 별궁으로 안내를
받았다. 정원이 보이는 넓은 전각에는 자주색 실크로 만든
카프탄 형태의 도포에 금관을 머리에 쓴 대왕과 왕비가 그
를 기다리고 있는 중이었다. 아비틴이 앞에 서서 고개를 숙
이자 대왕이 말했다.

"공주를 맞을 준비를 하였느냐?"

"그렇습니다."

아비틴이 짧게 대답하자 대왕이 옆에 서 있던 늙은 내관
에게 말했다.

"공주들을 들어오라고 하여라."

그러자 전각의 한쪽 벽에 있는 문이 천천히 열렸다. 고개를 돌린 아비틴은 똑같은 옷차림에 천으로 얼굴을 가린 공주들이 연달아 들어오는 것을 봤다. 가채를 쓴 머리에도 같은 색의 천을 덮어서 마치 같은 사람이 들어오는 듯했다. 양옆에는 역시 공주처럼 천으로 얼굴을 가린 궁녀들이 부축한 상태였다. 다섯 명의 공주들은 미리 준비한 의자에 앉았고, 양 옆에는 궁녀들이 서 있었다. 다들 미리 약속이나 한 듯 침묵을 지켰다.

아비틴은 대왕에게 인사를 하고 공주들이 있는 쪽으로 걸어갔다. 분위기상 얼굴에 가린 천을 걷거나 말을 붙이는 건 불가능해 보였다. 실제로 그가 공주들에게 다가가자 늙은 내관 한 명이 잽싸게 따라붙었다.

"말을 걸거나 가까이 다가가시면 아니 됩니다."

결국 아비틴은 공주들에게서 열 걸음 정도 떨어진 곳에 멈춰 서야만 했다. 옆으로 걸으면서 다섯 명의 공주를 한 명씩 살펴봤지만 눈만 내놓은 데다 화장까지 똑같이 해서 정말 알아볼 수가 없었다. 대왕이 눈짓을 하자 젊은 내관이 작은 물시계를 하나 들고 왔다.

"저 물시계의 물이 다 떨어질 때까지 은석 공주를 찾아보아라. 그럼 과인이 혼인을 승낙하겠다."

어찌할 바를 모르던 아비틴은 저도 모르게 눈을 감았다. 프라랑을 찾지 못하면 웃음거리가 되는 것은 둘째 치고 앞으로 그녀와 만날 수 없게 될 것이 뻔했다. 마음속으로 아후라 마즈다에게 도와 달라고 기원하던 아비틴은 묘안이 떠올랐다. 눈을 뜬 그는 허락된 거리까지 다가가서 한 명씩 뚫어지게 바라봤다. 아니 냄새를 맡았다. 사향부터 온갖 향들이 느껴졌지만 그가 찾는 유자향은 없었다.

고심하던 그는 물시계의 물이 얼마 남지 않은 것을 보고는 결심을 굳혔다. 제일 오른쪽에 앉아 있던 공주 앞에 선 아비틴이 몸을 돌려 대왕에게 말했다.

"여기 있는 공주님들 중에서는 은석 공주가 없사옵니다."

아비틴의 말을 들은 대왕이 역정을 냈다.

"그게 무슨 말이냐? 과인이 그대를 속였다는 말이냐?"

"제 말이 사실이 아니라면 목을 치셔도 좋습니다. 하지만 이 안에는 은석 공주가 없습니다."

단호하게 말한 아비틴이 고개를 숙였다.

"과인이 그대를 총애하고 있다고 이리 방자하게 구는 것이냐? 정녕 이 자리에서 죽고 싶은 것이냐!"

대왕의 목소리가 전각 안에 쩌렁쩌렁 울려 퍼지면서 분위기가 싸늘해졌다. 아비틴은 바닥에 엎드렸다.

"사랑하는 사람과 함께하지 못하는 삶은 저에게는 아무런 의미가 없습니다. 대왕마마의 은총으로 살아온 목숨입니다. 제가 불충한 짓을 저질렀다면 이 자리에서 목을 치소서. 하지만 다섯 분의 공주들 중에서 은석 공주는 없습니다."

아비틴의 말이 끝나자 침묵이 흘렀다. 모든 것을 내려놓은 아비틴은 조용히 대왕의 말을 기다렸다. 헛기침을 한 대왕이 말했다.

"공주와 궁녀들은 모두 천을 벗어라."

대왕의 명령이 떨어지자 공주와 궁녀들이 얼굴을 가린 천을 벗었다. 역시 그중에 프라랑은 없었다. 한숨을 쉰 대왕이 말했다.

"이렇게까지 했는데 찾아낸 걸 보면 이것을 두고 하늘이 맺어준 인연이라고 해야 할 것이다. 과인이 약속한 대로 둘의 혼인을 허락하노라."

아비틴은 떨리는 가슴을 진정시키기 위해 애를 썼다. 그런 아비틴의 모습을 본 대왕이 미소를 띠었다.

"과인이 그대를 속이려고 다른 공주들을 데리고 나온 것은 아니다. 그대를 시험하겠다고 했더니 공주가 그때부터 물 한 모금 음식 하나 입에 넣지 않아서 시름시름 앓고 있는 중이라 이 자리에 나오지 못한 것이다."

"외람된 말씀이오나 제가 공주를 만나 봐도 되겠습니까?"

아비틴의 얘기가 끝나기가 무섭게 공주와 궁녀들이 들어왔던 문으로 프라랑이 뛰어들어 왔다. 초췌한 그녀는 대왕 앞으로 달려와서 아비틴 옆에 무릎을 꿇었다.

"아버님. 저를 빼놓고 찾으라고 하시는 것은 말도 안 됩니다. 부디 명을 거두어 주소서."

그러자 대왕이 수염을 쓰다듬으면서 대답했다.

"대아찬이 이 자리에 네가 없음을 고했느니라. 둘의 마음이 그와 같다면 과인이 어찌 막겠느냐. 방금 혼인을 허락했으니 공주는 마음을 놓아라."

대왕의 얘기를 들은 프라랑이 놀란 표정으로 아비틴을 바라봤다. 아비틴은 카프탄의 주머니에서 유자를 꺼냈다.

"사정이 여의치 못해 귀한 예물을 준비하지 못했습니다."

아비틴이 건넨 유자를 바라보던 프라랑의 눈가가 촉촉하게 젖었다. 그녀가 두 손으로 유자를 건네받으며 말했다.

"이런 귀한 예물은 태어나서 한번도 본 적이 없습니다. 그 보답으로 평생 제 마음을 드리고 싶습니다."

아비틴과 프라랑은 주변에 지켜보고 있는 눈들이 있다는 사실을 까맣게 잊은 채 서로를 힘껏 끌어안았다. 미소를 띤 대왕이 고개를 돌리라는 손짓을 하자 전각 안의 모든 사람들이 눈을 감거나 고개를 돌렸다.

며칠 후, 화백회의에서 대왕이 아비틴과 프라랑을 혼인시키겠다는 얘기를 꺼낸 순간, 좌중은 찬물을 끼얹은 듯 조용해졌다. 상대등 천존은 펄쩍 뛰었지만 대왕은 왕실의 문제에 관여하지 말라며 간단하게 무시해 버렸다. 아비틴은 순식간에 화백회의에 참석한 귀족들의 시선을 한 몸에 받았다. 회의가 끝나고 물러나는데 대왕이 다른 귀족들에게 들으라는 듯 큰 소리로 말했다.

"그대는 서별궁에 잠시 들렸다 가도록 하라."

고개를 숙이고 물러난 아비틴은 밖에서 기다리고 있던 궁녀의 뒤를 따라 프라랑이 머무는 별궁으로 향했다. 그가 인도를 받아서 도착한 곳은 회랑으로 둘러싸인 뜰이었다. 또래의 젊은 궁녀들과 춤을 추던 프라랑은 멀리서 다가오는 아비틴을 보고는 한걸음에 달려와 품에 안겼다. 주변에 있던 궁녀들이 손으로 입을 가린 채 까르르 웃었다. 품에 안긴 프라랑이 말했다.

"얘기 들었어요. 약속을 지켜줘서 고마워요."

"당신이 없는 삶은 이제 아무 의미가 없소."

"다쳤다는 얘기를 듣고 밤새 잠을 이루지 못했답니다."

"거의 다 나았소. 혼례를 치를 때는 그대에게 뛰어가리다."

아비틴의 품에서 빠져 나온 그녀가 수줍은듯 살포시 웃으며 말했다.

"연못가로 산책을 갈 겁니다. 같이 가시겠습니까?"

"기꺼이."

두 사람이 손을 잡고 앞으로 나아가자 궁녀들은 좌우로 물러나서 고개를 숙였다.

아비틴과 프라랑의 혼인은 따뜻한 봄날에 치러졌다. 월성의 별궁에서 열린 혼례식에는 페르시아 전통 복장을 입은 아비틴이 프라랑을 맞이하고 대왕에게 인사를 하는 형식으로 진행되었다. 프라랑은 수십 겹으로 풍성하게 접은 주름치마에 금실이 새겨진 붉은색 저고리 그리고 둥근 고리 모양의 가채를 얹고 치장을 했다. 그런 그녀에게 하객들은 하늘에서 내려온 선녀 같다고 입을 모았다.

아비틴의 곁에는 그가 특별히 부탁해서 참석한 원술이 서 있었다. 집으로 돌아가지 못한 원술은 크게 낙담했지만 차츰 기운을 차리는 중이었다. 혼례식의 마지막은 캄다드가 가득 쌓아 놓은 장작에 불을 붙이는 것으로 마무리 되었다. 아비틴은 두 팔을 벌리고 불을 훌쩍 뛰어넘어서 박수갈채를 받았다. 캄다드가 남은 장작들을 살펴보더니 아비틴을 향해 말했다.

"오래오래 행복하게 사실 점괘가 나왔습니다."

혼례식이 끝나고 담릉과 함께 돌아서려는 원술을 아비틴이 불렀다.

"이제 어디로 가려고 하는가?"

"아버님이 젊은 시절에 삼한일통의 대업을 이루고자 중악의 석굴에 들어가서 기도를 드린 적이 있었지. 나도 산에 들어가서 기도를 할 생각이네."

씁쓸한 원술의 얘기를 들은 아비틴은 울컥하고 말았다. 그의 두 손을 꼭 잡은 아비틴은 눈물을 꾹 참으면서 말했다.

"잘 가게."

Basilla

13

아홉 달 뒤, 잘 자라난 씨앗이 그들에게 나타났다.
프라랑은 순산하였고, 갓 태어난 아들은 달과 같았다.
그 달이 왕국과 조정을 다스릴 것이다.
왕자의 영광으로 궁궐은 물론, 심지어 산과 돌조차도 밝게 빛났다.
아비틴은 아들의 이름을 페리둔이라 지었고
모든 이들이 페리둔을 만나 행복해하였다.

해안가에는 상복을 입은 귀족들과 갑옷을 입은 병사들로 가득했다. 그들이 지켜보는 가운데 작은 배 한 척이 바다로 나아갔다. 배가 향한 곳은 해안가에서 조금 떨어진 커다란 암초였다. 파도가 만만치 않게 치는 가운데 배는 톱날처럼 울퉁불퉁한 암초에 조심스럽게 닿았다. 상복 차림으로 배를 타고 있던 아비틴은 배가 암초에 도달하자 조심스럽게 몸을 일으켰다. 그의 앞에는 역시 상복을 입은 채 붉은 비단에 싸인 나무 상자를 든 젊은 사내가 앉아 있었다. 뱃머리에 타고 있던 젊은 병사가 먼저 뛰어내려서 배를 붙잡아 주는 사이 젊은 사내가 먼저 내렸고, 아비틴도 뒤따라 내렸다.

휘몰아친 파도가 발목을 휘감았지만 두 사람은 개의치 않고 미리 열십자(十)로 파놓은 길을 따라 암초의 중앙부로 나아갔다. 암초의 가운데에는 나무 상자가 들어갈 만한 크기의 구멍이 만들어져 있었다. 아비틴과 젊은 사내는 나무 상자를 바닥에 내려놓고 절을 했다. 그리고 젊은 사내가 구멍 안으로 나무 상자를 넣는 동안 아비틴은 뒤에 서서 그 광경을 지켜봤다. 젊은 사내가 구멍 안에 나무 상자를 넣고 뒤로 물러나자 아비틴은 그와 힘을 합해서 옆에 놓인 뚜껑돌을 들어 구멍 위를 덮었다. 빈손이 된 젊은 사내는 홀가분한 표정으로 배에 탔고, 아비틴도 말없이 그의 뒤를 따랐다. 두 사람의 배는 병사들이 노를 저어서 해안가로 돌아왔다. 기다리고 있던 귀족들이 고개를 숙인 채 좌우로 물러났다. 상복을 입은 젊은 사내는 그들 사이를 지나 대기하고 있던 마차에 올랐다. 마차가 천천히 움직이자 앞뒤에 대기하고 있던 기병들이 호위했다. 그 광경을 지켜보던 아비틴은 송낙(松蘿)을 쓰고 낡은 장삼(長杉)을 걸친 중년의 승려에게 다가갔다.

"이제 스님이 다 되었네 그려."

그러자 송낙을 벗은 원술이 너털웃음을 지으며 말했다.

"자네야 말로 신라 사람이 다 되었군."

"이 땅에 산지 벌써 10년 가까이 되었는데 당연히 그렇고 말고."

"서라벌 분위기가 흉흉하다고 들었는데 다행히 마무리는 잘 되었군."

원술의 물음에 아비틴이 한숨을 내쉬며 고개를 저었다.

"말도 말게. 대왕께서 즉위하신지 한 달도 안 된 시점에서 국구(國舅, 임금의 장인)인 김흠돌의 목을 그렇게 자를 줄 어찌 알았겠는가. 그 뒤를 이어서 파진찬(波珍飡, 신라의 17관등 중 네 번째 관등) 흥원과 대아찬 진공을 차례로 처형하시니 서라벌이 온통 두려움에 떨었네."

"며칠 전에는 병부령의 목을 베었다고 들었네."

"김흠돌의 반란을 알고도 고하지 않았다는 죄목일세. 즉위 초기에 힘이 있을 때 방해가 되는 세력들을 제거하기로 마음먹은 모양일세. 곧 왕비마마께서도 폐출될 거라고 하는군. 역적의 딸이니 곁에 둘 수 없다 이 뜻이겠지."

아비틴의 얘기를 들은 원술은 두 손을 합장한 채 중얼거렸다.

"나무관세음보살."

그런 원술에게 아비틴이 말했다.

"우리 집으로 가세. 프라랑이 기다리고 있어. 상의할 것도 있고 말일세."

"꿈 말인가? 대체 어떤 꿈을 꾸었기에 사람을 보내서 나를 부른 것인가?"

"가서 얘기하세. 저쪽에 마차가 대기하고 있네."

마차를 탄 두 사람은 서천 쪽에 있는 아비틴의 저택에 도착했다.

넓은 대문 밖에서 기다리고 있던 노비들이 일제히 고개를 숙였다. 가볍게 고개를 끄덕거린 아비틴은 곧장 정자로 향했다. 손에 들고 있던 송낙을 바닥에 내려놓은 원술이 비단 방석에 앉았다. 어린 계집종이 차를 가져다 놓고 사라졌다. 그러는 사이 정자 주변을 둘러본 그가 아비틴에게 물었다.

"아들은? 이름이 페리둔이라고 했던가?"

원술의 물음에 아비틴은 고개를 끄덕거렸다.

"희망이란 뜻이지."

"좋은 이름이군."

원술의 대답을 듣고 가볍게 웃은 아비틴이 말했다.

"며칠 전 기이한 꿈을 꾸었네."

"어떤 꿈 말인가?"

"죽은 아버지가 내게 죽은 무화과나무의 가지를 하나 건넸는데 아주 향기로운 냄새가 나고 녹색으로 변하면서 새싹이 날 기미가 보였네. 그래서 그 가지를 땅에 심었더니 순식간에 자라나서 하늘까지 뻗어 올라갔지. 그리고 차츰 온 세상의 빛을 집어삼켰네."

"빛을 집어삼키다니?"

의아해진 원술의 반문에 아비틴이 얼굴을 찡그리면서 애

기를 이어 갔다.

"나무가 옆으로 점점 뻗어 나가서 햇살을 죄다 가린 것일세. 그러다 거센 바람이 불어와서 그 커다란 무화과나무의 잎사귀들을 떼어 놨네. 그렇게 떨어진 잎사귀들이 온 세상으로 퍼져 나갔네. 나무 아래 우두커니 서서 그 광경을 보다가 문득 행복하다는 생각을 했네. 그리고 꿈에서 깨어났다네. 문제는 그 꿈이 며칠 동안 내 머릿속을 맴돌고 있다는 것이야. 대체 무슨 뜻인지 그리고 그토록 생생하게 꿈을 꿀 수 있다는 게 무엇보다 궁금하네."

아비틴의 얘기를 곰곰이 듣던 원술이 물었다.

"그 꿈을 꾸었을 때 어떤 기분이었나?"

뜻밖의 물음에 아비틴이 되물었다.

"어떤 기분이라니?"

"꿈이 여러 가지 이유인 것은 받아들이는 쪽의 복잡한 심경 때문이지. 어떤 꿈을 꾸었는지도 중요하지만 그때 어떤 기분인지 아는 것도 해몽을 하는 데 반드시 필요하네."

"그게 말일세. 처음에는 비탄과 슬픔이 있었는데 나무를 보면서 행복함을 느꼈다네."

아비틴의 설명을 들은 원술이 곰곰이 생각하다가 입을 열었다.

"내가 아는 대로 말해 주겠네. 녹색은 자네 왕가의 상징일세. 그런데 죽은 무화과나무 가지가 녹색으로 변하고 향기를 피워 내면서 싹을 틔웠다는 것은 자네 왕가가 부활하는 것을 의미하네. 거기다 그걸 심었더니 온 세상을 덮을 정도로 크게 자랐다는 것은 자네의 힘과 영광이 세상에 뻗어 나간다는 것을 뜻하지."

원술의 설명을 들은 아비틴이 고개를 돌려서 저택을 바라봤다. 평온한 풍경을 한참이나 바라보던 그에게 원술이 덧붙였다.

"허나 꿈은 앞날을 보여 주기도 하지만 보고 싶은 열망을 투영하기도 한다는 것을 명심해야 하네."

"그럼 내 마음속에 조국 페르시아로 돌아가겠다는 열망이 있다는 얘긴가?"

원술은 잠시 입을 다물고 생각에 잠겨 있었다. 그러다 긴 한숨과 함께 입을 열었다.

"내가 재매정으로 돌아가고 열망했던 때가 기억나는군. 부당하고 억울하다고 생각해서 밤에도 잠을 이루지 못했지. 심지어 모든 것을 버리고 출가를 한 이후에도 말일세. 그때 참으로 많은 꿈을 꾸었지. 지금 자네처럼 말이야."

원술의 얘기를 들은 아비틴이 어두운 표정으로 말했다.

"요즘 고민이 많은 건 사실일세. 나 역시 선왕의 측근이었으니 언제 어떻게 될지 모르니까 말이야."

"자네 고국의 사정도 모르면서 어찌 떠난단 말인가?"

그러자 아비틴이 지나가던 노비 한 명을 불러 세웠다.

"가서 소바르를 불러오너라."

고개를 숙인 노비가 쏜살같이 사라졌다가 등이 굽은 페르시아 노인 한 명을 데리고 왔다. 녹색 터번에 하얀색 카프탄을 입고 지팡이를 짚고 힘겹게 걸어온 노인이 정자 앞에 멈춰 서서 고개를 숙였다. 아비틴이 원술에게 말했다.

"작년에 페르시아에서 서라벌로 온 노인일세. 저자가 페르시아의 사정을 나에게 고하였네."

아비틴이 고개를 끄덕거리자 소바르라고 불린 노인이 바실라 말로 더듬더듬 입을 열었다.

"지금 페르시아는 사악한 왕 자하크의 잔혹한 폭정에 시달리고 있습니다. 그자는 매년 엄청난 세금을 매겨서 고통에 빠트리는 것은 물론 아름다운 처녀들을 빼앗아 갑니다. 백성들은 도탄과 울분에 빠져서 산으로 들로 흩어졌고, 일부는 사막을 건너 당나라로 도망치기도 했습니다. 그래서 다들 사라진 왕자님이 돌아오시기를 손꼽아 기다리고 있습니다. 만약 돌아와서 해안가에 발을 내딛기만 하셔도 사방에서 백성들이 구름처럼 몰려올 것입니다."

소바르의 얘기가 끝나자 아비틴은 원술을 향해 얘기했다.

"이제 떠날 때가 된 것이지."

"이 모든 걸 두고 무엇이 기다리고 있을지도 모를 그 땅으로 말인가?"

"돌아가는 것은 내 운명일세. 대왕께도 이미 고했고, 승낙을 받았네. 큰 배 한 척을 하사하신다고 하셨지."

"대왕이야 자네가 없어지길 바랄 수도 있으니 그랬겠지. 다시 생각해보게."

원술의 만류에 아비틴은 고개를 저었다.

"오랫동안 고민했네. 여기 남아 있으면 바실라의 귀족으로 잘 살 수 있겠지. 하지만 내 운명은 페르시아로 돌아가는 것일세."

원술은 오랜 친구의 눈을 바라봤다. 굳은 결심을 읽은 그는 고개를 끄덕거렸다.

"그렇다면 할 수 없지."

그러자 안도의 한숨을 내쉰 아비틴이 말했다.

"내가 오늘 자네를 부른 이유는 긴히 부탁할 것이 있어서라네."

"뭔가?"

"나와 내 부하들은 떠나지만 아내와 아들은 여기 남을 것일세. 나중에 상황이 좋아지면 부를 생각이긴 하지만 그게 언제가 될 지는 아후라 마즈다 밖에는 모를 것이야. 내가 떠난 후에 가족들을 돌봐 주게."

아비틴의 부탁에 원술은 쓴웃음을 지었다.

"속세와 단절한 스님에게 이 무슨 해괴한 부탁인가?"

"부처님의 제자이기 이전에 친구로서 부탁하는 것이네. 그래야만 마음 놓고 떠날 수 있겠어."

한동안 고민하던 원술이 대답했다.

"그 부탁은 들어 줄 수 없네."

아비틴은 오랜 친구의 거절에 크게 실망했다. 그런 아비틴을 바라본 원술이 말했다.

"왜냐하면 자네를 따라서 파사국으로 갈 생각이거든."

"그게 무슨 소린가?"

"파사국이 회회인들의 손에 넘어간 지 10년이 넘었네. 자네가 아무리 파사국의 왕자라고는 하나 처음부터 사람들이 모일 리는 만무할 터, 누군가의 도움이 필요하지 않겠나?"

원술의 얘기를 들은 아비틴은 할 말을 잊었다.

"이보게."

"어차피 속세를 떠난 몸이니 홀가분하지 않겠나? 지난 전쟁 때 자네가 내 옆에서 싸워 줬으니, 나 역시 자네 옆에서 싸우겠네."

아비틴은 그의 마음 씀씀이에 크게 감동했다.

"고맙네."

"그래, 언제 떠날 건가?"

"뱃사공을 모으는 중일세. 늦어도 다음 달에는 떠날 수 있을 것이야."

얘기를 마친 아비틴은 정자의 난간에 팔을 기댄 채 먼 하늘을 바라봤다. 아마 고향을 바라보고 있을 것이라고 짐작한 원술은 잠자코 차를 마셨다.

-끝-

에필로그

선일은 막다른 골목으로 몰렸다. 뒤를 돌아봤지만 이미 밉살스러운 덕치가 골목길 어귀를 막아선 상태였다. 다른 때였다면 덕치 따위는 윽박지르거나 주먹질 한방에 쫓아 버리거나 울릴 수 있었지만 오늘은 좀 달랐다. 그가 데려온 정체불명의 무사 때문이었다. 낡은 도포에 갈대 잎으로 만든 검정색 삿갓을 쓴 무사는 아무 말도 하지 않았지만 왠지 모를 위압감을 느꼈다. 결국 덕치를 괴롭힐 때 쓰던 돌을 쏘는 탄궁(彈弓)을 내팽개치고 정신없이 도망쳤다가 이렇게 막다른 골목에 몰린 것이다. 당황하는 아이를 본 덕치가 배꼽을 잡았다.

"궁지에 빠진 쥐 신세나 다름없구나. 이 사람이 누군지 알아? 신라 제일의 검객이라는 우리 삼촌이야. 삼촌! 저 녀석 좀 혼내 주세요."

그러자 삿갓을 쓴 무사는 천천히 다가왔다. 선일은 허리에 차고 있던 목검을 뽑아 들었다.

"가까이 오지 마!"

선일은 삿갓을 쓴 무사가 언제 칼을 뽑아 들었는지 보지도 못했다. 하지만 목검은 무사가 번개같이 뽑아서 휘두른 칼에 두 동강이 나고 말았다. 깜짝 놀란 선일이 두 동강 난 목검을 버리고 주춤주춤 물러섰다. 그때 골목길 밖에서 헛기침 소리가 들려왔다. 언제 나타났는지 모르는 중년의 사내가 서 있는 게 보였다. 낡은 저고리 차림인데 특이하게도 머리에 송낙을 쓰고 있었다. 덕치가 그 앞을 가로막았다.

"여긴 막다른 골목입니다."

그러자 걸음을 멈춘 중년 사내가 고개를 들어서 아이를 바라봤다.

"저 아이를 데려가려고 온 것이니라."

그러자 덕치가 고개를 저었다.

"오늘 저 녀석에게 혼쭐을 낼 겁니다. 관여하지 마십시오. 안 그러면 제 삼촌이 가만있지 않을 겁니다."

"닭을 잡는 데 소 잡는 칼을 쓰는 격이로구나."

혀를 찬 중년 사내의 말에 덕치의 얼굴이 붉어졌다.

"당하지 않으셨으면 말을 하지 마십시오. 저놈은 황룡사

탑에 올라가서 지나가는 저에게 탄궁으로 돌을 맞춘 게 한 두 번이 아닙니다. 그 밖에 다른 패악질은 이루 말할 수 없을 정도입니다."

덕치의 말에 선일이 반박했다.

"그건 네가 아비 없는 자식이라고 놀려서 그런 거야!"

"시끄러! 아비가 없는 건 없는 거잖아. 우리 아버지가 그랬어. 아비 없는 자식은 버르장머리가 없다고 말이야."

덕치의 말에 선일은 두 주먹을 불끈 쥐었다. 그러자 덕치가 삿갓을 쓴 무사를 재촉했다.

"삼촌! 다시는 날뛰지 못하게 반쯤 죽여 놓으라고요."

하지만 삼촌이라고 불린 무사는 몸을 돌려서 중년의 사내를 바라봤다. 그리고 머리에 쓰고 있던 삿갓을 벗었다.

"우리 어디선가 만난 것 같습니다만."

"아마도 어딘가에서 만났겠지요."

중년 사내의 공손한 말에 무사는 빙그레 웃었다.

"매초성에서 제 목숨을 구해주신 분이군요. 이렇게 만날 줄은 몰랐습니다."

"이 또한 인연이겠지요."

그의 말을 들은 무사가 쓸쓸하게 웃었다.

"비록 먹고 살기 위해서 이런 짓을 하고 다니긴 하지만 모시던 분 앞에서 할 짓은 아니지요. 이만 물러나겠습니다."

"잘 생각하셨네."

중년 사내의 얘기를 들은 무사는 삿갓을 쓰고는 두 손으로 합장을 했다. 그리고 소매에서 꺼낸 작은 주머니를 덕치의 발 앞에 던지고는 유유히 사라졌다. 스님은 어안이 벙벙해진 덕치를 지나 선일에게 다가갔다. 선일이 떨떠름한 표정으로 물었다.

"누구세요?"

"네 아버지와 아는 사이란다."

집으로 돌아온 선일은 어머니가 정체불명의 중년 사내를 향해 고개를 숙여 인사를 하는 모습을 보고는 더더욱 의아해했다. 그가 선일에게 말했다.

"너와 할 얘기가 있다. 따라오너라."

그가 향한 곳은 뜰에 있는 정자였다. 짚신을 벗고 정자에 앉은 중년 사내가 맞은편에 앉으라는 손짓을 했다. 분위기에 떠밀린 선일은 주춤주춤 앉았다. 잠시 후, 계집종이 아닌 어머니가 직접 차를 가지고 왔다.

"드십시오. 원술랑."

선일은 어머니의 얘기를 듣고는 눈앞의 중년 사내가 원술이라는 이름을 가지고 있고, 한때 화랑이었다는 사실을 눈치 챘다. 범상치 않은 과거를 가졌다는 생각을 하고 있는데 원술이 송낙을 벗어서 옆에 놓고 차를 마셨다. 그리고 찻잔을 내려놓은 다음에 선일에게 물었다.

"올해 몇 살이냐?"

"여, 열 살입니다."

"널 마지막으로 본 것이 4년 전인데 많이 컸구나. 듣자하니 글공부나 활쏘기는 멀리하고 말썽을 피운다고 들었다."

"국학(國學)에 갔더니 아비 없는 자식이라고 놀림을 받았습니다. 거기다 제가 외모가 다르게 생겼다고 매일 괴롭힘을 당해 공부를 하지 못했습니다."

"그렇다고 지나가는 동무에게 탄궁을 쏘는 것으로 복수를 하는 것도 옳지 않느니라."

얘기를 듣던 선일은 용기를 내서 물었다.

"아버지 친구라고 하셨는데 아버지랑 만나신 적이 있으십니까?"

그러자 빙그레 웃은 원술이 대답했다.

"그럼."

어머니는 아버지 얘기만 나오면 눈물부터 보여서 물어볼 수가 없었다. 말없이 옆에 앉아 있는 어머니를 힐끔 바라 본 선일이 물었다.

"아버지는 어떤 분이셨습니까?"

그러자 원술은 잠깐 하늘을 바라보더니 입을 열었다.

"네 아버지의 이름은 아비틴이고 저 멀리 파사국의 왕자였다. 회회인들에게 나라를 빼앗기자 후일을 도모하기 위해 이곳으로 온 것이지. 맨 처음 이 땅에 내려서 마주친 게 바로 나였단다."

선일은 넋을 잃고 원술의 이야기에 빠져들었다. 빙그레 웃은 원술이 그런 선일을 바라보면서 얘기를 이어 갔다.

"네 아버지는 당과의 싸움에서 큰 공을 세웠지. 특히 매초성에서 벌어진 전투에서는 선봉에 서서 집채만 한 코끼리와 그것을 몰고 온 회회인 왕자 쿠쉬를 없애는 공을 세웠다. 그리고 대왕에게 당당하게 네 어머니와 혼인을 허락해 달라고 하셨단다."

원술의 얘기를 들은 선일은 저도 모르게 감탄사가 터져 나왔다.

"우와!"

원술은 한참 동안 선일에게 아비틴 얘기를 해 주었다. 아비틴이 어떻게 싸웠고, 무슨 공을 세웠는지 듣다가 문득 궁금증이 생긴 선일이 물었다.

"그런데 왜 지금 여기 없으신 건가요?"

"몇 년 전, 빼앗긴 나라를 되찾으러 파사국으로 떠났기 때문이지. 나도 그때 네 아버지와 함께 떠났었다."

"그럼 아버지는 지금 파사라는 곳에 계시는 건가요?"

원술은 대답 대신 소매에서 가운데가 휘어진 곡옥으로 만든 목걸이를 꺼냈다. 목걸이에는 검게 말라붙은 피가 묻어 있었다. 그걸 본 어머니가 떨리는 목소리로 물었다.

"제 남편이……."

목걸이를 어머니 앞에 내려놓은 원술이 눈을 감은 채 말했다.

"파사국의 도읍 앞에서 벌어진 싸움이었다. 적들은 숫자도 많고 정예로웠으며, 갑옷과 창도 날카로웠지. 하지만 네 아버지는 제일 선두에 서서 그런 적들을 짓밟았다. 그리고 거의 물리칠 뻔했는데, 오른편에 있던 베드인족이 갑자기 배신을 했다. 대열은 급격히 무너지고, 병사들은 모두 뿔뿔이 흩어졌다. 마지막까지 싸우던 네 아버지 아비틴은 아랍인들의 손에 목숨을 잃었다. 그리고 죽기 전에 이 목걸이를 가족들에게 전해 달라고 했다."

얘기를 들은 어머니는 말없이 울기 시작했다. 긴 얘기를 마친 원술은 차를 한 모금 마셨다. 그런 원술에게 선일이 물었다.

"아버지의 마지막은 어떠셨습니까?"

"사자처럼 용감해서 적들조차 감탄했다. 수많은 적에게 둘러싸여서 죽는 마지막 순간에 너와 어머니의 이름을 외쳤단다. 프라랑과 페리둔이라고 말이야."

선일은 아무 말도 할 수 없었다. 그저 아버지의 유품이라고 한 곡옥 목걸이를 내려다볼 뿐이었다. 그런 선일에게 원술이 엄숙한 목소리로 말했다.

"페리둔! 너에게는 위대한 페르시아 사산 왕조와 삼한을 통일한 신라 왕실의 피가 흐르고 있다. 태어남이 곧 삶을 정해주는 법이라면 너의 길은 명백하다."

"제가 과연 아버지의 뒤를 이을 수 있을까요?"

혼란스러워진 선일이 떨리는 목소리로 묻자 원술은 고개를 끄덕거렸다.

"네 아버지도 처음에는 두려워했단다. 그러다가 차츰 이겨 나갔지."

"그럼 이제 어떻게 하면 됩니까?"

"위대한 왕자 아비틴의 아들 페리둔으로 살아가는 것이

지. 열심히 무예와 병법을 갈고 닦아서 아버지의 복수를 하고 빼앗긴 나라를 되찾는 것이다. 쉽진 않겠지만 네가 결심한다면 내가 힘껏 도우마."

마른침을 삼킨 선일은 주저 없이 고개를 끄덕거렸다.

"그러겠습니다."

"잘 결심했다."

"그런데 페리둔이라는 이름은 무슨 뜻입니까?"

그러자 원술은 미소를 지으며 대답했다.

"희망이라는 뜻이다."

덧붙이는 글

이 글은 본문의 내용을 누설할 수 있기 때문에
가능하면 소설을 읽고 난 후 보시기 바랍니다.

- 김유신의 아들 원술이 백제와의 전쟁에 참전했다는 기록은 없다.
  소설에 나오는 내용은 전적으로 작가의 창작이다. 아울러 아비틴이
  참전한 전투들은 실제로 벌어진 전투들이지만 시간 순서는 다소 어
  긋나 있다.

- 아랍인의 왕 자하크와 쿠쉬는 실존인물이라기보다는 페르시아의
  서사시에 자주 등장하는 악역들이다. 페르시아를 공격할 당시의 아
  랍은 칼리프 체제였기 때문에 왕이나 왕자가 존재하지 않는다.

- 아랍인에 의해 사산조 페르시아가 멸망한 것은 서기 651년이지만
  나당 전쟁은 670년경부터 시작되었다. 따라서 아비틴이 페르시아
  를 떠나서 바로 나당 전쟁에 참전했다는 내용은 역사적 사실과는
  거리가 있다.

- 포석정 연회에서 아비틴이 읊은 시는 11세기 말 시인인 오마르 하
  이얌의 작품이다. 실제로 이 시가 창작된 시기는 소설과 일치하지
  않는다.

- 석문 전투는 실제로 8월에 벌어졌다. 하지만 전투의 극적인 묘사를
  위해 계절을 겨울로 바꿨다.

작가의 말

페르시아의 왕자가 신라로 건너와서 신라의 공주와 혼인을 하고 고국으로 돌아간다는 내용의 쿠쉬나메는 우리 역사의 개방성을 보여 준다고 할 수 있다. 신화와 전설이 섞인 쿠쉬나메의 이야기를 읽으면서 신비롭다는 생각이 들었다. 상상할 수도 없는 머나먼 옛날, 지구를 반 바퀴 돌아서 이 땅을 찾아온 사람이 있었다는 것이 믿겨지지 않은 것이다.

그렇게 처음 쿠쉬나메의 내용을 접했을 때 나도 모르게 상상의 날개를 펼쳤다. 페르시아 왕자 아비틴이 사악한 아랍의 왕 쿠쉬의 손길을 피해 페르시아를 떠나 머나먼 신라로 왔을 때 어떤 심정이었을지, 그런 낯선 남자를 사랑하게 된 신라 공주 프라랑의 마음은 어땠는지 말이다.

아비틴 왕자가 당나라를 거쳐 신라로 건너온 7세기 중반은 삼국 통일 전쟁이 한참이었던 시기였다. 김유신이 전장에서 맹활약을 했고, 계백도 창을 들고 전쟁터를 누볐을 것이다. 그 와중에 나타난 아비틴 역시 칼을 들고 전장에 나가야만 했을 것이다. 그리고 프라랑 공주를 만나 국경과 인종을 뛰어넘는 사랑을 나눴을 것이다.

다른 무엇보다 삼국사기나 삼국유사 그리고 가뭄에 콩 나듯 출토되는 유물들로만 존재를 느꼈던 삼국 시대의 생생한 풍경을 지구 반대편 페르시아어로 만나게 될 줄은 꿈에도 몰랐다. 소설은 상상의 산물이긴 하지만 이번에는 그럴 필요가 없었다. 쿠쉬나메가 모든 것을 알려줬기 때문이다. 아비틴이 신라에 와서 무슨 일을 했고, 프라랑과 어떻게 만났으며 사랑을 나눴는지 말이다.

이제는 길가에서 푸른 눈에 금발의 외국인을 봐도 어색하지 않은 시대가 도래했다. 우리 안의 글로벌함은 쿠쉬나메에서 볼 수 있듯 오랜 전통이라고 할 수 있다. 처용의 이야기부터 쌍화점에 나오는 회회아비도 그렇고, 조선 초기에는 경복궁에서 아랍인들이 코란을 읽기도 했다. 또한 베트남 왕족의 후예가 이 땅에 뿌리를 내렸고, 네덜란드인 벨테브레는 박연으로 살아갔다. 당장 필자의 매형도 미국 사람이다. 그런 측면에서 보자면 쿠쉬나메는 오늘날처럼 글로벌한 시대의 예고편이라고 할 수 있다.

작가의 이야기가 끝나는 곳에서 독자의 이야기가 시작된다고 믿는다. 오래전 우리와 다른 생김새를 한 낯선 사람이 어떻게 우리와 함께 했는지 함께 지켜봤으면 하는 바람이다. 사실 이 이야기를 쓰면서 가장 어려웠던 부분은 로맨스였다. 다행히 아내의 도움으로 부족함을 채울 수 있었다. 아내의 도움과 헌신이 아니었다면 나는 감히 글에 도전할 마음을 먹지 못했을 것이다.

무엇보다도 페르시아어로 된 쿠쉬나메 이야기를 발굴하고 한국어로 번역한 한양대학교 이희수 교수님에게 깊은 감사를 드린다. 교수님의 노력과 열정이 아니었다면 우리는 쿠쉬나메를 만나지 못했을 것이다. 쿠쉬나메를 처음 접하고 소설로 쓰겠다고 마음먹고 나서 대략 2년 정도의 시간이 흘렀다. 그 시간동안 변함없이 지켜봐 주고 물심양면으로 도와준 청아출판사 편집팀에게도 감사의 인사를 남긴다.

아울러 멀리 바다 건너에서 찾아와 기꺼이 우리 집안의 가족이 되어준 매형 존 엘리엇과 누나 그리고 사랑스러운 조카 카이런 기준 엘리엇과 예나 브리엔 엘리엇과 동생 홍섭 부부 그리고 조카 세빈이가 행복했으면 한다. 나에게 배상열과 최혁곤, 위대한 두 명의 스승이 있음을 자랑스럽고 감사하게 여긴다. 푸근한 큰형님 같은 전영관 시인과 동생

효승에게도 감사의 말을 남긴다. 마지막으로 세상이라는 파도에 맞서 우리 가족을 지켜 준 울타리 역할을 해 주신 어머니에게 깊은 존경과 사랑을 표한다.

2015년 6월
정명섭

작품해설

〈쿠쉬나메〉는 2009년 나와 이란 국립박물관장 다르유시 아크바르자데 박사가 함께 발굴하여 해석한 고대 페르시아 대서사시이다. 우리는 그 내용을 함께 연구하면서 서사시에 등장하는 '바실라(Basilla)'가 우리나라 '신라'를 일컫는 페르시아 용어임을 확신하였다. 고대 페르시아 서사시에 7세기 중엽 신라가 등장하다니! 이는 신라와 서아시아 교류사 연구에 새 지평을 열어 줄 쾌거였다. 동시에 우리 역사와 페르시아 신화가 어우러져 상상력과 흥미를 자아내는 훌륭한 글로벌 콘텐츠가 될 수 있음을 직감했다. 페르시아 서사시 〈쿠쉬나메〉를 원전으로 한 소설 《바실라》가 탄생함으로써 직감은 현실로 바뀌었다.

〈쿠쉬나메〉에서 '쿠쉬'는 사람 이름이며, '나메'는 페르시아어로 '책'을 의미하므로, 곧 이 제목은 '쿠쉬의 책'이라는 뜻이다. 〈쿠쉬나메〉는 두 편으로 나뉘는데, 주인공 쿠쉬는 전편에서 바그다드에 도읍한 아랍의 왕으로 그려지며, 후편에서는 중국과 주변국인 마친의 왕으로 등장한다. 이 책의 배경이 된 것은 바로 후편이며, 여기서 '신라'를 의미하는 '바실라'라는 지명도 등장한다. 즉 후편에 한국의 고대 왕국 신라 이야기가 담겨 있는 것이다.

이 서사시의 무대는 1,300여 년 전으로 거슬러 올라간다. 650년경, 서아시아의 사산조 페르시아는 아랍-이슬람 세력의 공격을 받는다. 페르시아의 마지막 왕 야즈데게르드 3세는 침략자에 맞서 결사 항전하면서 페르시아 왕자 일행을 중국에 피신시켜 고국을 회복할 것을 유훈으로 남기고 장렬하게 전사한다. 페르시아 왕자는 아랍과 중국이 외교 관계를 수립하자 다시 유랑 생활을 하다가 신라 왕의 배려로 신라에 정착한다. 그리고 신라를 도와 삼국 통일을 이루고 중국과 전쟁을 치르고 쿠쉬를 무찌른다. 그 공적을 인정받아 신라 왕 태후르의 딸 프라랑 공주와 혼인하여 훗날 페르시아를 구하는 영웅 페리둔을 낳는다.

소설 《바실라》는 〈쿠쉬나메〉에 등장하는 인물들을 재구성하여 페르시아 왕자 아비틴이 나라를 되찾기 위해 고군분투하는 전쟁 이야기와 신라 공주 프라랑과의 로맨틱한 사랑이야기를 교차시켜 탄생한 것이다. 무엇보다 아비틴이 쿠쉬를 피해 페르시아를 떠나 머나먼 신라로 왔을 때 어떤 심정이었을지, 그런 낯선 남자를 사랑하게 된 프라랑의 마음은 어땠는지 사실적인 인물 묘사를 통해 몰입하게 한다. 또한 작품에 등장하는 역사적 장소인 황룡사, 포석정, 문천교 등과 격구 경기, 연회 모습 등은 그 옛날 페르시아 서사시에 신라가 어떤 모습으로 등장하는지 여러 가지 호기심을 불러일으킨다. 이 책을 통해 독자 여러 분들이 신라와 페르시아 간의 역사적 교류 관계를 흥미롭게 살펴보는 기회가 되길 바란다.

〈쿠쉬나메〉는 역사와 신화가 함께 어우러져 우리의 상상력과 흥미를 자아내는 훌륭한 콘텐츠임에 틀림없다. 이 책이 드라마, 뮤지컬, 애니메이션, 인형극 등 새로운 문화콘텐츠 개발에 좋은 재료가 되기를 고대한다.

2015년 6월

이희수

한양대 문화인류학과 교수

کوشن‌نامه